鹿川《ノクチョン》は糞《まみ》に塗れて

イ・チャンドン　Lee Chang-dong

中野宣子＝訳

This book is published with the support of
the Literature Translation Institute of Korea (LTI Korea).

装画　大竹伸朗

「網膜／境界景 7 （部分）」

所蔵　タグチアートコレクション／タグチ現代芸術基金

撮影　岡野 圭

装幀　池田進吾 (next door design)

目次

本当の男

チャン・ビョンマン氏について話そうとすると、どうしてもあの年六月のいわゆる「六月抗争」とか「民主化大闘争」と呼ばれている、あの大きな渦と熱気を思い起こさずにはいられない。なぜならチャン・ビョンマン氏と私は、あの年の六月のある日、俗に鳥小屋と言われる警察の護送バス（窓が金網で覆われていたことに由来している）の中で初めて出会ったからだ。

あの年六月のある日と言ったが、もう少し詳しく言うなら、その日はまさしくあの有名な「六・一〇大会」を何日かあとに控えた日で、街は落ち着かずざわざわとしていたように思う。チャン・ビョンマン氏と私はこともあろうに警察の護送バスの中で、それも私服警官から無差別に蹴られたり殴られたりしながら初めて出会ったわけだから、奇妙な縁と言えよう。いずれにせよ彼と私が初めて出会った状況が一風変わっていただけに、その前後の出来事についても多少説明が必要だろう。

私はその日の午後、明洞《ミョンドン》入り口のコスモス百貨店付近でデモの加担者とされて警察に強制連行された。事件の発端は、私が偶然そこを通り過ぎようとしていて、ちょうど学生たちが奇襲デモを敢行する場面を目撃したところから始まる。その日の午後、デパートの前の地下道を抜け出そうとしていた私は、何か異常な雰囲気を感じて立ち止まった。いつものように人でぎっしり埋まった週末の明洞の通りに、何か尋常でない緊張感のようなものが漂っていたのだ。

まず目に入ったのは、たくさんの人たちが立ち止まったまま道の向い側のロッテ百貨店のほうを眺めている光景だった。道の向い側の百貨店の前は週末にぶらぶら歩きをしている人波でぎっしり埋まっているだけで、ちょっと見たところ、特に普段と異なる点があるようには思えなかった。しかしもう少し注意して見ると、百貨店の建物の前に一団の戦闘警察（スパイの摘発やテロに対処する組織。デモの整理や暴動鎮圧等にもあたる）が並んでいるのが見えた。街中で戦闘警察に出会うのは今も昔も少しも驚くことではなかったが、一個中隊に近い兵力の警察が百貨店の前を監視していることや、人びとが一様につま先立ちしながら首を伸ばしてそっちの方向を見ているのも、何か普通ではないことがあるのは明らかだった。

「何かあるのですか」

私は、隣に立っている半袖のワイシャツとネクタイ姿の、三十代とおぼしきサラリーマン風の男に尋ねた。男は警戒心のこもった目で私を一瞥し、「さあ」と答えるだけだった。そのときまさしく私のうしろのほうで、誰かの差し迫った声が聞こえてきた。

「市民の皆さん、七時ちょうどに学生たちがロッテ百貨店の前で独裁打倒のための街頭デモを始めることにしました。愛国市民の皆さん、一緒に参加しましょう。私たちは共に奮って立ち上がり、殺人拷問を行い民衆を弾圧する軍部ファシズム一団を打倒しましょう」

声のするほうを振り返ると、まだ幼い顔をした大学生だった。彼は顔からは想像できない肝が据わった扇動的な声で叫び、人びとのあいだをかき分けて素早く姿を隠した。私は時計を見た。今まさに七時になろうとしていた。

けれども私が見たところ、学生たちのデモの計画ははじめから失敗するに違いなかった。その奇襲デモの情報を入手した警察が、あらかじめその場所を占拠したまま水も漏らさぬ警備体制を張り巡らせている最中なので、いくら怖いもの知らずのこの時代の学生だといっても、成功する希望などほとんどないも同然だった。だからと言って私は、その場からすぐに立ち去ることができずにいた。学生たちは果たして約束を守ってその時間に現れるのか、この目で確かめたいという好奇心と、市民たちがこんなにたくさん集まっているのだから、もしかすると何か感動的で劇的な場面、たとえば市民たちがみな同時に呼応してデモに加わるといったことが起こるかもしれないと、漠然と期待したからだった。それこそはかない期待と分かってはいても、けれども私は、はかない期待ながらもその場にいたかったのだった。その場に集まっている多くの人たちもおそらく同じだったと思う。

何分過ぎただろうか、突然人びとがざわつき始めた。誰かが大声で叫んだ。

「あっ、来た」

学生たちは、下のほうの乙支路《ウルッチロ》入り口の四辻付近に現れた。学生たちが車道の真ん中に飛び出し、こちらに向かって拳を上げ、何かスローガンを叫んでいるのが遠くからでも見えた。四、五人くらいに過ぎなかったが、通りをぎっしり埋めたたくさんの人たちの視線を集めた。波が押し寄せるように疾走していた車両の行列が突然混乱に陥った。その瞬間私は時計を見た。七時ぴったりだった。殺伐とした警察の監視をかいくぐり、学生たちは正確に時間を守って現れたのである。

ロッテ百貨店の前に並んで立っていた私服警官たちが、そちらに向かって突進するのが見えた。すると沿道に集まっていた市民たちの中から、わあっというからかうような喚声が湧き起こり、続いて市民たちのあいだに交じっていた学生たちが、最初にスローガンを叫び始めた。

「護憲撤廃（全斗煥《チョン・ドゥファン》政権当時、多くの国民が大統領の直接選挙を可能にする憲法改定を要求していたが、独裁政権はこれに対して「護憲」を宣言。護憲撤廃というスローガンは、護憲宣言を撤廃し憲法改定を迫るもの）！　独裁打倒！」

何人かの市民があとに続いてそのスローガンを叫び始め、それは一瞬のうちに広がっていった。今まで一度も見たことのない光景だった。いわゆる善良で何も言わなかったその他大勢がついに声を上げ始めたのだ。集団の中でなら人びとはいくらでも勇敢になることができた。人びとは互いにほかの人たちを盾にしてスローガンを叫び、警察をからかっているのだった。そうして、警察が近寄ってくると再び善良で何も言わない大勢の中に交じり入ってしまえばそれですませられた。私もまたそのうちの一人だった。市民たちの反響が予想以上に大きくなると、道の向こう側にいた警察が私たちのほうに近づいてきた。ヘルメットを被り防毒マスクまで付けた私服警官たちだった。私服警官が近寄ってくると、学生たちはいち早く姿を隠し、一般市民たちもそろそろと後退したり、自分がいつスローガンを叫んだのだとでもいう顔で知らんふりして口をつぐんだ。私もまた物言わぬ善良な市民を装いながら、警官たちが通り過ぎるのを待っていた。

そのときだった。ちょうど私の前を通り過ぎようとしていた私服警官の一人が突然振り返ったかと思うと、「こいつ逮捕してやる」と声を上げ、私の胸ぐらをつかんだのだ。やつらは通りの向こう側から私が手を叩きながら学生たちを声援する姿を見て、あらかじめ私に目をつけていたに違いなかった。

「何だよ、何するんだよ。私が何かやったか」

当然私は抵抗したが、警官はそんなことは無視してずるずる引きずりながら、道端に止めてあった警察の護送バスのほうに連れて行った。

「放せ。どうして善良な市民を無理やり連れて行くんだ」

私は全身であがきながら声を上げた。そして市民たちにこの悔しく呆《あき》れた状況を訴えようと周囲を見回した。けれどもすでに私の身は、がっしりした体格の数十人の私服警官たちに囲まれ、視野が遮られてしまっていた。

「市民の皆さん、こんなことがあっていいのでしょうか。法治国家で警察が何の罪もない市民をこんなふうに……」

私は諦めずに叫び続けた。そうしながらも、そのとき私が試みている抵抗など何の力にもならないと、はっきりと感じることができた。「法治国家」だの「罪のない市民」だのという言葉が、私の耳にすら幼稚で滑稽な言葉に聞こえるほどだった。私が抵抗を続けると、突然何歩か向こうにいた別のヘルメットが飛ぶように近づいてきたかと思うと、靴で私の股ぐらを続けざまに蹴飛ばした。急所を強打された私は、激痛とともに地面の上でぐったり動けなくなってしまった。のちにある大学生から聞いた話では、急所を狙って蹴飛ばすのは、デモ参加者の逮捕を主な任務にしている、いわゆる白骨団《ペッコルダン》（八〇～九〇年代に私服警官によって構成された、デモの鎮圧任務を遂行する警察部隊）の常套《じょうとう》手段とのことだった。デモの現場で学生たちを捕まえる際、反抗したり逃げたりするのをあらかじめ防ぐために、そのように体の最も敏感で弱い部位を蹴ることになっているらしいが、その手法が間違いなく私にも適用されたわけだ。私はそれ以上抵抗できないだけでなく、耐えがたいほどの苦痛のために地面の上で半分伸びたまま、身もだえするしかなかった。続いて、やつらの無慈悲な靴と拳骨による洗礼が降りかかってきた。やつらは一様に黒い防毒マスクで顔を覆っていた。ガラスの奥の二つの目と鼻の下ににゅっと飛び出しているガス浄化筒などが、まるでカーニバルの参加者たちが身に着ける、身の毛もよだつような奇怪な仮面のように見えもした。本当にそれは、あらゆる残忍さあらゆる暴力と加虐が許された謝肉祭のようだった。

　これ以上抵抗できないくらい殴られ、濡れ雑巾のように完全に伸び切った末に、私はバスに乗せられた。バスにはすでにたくさんの人たちが乗せられていたが、ちらっと見ただけでもその多くは学生のようだった。

「頭を下につけろ！　上げたら殺すぞ」

人びとはバスに乗り込むと、すぐにやつらから指示されるままに頭を座席の下に突っ込んでいなければならなかった。その状態で依然として殴られ続け、いたるところで骨と骨がぶつかる鈍い音と苦痛に満ちた悲鳴が聞こえた。とりあえず殴られないようにするには、やつらの気分を損なわないのが一番だと判断した私は、言われるまま座席の下に頭をぐいっと差し込んだ。ちょうどそのとき、私の視界に一人の男の顔が入ってきた。私の横に立っている警官の足のあいだから、通路の向こう側で私のように手の指を組んだまま首のうしろに置き頭を座席の下に差し込んでいる一人の男と目が合ったのだった。

三十代後半くらいに見えるその男は私と目が合うと、ばつが悪そうににっと歯を出して笑った。私もまた彼に笑い返そうと努力したが、うまくいかなかった。彼がチャン・ビョンマン氏だった。もちろん彼の名前はあとで分かったことで、その当時は彼の印象がすごく善良に見えたことと、誰か知らないが運悪く引っかかったな、くらいに思っただけだった。

「おい、数を数えろ」

車がそろそろと動き始めると、一人の私服警官が前のほうで声を上げた。

「二十二人です」

「二十五人まで捕まえて、移送しよう」

残りの三人を満たすために、鳥小屋は近辺を少し動き回った。私たちはそのあいだ、頭を差し込んだ状態でやつらの拳骨と足蹴を我慢していなければならなかった。

「おい、おまえたち。おまえたちは軍隊に行ってきたのか。行ってないだろう。だからデモなんかするんだよ。このマザコン野郎が。おまえたちみたいな連中は全部休戦ラインに引っ張って行って、苦労させなきゃならないんだが、ああもう、こいつらは」

そんなわけだから、私たちは早くあと三人が同じ運命の船に乗るのを待つしかなかった。

やっと警察が予定していた数に達すると、私たちは市内の某警察に引き渡された。警察署前の広場に降ろされてから簡単な身辺調査があり、二十五人の連行者のうち大学生でない者は、私と先ほどの男だけだと分かった。私は、自分がここから解放されるのは今しかないと考えた。

「あのー、ちょっと聞いてください」

警察署のコンクリートの地面にひざまずいたまま頭を下げている大学生たちのうしろで、私は手を上げた。責任者らしい年配の制服警官が顔をしかめた。

「何だ」

「私は納得できません。理由など何もないのに、ここに引っ張られてきたのですから」

私は彼に私が大学生ではないこと、それにデモもしていない。だからこのようなところに捕まえられてくる何らの理由もない罪のない市民だということを、あたかも悔しいといった表情と声で主張した。話しながらも、私は自分が言っていることに矛盾があることを自分ながらに感じていた。私はデモに加担した事実をごまかしているのだった。それはデモに加担していたら引っ張られてきても仕方がないと、認めることになるからだった。それに私が学生ではないと強調するのも、学生なら警察に逮捕されてもいいという論理を受け入れることにもつながるからだ。

「それなのに何でここに来たんだ」

彼が私に反問した。

「何で来たんですって、捕まえられてきたんじゃないですか」

「何の仕事をしているのだ」

また彼が質問し、私は一瞬答えに迷った。

「物書きです」

「物書き？　どんなものを書いているんだ」

「小説を書いています」

私はことさら堂々とした声で言った。そうして彼から名前を聞かれるかと、ひそかに気にかかった。私の名前を明らかにすれば、「なんだ、名もない小説家か」と思うのではないかと、少し心配したからだった。運よく彼は名前を聞きはしなかった。名前はともあれ、小説家だと扱いが難しいと考えたのかもしれない。少しのあいだ彼は厄介だと言わんばかりに顔をしかめたまま私を見たかと思うと、「だったらお帰りください」と言った。

「えっ？」

「家にお帰りくださいと言っているのです」

逮捕された過程とそのあいだに加えられた暴力と脅迫を考えると、あっけないくらい拍子抜けした結末だった。でも私はそれ以上何も言わず、彼の心が変わる前に、警察署前の広場でひざまずいたまま両手を乗せた頭を地面につけている学生たちをしり目に、警察署を抜け出した。股ぐらの激痛のために、アヒルのように足を広げた姿勢でよたよたと歩かねばならなかったのが、今でも記憶に残っている。

「あのー、先生」

警察署の正門を出てちょうど道を渡ろうとしていると、誰かが私を呼ぶ声がうしろから聞こえてきた。振り返ると、警察のバスの椅子の下で見た例の男だった。彼も学生ではないという理由で簡単に帰されたようだ。私は彼の風貌を眺めた。垢《あか》にまみれ皺《しわ》くちゃのシャツとくたびれたズボン、そして長期間日の光と埃《ほこり》の中で働いてきたようなざらざらした皮膚から判断すると、日雇いの労働者に見えた。

「誰が見ても学生には見えませんが、どうして逮捕されたのですか」

「実は、道端で学生たちを犬のように蹴飛ばしたり殴ったりしているのを見て、我慢できずに、殴るな!と叫んだら、こいつおまえはなんだと、わあっと押し寄せてきたのです」

彼が気恥ずかしそうに笑いながら話した。そして「そもそも俺は分別がなくて、目立ちたがり屋なんですよ」と言った。

「私は今お腹が空いているので、どこかでソルロンタン（牛の頭、足、ひじ肉、骨、内臓などを煮たスープ）でも食べようと思っているのですが、食事まででしたら一緒にいかがですか」

私は単なる社交的な意味で言ったのではなかった。私に話しかけてきた彼の目に彼が何か話したくてたまらない気持ちを汲《く》み取ったのであり、私もこのまま家に帰るのでは気持ちが収まらないような重苦しい気持ちになっていたからだ。

近くの、あるソルロンタンの店に入り、テーブルに向かい合って座ってから私はようやく彼と簡単な挨拶をし合った。彼の経歴は私が推測していたのとそれほど違っていなかった。名前はチャン・ビョンマンで年は三十九歳、およそやらなかった事などないくらいさまざまな仕事を転々としながら生きてきた、名実ともに底辺階層に属する人だった。彼は、私が文章を書いて生計を立てているというだけで、きまりが悪いほど私にぺこぺこした。

「さっき聞いていたのですが、物書きだそうですね。これは光栄です」

「何をおっしゃいますか。誰も知らない名もない単なる物書きに過ぎないですよ」

「だけど何か書いているのだったら、社会で尊敬される仕事ではないですか。俺みたいな学のない者とは違いますよ」

「仕事が違うとか学校に行ったとか行かないとかによって、人の価値が違うものではないでしょう。それが民主主義ではないですか。そんな社会を作ろうとして、さっきの学生たちのような若者が力を合わせているのでしょうし」

「そうなればどんなにいいか。でもねえ……」

彼は依然として卑屈に笑いながら、注意深く言った。

「民主化だの何だの言うけど、社会が変わったからといって、俺みたいな学のない者が生きていくのに何が変わるんだと思いますよ。俺らのような者は、世の中が静かで、それほどデモも起こらなければ、残飯くらいもらって食べられるんじゃないか、と思いますよ」

「民主化についてそのように考えてはいけませんよ。大統領を直接選ぶのか間接的に選ぶのかが民主化のすべてではなく、チャンさんのような方たちが死ぬほど働いて苦労しても、自分がしただけの仕事の対価を受け取ることができないような現実を正すことも民主化でしょう」

「でも先生、そんな社会が本当にくるでしょうか」

彼は私の顔を見つめながら問い返した。

「一緒に頑張りましょうよ」

私はそう答えたが、彼には特に説得力のある答えになっていないようだった。タイミングよくソルロンタンが来ると、彼はすぐさまスプーンを手にして食べ始めた。民主主義がどうあれ、当面は飢えをしのげる一杯のソルロンタンのほうが、彼にはよっぽど嬉しかったようだ。

さて私が今、その日チャン・ビョンマン氏と交わした対話、それにもまして彼のちょっとした身振りや表情まで比較的詳細に描こうとするのには、別の理由がある。少しあとに分かるのだが、その日以降チャン・ビョンマン氏は、相当違う姿に変わっていったからである。彼の変わっていく姿をもう少し正確に表すためには、私が初めて出会ったときの彼の姿をできるだけ細かく描写しなければならないと思ったわけである。

次に彼と会ったのは、あれから何日か過ぎた六月十日だった。その日は誰もが知るとおり、「六・一〇大会」、正式名称は「朴鍾哲《パク・チョンチョル》君拷問死隠蔽捏造《ねつぞう》糾弾、民主憲法を勝ち取るための汎国民大会」が開かれた日で、その日の夜八時ごろ私は、偶然彼に再会したのである。その時間明洞聖堂の構内では、ざっと見ても千人近い数の学生と市民が集まっていた。その群衆はみな、デモが始まった六時から市内のあちこちで警察の目を盗みながら散発的なデモを繰り返し、口コミで集まった人たちだった。その場で人びとは、海で合流した水のようにお互い喜び抱き合った。

人びとは体と体を密着させて互いに押しつ押されつしながらも、際限なく群衆が膨れ上がることを願い、だからたびたび声を合わせて「愛国市民よ集まれ　フーラフラ（七〇年代からデモの現場で歌われた歌。フラソング、正義派の歌、若いイエスなどのタイトルでも呼ばれる）」を歌った。隊列に合流し一緒に声を合わせて共に肩を組めば、その人がどんな人なのか確かめるために顔を覗《のぞ》き込む必要はなかった。自分と肩を組んでいる顔も知らない隣の人とのあいだに、ただ胸がいっぱいになるほどの固いつながりと共感が熱く流れているのを、生き生きと感じられるだけなのである。そしてその共感は、波のようにほかの人にも広がっていった。

すべての人がこの瞬間だけは平等だった。体と体が押される余地のないくらい密着している状態で、人びとは隣の人を自分と同じように思い、同時に説明のつかない大きな安堵《あんど》を感じていた。普段は道で他人と肩が触れるだけで不快に思っていた人たちが、今はむしろ人びととの空間を恐れ、少しでも間隔を縮めるために近づこうと努めていたのである。

人びとは途切れることなく歌を歌い、スローガンを叫んだ。一つの歌が終わると誰かが新しい歌を歌い、スローガンを叫び始め、すると人びとは迷うことなくあとに続くのだった。このように滞りなく進んでいた流れが、少しぎこちない雰囲気になる小さな事件があった。「勝利を我等に（六〇年代にアメリカ公民権運動のシンボルとして世界中に広まったプロテストソング）」だったかが終わろうとするとき、誰かが新しい歌を歌い始めたのである。

　男に生まれりゃ　いろいろあるが……

それは誰にも耳になじんだ歌詞であり、なじみすぎていたあまり、人びとは無意識にあとに続いて歌いそうになった。だがすぐにその歌がほかでもなく、一般の成人男性だったら虫唾《むしず》が走るほど歌った覚えのある「本当の男」という軍歌であり、そうであるからこのような場にまったくふさわしくない歌だということに人びとは気がついた。軍の独裁を打倒しようというデモの現場で軍歌を歌うことほど、皮肉なことがどこにあろうか。それなのに哀れなことに、その事実に気づかないのは、その歌を歌っている本人一人だけだったらしい。

　貴様と俺とは　栄光の……

大変りりしく力強く、またそれなりに厳粛にひたむきに歌っているその声は、やがてそれ以上続けることができなくなり、四方から沸き起こる「いい加減にしろよ」という呆れたような声と笑いに埋もれてしまった。

「殺人拷問を進める軍事独裁を終わらせよう!!」

誰かが気まずい空気を振り払うようによく通る声で叫び、群衆の喚声が波のようにあとに続いて広がった。

「終わらせよう　終わらせよう　終わらせよう……」

と、そのとき私は何か奇妙な気配を感じた。首を回して例の、その「本当の男」の主人公を探したところ、人びとから呆れられてまだ顔を赤くしている男は、やはりチャン・ビョンマン氏その人だった。

「どうしました、あの人知り合いですか」

私の横にいた後輩が尋ねた。その日一日中私と行動を共にしていた彼は、八〇年代の初めに刑務所に入っていた経歴を持つ運動圏（政治や社会活動に積極的な学生運動関係者や団体をさす）出身の人で、今はある在野団体で仕事をしていた。私がチャン・ビョンマン氏と会ったいきさつを簡単に話すと、彼は目を輝かせて興味深げな反応を見せた。

「面白い人だな。一度会ってみましょうか」

隊列が何度か押しつ押されつするあいだに、私たちは人々の隙間を縫って彼に近寄った。だが私に気づいた彼は、嬉しいというより何か恥ずかしいことをして見つかってしまったとばかりに、気まずそうな顔をした。

「今日はわざわざおいでになったのですか」

「そうですね。ちょっと見学でもしようかと思って……」

私が勧める煙草を彼は度が過ぎるほどぺこぺこしながら受け取り、言い訳でもするように言った。私の見たところ彼は、このような場に加わっている自分に何か劣等感といったものを持っているに違いなかった。実際彼の風貌は、学生とネクタイを締めた中産層市民が多くを占める周囲の人たちに比べていくらか目につくくらいみすぼらしく、それに彼はたった今勇気を出して歌の音頭を取ろうとして、思いがけず恥をかいてしまったのだから。彼は頭をかきながら言った。

「俺のような頭が悪い者は、こんなときにはなおさら、おとなしく家でじっとしていたほうがいいのに……」

「何をおっしゃいますか。先生みたいな人こそ出てこなくては。十人の学生より先生のような方、一人のほうがずっと価値がありますよ」

機転が利く後輩が横でそのように言った。

「いやー、先生だなんて……」

恐縮したように手を振りながらも彼は、それでもその言葉に勇気を得たのか、

「本当にあいつらの催涙弾、恐ろしく目に沁みますね。俺は催涙弾というものがこんなにひどいものだと初めて知りました」

少し気が乗った声で、夕方六時に下旗式（軍隊や公共機関などが終業時間に行う国旗を降ろす儀式）のサイレンが鳴ってから今まで自分が経験した話を、まるで武勇談のように吐き出し始めた。するとその話に後輩のやつが異常なほど興味を持って耳を傾けるのだった。その理由を、私はチャン・ビョンマン氏がちょっと席を外した隙に聞くことができた。

彼は今、ある出版社で新しい雑誌を出すために準備しているとのことだった。そうして彼は、確固とした民衆の立場で民衆の声を代弁する役割を持つその雑誌に、チャン・ビョンマン氏の話を載せたいと言うのだ。一種の人物紹介形式だが、歴史を変革させる主体としての民衆像を描いてみる意図があり、どうせならその文を私に書けというのだった。もともと向こう見ずなほどがむしゃらに突き進むところがあり、加えて粘り強い人間なので、私は彼の申し出を断り切れなかった。ただ、チャン・ビョンマン氏を見る彼の目があまりに拙速なのではないか、チャン・ビョンマン氏が果たして歴史的主体として立ち上がる民衆の一典型となりうるのか、と疑問を呈したけれど、しかしながらむしろチャン・ビョンマン氏のような人が適格なのだと、彼は言い張るのだった。これまで政治や社会の矛盾に特別な関心を持たず、ただ劣等意識にさいなまれていた人、すなわち他人と同じように、貧しさを自分の運命と考えて生きてきた平凡な人というのが、大切なのだとのことだった。チャン・ビョンマン氏のような人こそ、社会全体の民主化の熱気とともにみずから目を開いていく、自分の階級的基盤や束縛されている生を自覚し始め、自分の力量について認識を新たにしていく、言ってみれば歴史の主体として立ち上がる民衆の姿を示すはずだ、というのだった。

「いやー、俺なんかがどうやってそんなところにのこのこと顔を出せますか。俺みたいな馬鹿で、これといって何の取り柄もない者の話を雑誌に載せたら、恥をかきますよ」

私たちの考えを伝えると、彼は驚いて手を振った。しかしみずから言うとおり、「目立ちたがり屋」だからか、彼を説得するのはそれほど難しくなかった。

彼は全羅北道完州《チョルラプクトワンジュ》郡のある小さな村に生まれ、そこで中学校を卒業後、ずっと農業に従事してきた人だった。一二〇〇坪程度の水田と四〇〇坪ほどの畑だったが、それすら自分の所有ではなく、小作だったとのことだ。彼は、農業はとてもつらく、死ぬほど働いても借金しか残らない希望のない仕事だと悟り、七年くらい前、彼が三十一歳のときに、家族を引き連れてあてもなく上京したとのことだ。

「布団の包みだけを持って夜行列車に乗ってきても、そのときは本当に大きな夢があったのですよ。ソウルに来さえすれば、何か新しい人生を見つけられるのではないかという希望を持っていましたから」

ソウルで彼は、ほかの離農者と同様に都市貧困層に編入された。そうして彼は無数の職業を転々とした。肉体労働はもちろん、電車やバスの中で垢落としの薬や財布といった物を売るセールス業もやり、全国を回る薬屋の助手を務めたり、うまくいけば大金を手にすることができると評判の不動産業に手を染めたりもした。失敗を重ねながらも彼は、ソウルに来たときに抱いていた、いつかは自分の人生が今までとまったく違うものになるだろうという夢、たとえばうんざりする貧しさと苦労から抜け出して誇らしく胸を広げて生きていける、胸がいっぱいになるその日がくるという希望を捨てなかった。それなのにいつになってもその新しい人生は訪れず、どんなにあがいてもいつもその場から少しも抜け出すことはできないでいるのだった。

「仕方がないですよ。それは最初から不可能な夢だったのですから」

後輩が彼に言った。

「すでに途方もなく拡大し確固としたこの資本主義体制が、チャンさんが漠然とした夢を見るのを許すわけがないですよ。その夢が実現する日は、たぶん永遠に来ないでしょうね。チャンさんがその夢を実現できないように邪魔するものと、みずから闘わない限りはね」

いったい何を言っているのか分からないとでもいうふうに、彼は目を白黒させた。後輩のやつは、今からでもチャン・ビョンマン氏を、彼の意図する自覚する民衆の姿に作り上げるつもりのようだ。

けれども結論から言うと、彼を自覚させ目覚めさせるために、私たちが努力する必要はなくなってしまったのである。なぜなら私たちの手助けなしでも、彼はみずから変わっていったからだ。それも私たちの想像をはるかに超えた、驚くばかりの速さで、である。

その日明洞聖堂に集まっていた人たちは、その場で徹夜籠城に入ろうと決めた。そのときでも、それがのちに六月抗争の種火を最後まで灯《とも》し続ける一つの重要なきっかけとなり、全国的な関心の焦点になると考えた者はほとんどいなかった。夜が深まると籠城の場を抜け出し家に帰る者が出てきて、私もやはり後輩と一緒にその場を抜け出したうちの一人である。そしてその途中で、私たちはチャン・ビョンマン氏と離れてしまった。

彼から電話がかかってきたのは、一週間近く経ってからのことだった。受話器を通して彼の声を聞いたとき、私はすぐに彼に何か以前とは違う点があるのを感じた。

「李兄さん、俺と一杯やりませんか」

彼が私を「李先生」と呼ばずに「李兄さん」と言ったのは、そのときが初めてだった。だが電話口を通して何か変わったのを感じたのは、そのためではなかった。電話を通して聞く彼の声に何か理由の分からない力と堂々としたものを感じたのである。

「変わりなかったですか。だいたいどこにいらっしゃったのですか。今まで一度も連絡をくださらなかったですね」

「どこにいたのかって？　俺はずっと明洞聖堂で籠城していましたよ」

彼は堂々とした声で話した。実際、彼がその明洞聖堂での籠城者たちと一緒にいたなんて驚くべきことだった。

「大変でしたね。すごい経験をされたのでしょうね」

「こんなこと大変だなんて言えませんよ。俺より外で闘っている学生たちが大変な思いをしているだろうし」

市内で会った際、彼は私の言うことに笑いもせずに答えた。彼の風貌は、前よりずっとくたびれていて、顔もやはり憔悴《しょうすい》しているように見えたが、目つきだけはまるでほかの人かと思うくらい輝いていた。

いずれにせよ彼にとっては、その籠城の場で過ごした何日間こそが文字どおり民主主義の生きた教育を学べる場だったようだ。もう彼からは、私が初めて会ったときのあのおどおどして卑屈な姿を見つけることができなかった。

彼はまだ興奮冷めやらぬ声で、籠城の場であったこと、市民たちの反応、明洞一帯に勤める女子社員たちがカンパとパンを届けてくれたことなどを聞かせてくれた。彼は、自分がそのことをやり遂げたのに大きな自負心を感じているようだった。おそらく彼の生涯において今ほど自負心を持てたことはないのだろうと、私は思った。

「でも最後の日に籠城を続けるかやめて解散するか投票したところ、解散の票が多かったのです。投票する前までは、みんな最後まで闘わなければならないと言っていたのに。人の心なんて分からないと思うと、虚《むな》しくなりましたよ」

その虚しさを忘れるためなのか。彼はその後も続いたデモに必ず参加した。彼は今では、誰よりも熾烈《しれつ》に闘う闘士に変身していたのである。私は後輩から頼まれた文を書くためにたまに彼と会ったが、会うたびに信じられないくらい変わっていく彼の姿に目を見張らざるを得なかった。

私はその中でも六・二九宣言（一九八七年六月二九日、盧泰愚《ノ・テウ》大統領候補が発表。大統領直接選挙制の導入と、金大中《キム・デジュン》ら反体制政治家や活動家の赦免と復権が主な骨子）なるものが出てから何日かのちに会った彼の姿を忘れることができない。

彼とはセブランス病院の霊安室の前で会った。彼は腕章を巻き角棒を持ったまま、霊安室前を守っていた。彼はそこに横たえられている李《イ》韓《ハン》烈《ニョル》君（一九八七年六月九日、警官の発砲した催涙弾を受け、七月五日に死亡した延世大学校の学生。韓国民主化運動の象徴とされる）の遺体が公安に奪い取られないよう、警備隊組に属していたのだ。

「俺？　民主市民を代表してここに来ているのです。今では俺みたいな者でも学生と一緒に動いて、一緒に闘うのです。これが本当の民主主義というものではないですか」

酒が入ったこともあるだろうが、もともと赤黒かった彼の顔は、真っ赤な鮮血色に変わっていた。私はもちろん、彼が「闘争」だとか「民主主義」といった用語を自然に使っているからといって、驚きはしなかった。私はただ、彼と最初に出会ったときの人擦れしていず素朴に見えた彼の姿と、今彼が見せている堂々として攻撃的な姿のうち、どちらが本当の姿なのか考えてみただけだ。

「まるで水を得た魚《うお》のようですね」

彼と別れたあと、歩きながら後輩がつぶやいた。その言葉には、何だか皮肉のようなものが感じられた。奇妙なことに、チャン・ビョンマン氏の姿がそのように変わっていくほど後輩の態度がいたって冷たくなっていった。彼はそれから、記事についても私に早く書くよう促さなくなった。

その日以降、私はチャン・ビョンマン氏と会う機会がほとんどなくなっていった。世の中も急うだった。彼は自分が支持する野党の候補者のために、それこそ熱狂的に飛び回っていたのである。その後、再び電話がかかってきたのは、大統領選挙の投票が締め切られた直後のことだった。受話器を通して聞く彼の声は切羽詰まり興奮していた。

「李兄さん、聞きましたか。今日の昼、九老《クロ》区役所で不正投票箱が見つかったそうで、市民たちがそれを守ろうとし、警察は奪い取ろうとして、今、騒ぎになっているらしいです。やつらが選挙に負けるかもしれないと、悪あがきしているようです。現在警察と対峙《たいじ》しているようで、噂《うわさ》を聞いた市民たちが数万人も集まったとのことです。俺、今すぐそこに行かなくては」

それが彼からの最後の電話だった。何日かのちに、私は後輩から彼が拘束されたとの噂を聞いた。それも九老区役所事件のためでなく、呆れたことに交番の警官を殴りつけたからだというのだ。選挙が終わった何日かあとに居酒屋で酒を飲んでいたとき、選挙の結果について隣の席の客と喧嘩《けんか》になり交番に連行されたのだが、そこで彼は交番の壁に掛けられた大統領の写真を取り外して叩き壊したらしい。そして止めに入った警官にまで暴行したというのが、後輩が聞かせてくれた事件の顚末《てんまつ》だった。彼は公務執行妨害と暴力行為など、処罰に関する法律違反の嫌疑で拘束されてしまったとのことだ。

彼の拘束の知らせを聞いて、私は彼の家を訪ねることにした。だが住所だけを頼りに彼の家を探すなんて、いざとなるとそんなに簡単ではなかった。何といっても、彼の住む所が上溪洞《サンゲドン》の中でも最も貧困な地域といえるタルトンネ（タルは日本語で月。坂道を上りきった場所や丘の上など、月に届くほど高い場所にある貧民街のこと）であり、そのような地域では当たり前の迷路のように曲がりくねった裏通りを境にした番地の中に、数十軒が混じっているからだった。ほぼ三十分近く歩き回った末に、ようやく彼が賃借りしている家を探し出すことができた。ちょうど小学五、六年生くらいに見える女の子が玄関前に立っていた。その子は父親に瓜二つの顔をしていた。

「君のお父さん、チャン・ビョンマンだね」

その子は私の問いに答えずに、ひどく警戒する目つきを見せて突然家の中に飛び入った。その子が入っていった所は、壁で囲まれた薄暗くひっそりした部屋だった。その子は依然として警戒の目で私を見据え、擦り膝で這《は》いながら部屋のアレンモク（オンドルのたき口に近い部分）で盛り上がっている布団の山を静かに揺らせて、「お母ちゃん、誰か来た」と告げた。そのときになって初めて私は、その布団の山に人が埋もれているのに気がついた。それでもその分厚い布団が持ち上げられて人の頭が抜け出てくるのに、相当な時間を要した。まるで洞穴に隠れて外を眺めている獣のように、ぼさぼさの髪に血色の良くない顔をした女が布団を被ったまま私を見た。彼女の顔は水に浸した豆腐の角のようにぶくぶくと膨れ指で押すと跡がつきそうなくらいで、そのうえひどい黄疸《おうだん》症状が出ており、一目で病気と分かった。

「どういったご用件でしょうか」と、女が力のない声で尋ねた。

「こちらは、チャン・ビョンマンさんのお宅でしょうか」

「そうですが……」

女は先ほどの女の子とそっくりの目で、私を上から下へとじろじろ眺めた。

「警察ですか」

彼女たちが私を警察だと思うのは、無理のないことだった。私は慌てて言った。

「違います。チャン・ビョンマンさんと知り合いなだけです……」

「今、家にいません」

「ご不在なのは知っています。ただどうしていらっしゃるか気になって来ました。大変ですね」

しかし女と子どもは簡単に警戒心を解きそうにない目をしていた。

「うちの人とはどういった関係ですか」

「えーと……単なる知り合いです」

するとしばらく私を見つめていた女が、はっとしたように「もしかすると、小説を書く先生ではないですか」と聞くのだった。

「私の話をお聞きになったみたいですね」

女はぼさぼさの髪を上の空でいじりながら大きなため息をついた。

「こんな話をしてもいいのか分かりませんけど、うちの人、地に足のつかない、雲を踏みながら生きてきたような御仁なんです」

「雲を踏みながらですって？」

「考えることと言ったら、現実味に欠けることばかりだから」

女は愚痴をこぼすとともに泣き言を並べ始めた。

「こんなことだったら、田舎を出るとき一緒に来なければよかったと思います。ソウルに行きさえすれば何か運命が変わるかのように言うものだから……ソウルに来ても、少しでも静かに暮らしていればこんなことにならなかったのに。この商売をすれば大儲《もう》けできるだの、あれをやってみればいいことがあるだの。そのたびに今度のことさえうまくいけば運命がひらけると大口たたいていたけど、一度としてうまくいかなかった。何度騙《だま》されたことか」

「一生懸命生きようとしたけれど、思いどおりにいかなかっただけですよ」

「今の今まで、幻のような夢を追いかけて生きてきた御仁ですからね。そうして今度は突然どういう風の吹き回しか……政治だ何だと言って動き回った挙句、結局あのざまです。何ですって、世の中を変えるだって？ 何を言ってるんだか。自分の力でどうやって世の中を変えるんですか」

私はどう答えていいのか、何も言えなかった。子どもが私の顔をじろじろ見ている。その視線を前にしてなぜか私は、わけの分からない恥ずかしさを覚えた。

「こんな話しないでおこうと思ったのに……胸の内に納めておいたものなので、吐き出さずにはいられなくて」

私がその場を立ち去るとき、彼女が最後にひとこと述べた。

「あの御仁があんなになったのには、多分に先生みたいな方の責任も少しはありますけど……。恨んではいないですから、気にしないでください」

私はその言葉が正確にどういう意味なのかよく理解できなかった。私のような者がチャン・ビョンマン氏に政治の風を吹き入れたというのか。そうでなければ、私のような者が世の中をこんな状態にしたというのか。どちらにせよ私は何も言えないままその家をあとにするしかなかった。タルトンネの急な坂を下りる途中で、私は町内の店に入ってラーメン一箱と米二斗を買い、その家に配達させた。それでもって、彼女が言った私の責任というものを少しでも果たせると考えたわけでは、もちろんなかった。

私がその家を再び訪れたのは、チャン・ビョンマン氏が拘束されてから三か月後に執行猶予で出てきた、何日かのちのことだった。私はわざわざ彼に会うために夜遅く訪ねたのだが、部屋にはチャン・ビョンマン氏と子どもたちが布団を被って横になっているだけで、彼の妻の姿はなかった。その布団は、以前、妻が被っていたものだった。

「奥さん、どこかに行かれたみたいですね」

「ふん、まったく。うちのやつがどこに行こうと、俺には関係ないね」

彼が癇癪《かんしゃく》を起こして言い放ったので、私はそれ以上尋ねることができなかった。もしかすると彼女は、病身をだましだましながら派出婦の仕事でもするために出ているのかもしれないと、胸の内で推測しただけだ。

彼は近所の店に行って焼酎でも飲もうと言いながら、のろのろと服を引っかけた。冷たい夜風を受けて歩くあいだ、彼はひとことも発しなかった。岩のように背中を丸めたまま口を閉じている彼の姿は、私に得体の知れない威圧感を与えた。近所の古びた飲み屋で何杯か酒を飲んでから、彼はやっと口を開き始めた。

彼によると、今度の選挙は事前に綿密に計画された不正選挙であり、特に投開票の過程は最初から最後までコンピューターによって完全に捏造され、それらすべてはどこまでも現軍事政権とアメリカの野郎どもが示し合わせてやったことだというのだった。このような話はもちろん彼の口を通して初めて聞くものではなかったので、私にとって少しも驚くものではなかった。

「それで、チャンさんはこれからどうされるのですか」

「どうするもなにも、何を言ってるんですか。闘わなくては」

私の問いに彼は、ためらうことなく断固として言った。

「もう政治に携わるやつなんて信じられない。俺みたいに本当の民衆が前面に出て闘わなくては。見ていてください。俺の手で世の中を変えてみせるから」

「闘うのはいいのですが、要は一人でどうやって闘うのか、ということです。何か組織があるわけでもないのに」

「組織？　ふん、よく言ってくれますね。確かに組織は重要でしょう。光州抗争のときだって、俺のように何もない底辺の人間だけが悔しい思いをさせられて死んだそうですから。それで兄さんは俺に組織を作って闘ってみろ、と言うんですか」

「そうではなくて、チャンさんにそれだけの現実的な力はないという話です。だからチャンさんのような人がいくら一人で闘うと動き回ったところで、何も変わらないということです」

「簡単に言うと、俺のような人間が何を偉そうに出しゃばってるんだ、ってことですか。じっと黙ったままおとなしくして、金持ちの余り物でもありがたいとおこぼれにあずかっていろ、ってことですか」

彼は声を荒らげた。

「私が言いたいのは、チャンさんも今まで十分に闘ってきたのだから、一度休んで周囲を見回す余裕を持ったほうがいいのではないか、という話です。チャンさん自身の姿も一度振り返ってみて」

「自分自身を見ろだと。俺の姿が何だっていうんだ」

彼がかっと声を上げた。私はその瞬間、私を真っすぐ睨みつける彼の視線が憤怒《ふんぬ》でぎらぎら煮えたぎっているのを見た。尋常ではないいきり立ちようだった。あとになって考えてみると、それは私に向けた最後の危険信号だった。したがって私はその辺で話を終わらせなければならなかったのだ。それなのに私は、彼がどんなに聞きたくない素振りを見せようと、またここしばらくのあいだに彼がどれほど政治意識に目覚めたとしても、それでも私は彼のためにいくつか人間的な忠告ができるという、理由のない優越感を抱いていたようだ。それが大きな間違いだった。

「チャンさんの暮らし向きが、私の目に気の毒に見えるからです。その日の暮らしだって大変な人が、そんなふうに家族の生活を放っておいて外に出歩いてもいいのですか。民主主義もいいし運動もいいですが、家族が今すぐ食べるのにも困っている状態なのだから、チャンさん自身の生活から何とかしなくては。さっきチャンさんが言ったように、金もなく学もない、取るに足りないその日暮らしに過ぎないチャンさんのような方が、民主主義を叫んで監獄に行き、そこから出てきても、誰一人そのことを知ってくれる人がいないではないですか。知るどころか、みんな狂ったと言うだけですよ」

言いすぎたな、話を終える前に私はそう感じた。最後のひとことを言うんじゃなかった。案の定彼は、テーブルを蹴飛ばす勢いでがばっと立ち上がり声を張り上げた。

「おとなしく聞いてれば、いい気になりやがって。くそったれが」

次の瞬間私は頬に一撃を食らい、うしろに倒れてしまった。彼が私の顔を殴りつけたのだった。悲鳴を上げる暇もなく飲み屋の床に転んで見上げる私の顔に、冷たいものがざっと浴びせかけられた。彼が前に置いたビールを私の顔に浴びせかけたのだった。

「どうも怪しいと思っていたら、こいつ、本当は全斗煥の子分なんじゃないか。おい、てめえ。この前俺が監獄に入ったとき、検事のやつがなんて言ったと思う？　今てめえが言ったことと同じことを言ったんだよ。今てめえが言ったこととまったく同じことをね。最初からてめえも結局、同じ穴の狢《むじな》だったってわけだ。それでもって俺に向かって冷たい水を飲んで目を覚ませってか。

たわけたこと言うな。目を覚まさなければならないやつは、俺ではなくて頭でっかちのてめえらだ。てめえ、この前俺の家にラーメンを何袋か投げ入れていったそうだけど、誰がてめえにそんな事をしろって言った？　てめえの目に、このチャン・ビョンマンがてめえのようなやつに同情されて、ああ、先生、ありがとうございますと言うような、そんな人間に見えるか。笑わせるんじゃない。だいたいてめえは一体何様なんだ。小説家？　ふん、小説家の端くれだったら、あの江南《カンナム》のルームサロンにでも行って、飲み屋の女の話すことでも聞きながら座っていればいいものを、何が知りたくてこんなとこに来て様子を窺《うかが》ったりしているんだ。ここはてめえみたいなやつが来る所じゃない。小説のネタを探すんだったら、ほかを当たれってことよ。分かったか」

私はひとことも言い返せなかった。言い返すどころか、たらたらと顔に流れるビールを拭こうとも思わないまま、休みなく降り注ぐ彼の言葉をじっと聞いているしかなかった。こんな目に遭うなんて思ってもみなかったが、おかしなことに私は少しも腹が立たなかった。むしろ私はまるでこのような結末になるだろうと予想していたかのような、奇妙な感覚にとらわれていた。信じられないかもしれないが、そのとき私は顔にしたたかビールをかけられ頭の上から降り注ぐあらゆる侮辱的な言葉を聞きながらも、何か説明できない快感といったものまで覚えていたのである。

彼が最後に言った。

「何て言った。人がどう見るかだって？　おい、てめえらのほうこそ人さまの顔色を窺いながら、へとへとになるまで生きていけよ。この独裁政権の腰巾着、ヤンキーのお先棒担ぎが」

そして彼は飲み屋のガラスドアをバタンと開けて、外に出て行った。古びたガラスドアの立てる大きな音が、彼が最後に残した言葉に大変効果的な感嘆符を付けた。開けられたドアを通して冷たい風が容赦なく吹き入ってきた。私は、飲み屋の前の小汚い路地をうしろも振り向かずに歩いていく彼の後ろ姿を見つめていた。彼は多少ふらふらしてはいたが、けれども急な坂のタルトンネに吹きつける冷ややかな風を全身で押しのけるかのように誰はばかることなく歩きながら、突然りんと響く大きな声で歌を歌い始めた。

五月！　その日がまた来れば
我らの胸に赤い血が湧き上がる……
（「五月の歌」。一九八〇年五月の光州民主化運動の様子を歌にしたもの）

そして彼は続いて拳を突き上げたかと思うと、怒鳴るように叫んだ。

熱い血！　血！　血！

「おやおや、これはどうしたもんだろ。気持ちよく酒を飲んでいればいいものを、なんで殴ったりするんだろ、なんで、ねえ」

飲み屋の女主人がようやく走り寄ってきて大げさに言った。

「私の見るところ、先生はご立派そうだけど。ま、大目に見てやってくださいよ。学のある人が我慢しなくてはね。あの旦那、最近自分を見失っているんですよ。女房は逃げてったし……」

「奥さん、逃げたのですか」

「知らなかったんですか。もう十日になりますよ。旦那が刑務所に入っているときだって苦労しながら待っていたのに、出てきてからも変わる様子はなく、前より荒れたものだからとても我慢できなくなったみたいです。私が言うことではないけれど、女が今まで我慢に我慢を重ねてきていたんですよ。食べるのもままならない人が、身の程知らずに政治をするだの何をするだのと言って、刑務所暮らしまでやったのだから、どこの女が好き好んで一緒にいるもんですか」

女主人の言葉に私は何も答えられなかった。

「あの旦那、今本当に、とうていかなえられないような夢を見ているんですよ」

ふと、この前彼の妻が絶望した表情で吐き出した言葉が思い浮かび、それとともに「俺の手で新しい世の中を作るつもりだ」と言っていた彼の言葉も同時に思い浮かんだ。いずれにせよ、それがその年私がチャン・ビョンマン氏を最後に見た姿だった。

私が次にチャン・ビョンマン氏と出会ったのは、何日か前。あれから二年近くの歳月が過ぎていた。場所は、偶然にも彼と私が初めて出会ったあの明洞の通りだった。

今でも私は明洞の通りを歩いていると、なんと言うか、失った昔の恋人との思い出がこもった場所を探すような感覚にとらわれることがある。無意識のうちにその思い出の痕跡をたどっているようなのだが、しかしあの年の六月から二年という歳月が過ぎた明洞の通りは、すでに熱気が消えてしまった、輝いていた神話が色あせた通りに過ぎなかった。ところが何日か前にその通りで私は、人びとが通りを塞いでぎっしり取り囲んでいる光景を見たのだった。いったい何が起こったのか、威圧するように金網で覆われた警察の護送バスが道端に止まっており、兜《かぶと》のような防具を被った戦闘警察が列をなして立っていた。人びとのあいだを縫って入って行き初めて私は、その明洞の真ん中で何が繰り広げられているのか分かった。撤去反対のデモをしている露天商たちを、警察が強制的に護送バスに乗せているのである。警察に引っ張られながらも露天商たちは声を限りにスローガンを叫んでおり、「生存権を保護しろ！」「貧乏人も人間だ、殺人撤去やめろ」などと書かれたプラカードが、地面に雑然と散らばっていた。ところが驚いたのは、その露天商のうちの一人の男の姿だった。彼は鎖で自分の身をぐるぐる巻きにして、それを自分のリヤカーに括り付けていたのだ。彼のリヤカーにはりんご、みかんなどの果物が貧弱に並べられていただけなのだが、彼の両手両足を切断でもしない限り、誰もそのリヤカーを彼の体から離すことはできそうになかった。と、彼の顔を見た瞬間、私は息が詰まりそうになった。彼はチャン・ビョンマン氏その人だったのだ。

「まあ、気色悪い。あんな姿、人間と言える？」

若い女が顔をしかめながらため息をついた。本当にそれは人間の姿とは言えなかった。地面に横になったままずるずる引きずられていく彼の姿は、まるで地面を這いながらリヤカーを引っ張っていく獣の姿を連想させた。おかしなことに、彼はほかの露天商とは違ってひとことも言葉を発することなく口を閉じていた。彼はただ目をかっと見開いたまま、まるで耐えられない苦痛を甘受している修道士のように、何も抵抗せずに引っ張られていくだけだった。私は全身に戦慄が走るのを感じた。彼は今、引っ張られていくのではなかった。むしろ彼はみずから引っ張っているのだった。全身を地面に投げ出し、この世の重みを一人の力で押しのけているのだった。私は彼がどこに行こうとしているのか分かる気がした。

この辺でこの取るに足りない文を締めくくらねばならない。彼について書くという約束を私は遅まきながら守ったわけだ。もちろんチャン・ビョンマン氏がこれを読んだところで、決して満足な反応は見せないだろう。だからといってこんな形にしか書けないのは、彼の言葉によると頭でっかちの小説家の端くれの限界であり、それが真実なのだからどうしようもないではないか。

最後にひとこと蛇足に過ぎないけれど、最初に彼の話を雑誌に載せようと提案したあの後輩は、今はある有名な女性雑誌社に就職し、敏腕記者として活躍中なのを付け加えておこうと思う。

龍《ヨン》泉《チョン》

ベンイ

……生きて耐えねばならないのなら、
生きて耐えながら新しい世のその日を待たねばならないのなら、
世の人の誰からも関心を持たれない龍泉《ヨンチョン》ベンイになるほか、
どんな方法があるのだ。

——金聖東《キムソンドン》『風吹く夕べ』から

ドアをノックする前に私は、しばらくのあいだ呼吸を整えた。しかし二度ばかり深呼吸を繰り返しても緊張は容易に解けなかった。厚いドアの向こうに人の気配が感じられ、私は注意深くドアを開けた。

「どういったご用件でしょうか」

ドア近くの机の前に座っている女性職員が尋ねた。部屋は思ったほど広くなかった。私はドアの正面、窓を背にして座っている四十代の男がこの部屋の主人だろうと推測した。

「検事さんにお話があって来ました」

「どなたでしょうか」

「えーと……キム・ヨンジンと申します。昨日電話をもらった……」

「ああ、そこにお座りになってお待ちください」

女性職員の代わりに、隣の席に座っている男が言った。検察の書記と思われるその男の口ぶりは、書記だと思ったからかもしれないが、すごくつっけんどんで堅苦しかったけれど、私はもちろん口ぶりなどに不快感を覚える余裕はなかった。私は二人の向い側に置かれた椅子に体を預けた。検事は電話で誰かと話している最中だった。体をうしろに反らして座った椅子を動かしながら、親しい友人と雑談を交わしているようにやわらかい声で話していた。法の手続き、令状の執行、控訴の維持といった単語に加えて、先輩後輩の結びつきとか、飲み屋のママのサービスがどうとかいう話も混じっていた。ただ検事の話し声のほかに何の音も聞こえず、だからなのか、部屋の中の雰囲気が厳粛に感じられるほど静かだった。

「キム・ハッキュの息子さんですか」

検事が電話を終え、立ち上がって言った。

「はい、初めまして。キム・ヨンジンと申します」

私は大げさなくらい腰を屈《かが》めて、検事が差し出した手を握った。そしてたった今彼が父の名を言うとき「キム・ハッキュさん」と言わなかったと思い、父の名前はすでに敬称すらつかない容疑者とされているのかと、うすら寒い思いが胸の深くに沁み込んだ。

「地方の学校で勤務されているのに、わざわざご足労願って申し訳ありません」

「い、いいえ。こうしてお会いできるようにしてくださり、ありがたいです。私もこれまでどこに聞いたらいいのか分からなくて、すごく気がかりだったものですから」

私は検事が渡してくれた名刺をうやうやしく受け取り席に座った。彼は髪の毛にきれいに櫛《くし》を入れて眼鏡をかけているだけで、見かけは特に特徴のない平凡な顔つきをしていた。しかし平凡な印象だからといって、私が感じている不安と緊張が和らぐことはなかった。

「闘士の家系なのですね」

前に置いた分厚い書類の綴《つづ》りをめくっていた検事が、しばらくしてから顔を上げて尋ねた。

「妹からは時々連絡がありますか？」

「それは、どういう意味でしょう……」

「キム先生の妹、ヒョソンのことです。労働運動の世界ではなかなか有名人らしいですよ。今手配中で、警察がやきもきしているようです」

「さあ、私は田舎にいるので……あの子に最後に会ってから、一年以上経ちます。私は……あの子がそんなことに飛び込むなんて……本当に知りませんでした。家庭の事情がよくなくて、学校にもちゃんと通えませんでしたが……情にもろい、いい子なんです」

検事は、つっかえつっかえしながらしゃべる私の言うことを聞いていたが、意味の分からない笑いを口元に含ませた。

「それはまあいいです。ヒョソンの件でお会いするのではないですから」

それからまた書類を覗きながら聞いた。

「キム先生、名前が二つあるそうですが、そうなんですか。ヨンジンという名前以外にも、マクスという別名があるそうですね」

「別名ではなくて、それは子どものときの名前でした。今は名前を変えています」

「どうして名前を変えたのですか」

「それは……マクスという名前は、呼びやすい名前ではないですから。子どものころ、そのせいで友だちからからかわれましたので」

言い訳がましく話しながら私は、結局こうなってしまうんだという無力感に襲われていた。マクスという過去の名前は依然として消えることのない私の名前であり、私があんなに抜け出そうと必死になってあがいても結局父の問題からはいささかも抜け出せないのだと、改めて悟ったからだ。

私が父の動静を初めて聞いたのは十五日前のことだ。私が勤めていた学校に叔母が電話をかけてきたのだ。

「キム誰ですって？　そんな人はいませんが。さあ、キム先生はたくさんいますからね。えっ？　ああ、キム・ヨンジン先生。それならそうとおっしゃってくだされば。少しお待ちください」

叔母は最初マクスという名前で呼び出しを頼んだみたいだが、電話を取った教頭が何回か問い返したものだから、ようやくヨンジンという名を思い出したようだった。

「もしもし、キム先生を、お願いします。キム、ヨンジン、先生です……」

私が電話を代わったあとも、電話線の向こうでは強い慶尚道《キョンサンド》訛《なま》り（日本語のどこの方言であれ韓国語の方言の正確なニュアンスは伝わらないと考え、共通語で訳す）で張り上げる、切羽詰まった様子をうかがわせる声が聞こえてきた。

「どなたでしょうか。キム・ヨンジンですが」

「ああ、ヨンジン……いや、マクス、おまえ、本当にマクスかい？」

そこで私は、どこか聞きなれたその強い慶尚道訛りの年老いた女の声が、叔母のものだと分かった。

「叔母さん、どうしたのですか。どこから電話しているのですか」

「どこも何も、ソウルだよ。それはそうと、マクス。いったいどうすればいいんだろう。おまえの父さんが……おまえの父さんが逮捕されたんだって」

「えっ、何ですって。それ、どういうことですか」

「おまえの父さんが逮捕されたって。ああ、どうしたもんだろ。まったく……三十年以上も過ぎたというのに……青天の霹靂《へきれき》とはこのことだよ」

「もう少し分かるように話してください。父が……出かけるとは……どこに行くのですか」

私は戸惑いながらも、「逮捕された」という言葉は使わなかった。職員室にいるほかの教員たちが聞いていることを意識し、それに先ほどから教頭がべっ甲眼鏡の奥で小さい目をぱちぱちさせてこちらを見つめているのを感じたからである。

「さあ、警察じゃなくて、情報部だか安企部だか、何かの機関みたいだ。入ってから何日か経つらしいけど、私は今日やっと知ったところだ。本当に、もうこれでおしまいだ。どうすればいい？」

「ちょっと待ってください、叔母さん。今は詳しく話せないでしょうから、あとでまた話すことにしましょう。いいですか。午後に学校が終わったら私から電話します」

　私はそう言って受話器を置いた。

「キム先生、親戚の方ですか。最初キム先生のことをほかの名前で言っていましたよ。相当慌てた様子でしたが、家で何かあったのですか」

「ああ、はい。いえ、たいしたことではないです」

　教頭にそう言ったあと、私は自分の席に戻ってぺたんと座り込んだ。煙草を取り出す白いチョークの粉がついた指先が、自分でも気づかないうちに震えていた。子どものころ、私は「マクス」という名が嫌だった。名前としては奇妙な感じを与えるので、町内の子どもたちはその名前をからかって、私に「モクス（大工の意味）」とか「マッコリ」などのあだ名をつけて呼んだりした。でも私がその名前を本当に憎むようになったのは、もう少し大きくなり父からその名前の由来を聞いたのちのことだった。父が、失敗した自分の悲惨な過去の殻を私に背負わせようとしたことが我慢できなかったのだ。そこで入隊前の大学二年生のとき、私は自分一人の力で堅苦しく複雑極まりない行政手続きを踏んで名前を変えてしまった。

「キム先生はお父さんの過去についてどれだけ知っていますか」

検事が聞いた。

「過去というのは……どんな過去をおっしゃっているのでしょうか」

「お父さんが昔、南労党（南朝鮮労働党の略）に加担した共産主義者ということくらいは、知っていたでしょう」

やっぱりその話か、と思った。そして心の中で緊張を解かないように気をつけた。

「詳しくは知りませんが、だいたい知っています。そのために朝鮮戦争のあと、刑務所暮らしをしていたことも……」

私はわざと彼が質問した以上のことを少し付け加えて答えた。

「よくご存じですね。さてキム先生は、お父さんのそんな過去の行いや思想について、どのようにお考えですか」

検事は真っすぐ私を見て尋ねた。私は乾いた唾を飲み込んだ。

「私はここで休戦（一九五三年の朝鮮戦争の休戦のこと）後に生まれ、徹底した反共教育を受けて育ちました。今でも私は、もしも北と南の二つの体制のうちどちらか一つを選ばなければならないようなことが起こったら、そんなことはないでしょうが、万が一そうなったらの話です、私は当然南を選ぶしかありません。なぜなら、私が持っている意思や考え方、生活習慣など、私の生のあらゆる根っこは、この体制で形成されたものだからです。それに何よりも私は今、実際に子どもたちに反共教育をしている教師ではないですか」

私は背中に冷や汗が流れるのを感じた。私の答えに検事がどれくらい満足するかは知る由もなかった。検事はやはり何の表情も見せなかった。私は口の中がからからに乾くのを感じながら、上目づかいに検事を見た。

「でも、私の父は、いったいどんな嫌疑で拘束されたのでしょうか」

検事は書類をめくっていた手を止めた。

「本当に知らないのですか」

「はい、昨日電話をくれた人は、保安法違反だとだけ言って、詳しいことは直接会って話そうとのことでしたから」

すると何か書いていた検察の書記がそっと頭を上げて私を見た。私は昨日学校に電話をかけてきて、堅苦しく威圧的な声で話したのはこの男だと思った。検事は少しのあいだ何も言わずに私の顔を見ていたが、短く言葉を発した。

「スパイ容疑です」

私は突然何も言えなくなってしまった。検事は相変わらず何の表情も含まない顔で、しかしながら自分の言葉に私がどんな反応を見せるのか見逃さないぞとでも言わんばかりに、私から視線を外さなかった。

「だ、だったら……私の父がスパイだというのですか」

「あなたのお父さんは、北の対南工作のための指令を受けて暗躍した、常駐スパイ（組織の指令を受けて一定期間ある場所にとどまるスパイ）の罪で逮捕されたのです」

検事は感情のない抑揚で話したが、私はまだ自分の耳を疑うしかなかった。最初に叔母から父が連行されたとの知らせを聞いたときから、私はそれは父の過去の行為と関連があるのだろうと考えていた。しかし父が具体的にどんな法律違反をしたのかについては、思いつきもしなかった。ただ、飲み屋で酔った勢いで口にしてはいけないことを言ったとか、そうでなければ昔のことで調べられなければならないことができたのかもしれないと思っただけだった。もしかすると私は、過ぎし日の危険な思想と行為のために、父が今でも突然連行されたり何日間か捜査されるようなことがあるかもしれないと、知らず知らずのうちに考えていたのかもしれない。それにしても「スパイの罪」だなんて。この地に生まれ教育を受けたほかのすべての人たちと同様に、私もまた教室内で、あるいは路上の標語や新聞紙上でその言葉を何回も見たり聞いたりしてきたが、それが自分と直接関係がある言葉になろうとは、まったく想像もせずに生きてきたのだった。そしてそれは今この瞬間までも、とうてい実感できない言葉だった。新聞の社会面に大きく掲載される「スパイ団一網打尽」のタイトル、あちこち矢印がつけられた図表や乱数表、無線機などの証拠物件とともに載る父の憔悴した顔写真。それは考えるだけでおぞましいことだった。私はかろうじて口を開いた。

「ぜ、絶対……そんなはずがないです」

「どうして絶対そんなはずがないと思うのですか」

彼は回転椅子の高いヘッドレストに体を預けて座ったまま、眼鏡越しに注意深く私を見て言った。

「たとえ……過去に左翼思想を持っていたとしても、それはもう三十年以上も前のことですし……それに、父は決してそんなことができる人ではないです」

「そうですか。とすると、キム先生はどんな人がそんなことができると思うのですか」

「そうですね……不屈な精神を持ち我慢強くなければ、そんなことはできないのではないでしょうか。父は意志も弱く……廃人に近い生活を送っていました。これは父のことを知る人なら誰でも証言すると思います」

私は去年の冬休みのときに見た父の姿を思い出した。何か月前、私が鍾岩洞《チョンアムドン》の急坂にある貸間を訪ねて行ったとき、父は台所の扉の前に設置されている水道栓の下で、腰を丸く屈めたましゃがみ込んで下着を手洗いしていた。私が江原道《カンウォンド》にある田舎の中学校に職を得てソウルを離れたあと、妹のヒョソンが一人でウサギの穴のような一間《ひとま》で父の世話をしていた。だが去年の秋からだったか、妹が警察に手配されるようになって家に戻れなくなると、食事や洗濯の面倒を見る人がいなくなってしまったのだ。私は大家の家に毎月いくらかずつお金を預けて父の食事と洗濯を頼んでいた。とはいえ、父の世話をきちんとしてくれるなど期待できるはずがなかった。妹がいなくなって、家の中は廃墟のように手がつけられないほど放置されていた。布団は敷かれたままのようだったし、服はあちこち散らばり放題のうえに、部屋の隅には焼酎の瓶が転がっていた。その暗く小汚い部屋で、父はまるで自分が出した糞《くそ》を自分でこねている年老いた獣のように一人で暮らしていた。部屋には何とも言えない腐敗臭が籠っていた。私はそれは父の発する臭いだと知り、父はもう腐っていっているのだなと思った。

「さっきキム先生の子どものときの名前はマクスだと言いましたね」

検事が尋ねた。

「その話は捜査中にキム・ハッキュ、つまりあなたのお父さんが進んで話したことです。それだけ自分の理念は嘘《うそ》偽りがないと証明するために言ったわけです。マルクスという名前から息子の名前をマクスにしたほどだから、と」

「それは私も知っていましたが……でもそれは、若かったとき、いっときの血気にはやった夢のようなものではなかったのでしょうか」

「夢？」

「自分がやってきたことが失敗したわけではないと思い込みたい気持ち、とでも言いますか。それほどその場しのぎで自己顕示欲が激しい者は、むしろスパイ行為のような恐ろしい行為をやり抜くには向いていないのではないでしょうか」

「キム先生は」検事は口元に奇妙な笑いを含ませて言った。

「お父さんをなかなか冷静に分析していますね」

「恥ずかしい話ですが……子どものときから私は、父のことを一度も尊敬したことがありませんでした。父は家長としての権威や能力を見せてくれたことがなく、私たちの目に映ったのは、徹底して無能力で破壊的な姿だけでした」

私は顔が赤くなるのを感じた。そして耐えられない羞恥心と同時に、誰にとも知れない怒りを覚えた。父がスパイ行為をするほどの人物ではないと証明するために、私自身の口から父のあらゆる傷を検事の前で話さなければならない悲惨な状況に陥ってしまったことに気づいたからだ。

「いずれにせよ、事実の有無は捜査をしてみれば明らかになるでしょう。それより、どうでしょう、キム先生、一度お父さんにお会いになりませんか。私が特別に面会できるよう取り計らいますよ」

私は面食らって検事の顔を見つめた。

「実は私がキム先生と会おうとしたのも、お父さんと面会させるのが目的だったのですよ。今お父さんは拘束送致されて拘置所にいるのですが、一般面会は許可されていないのです。それを私がキム先生とお父さんのためにわざわざ会えるようにしよう、こういうことです」

「あ、ありがとうございます。でも……」

「でも私がどうしてこのように特別面会をさせてあげようとするのか、訝《いぶか》しく思っているみたいですね」

そして検事は、父が関連していたという事件について簡単に説明を始めた。最近、北の対南スパイ組織網が対共機関によって摘発、一網打尽にされた。今度のスパイ団はその昔南労党やパルチザンに加担していた残存勢力で、多くは六、七十歳を超える高齢者たちで構成されているのが特徴である。このように病弱な老人までスパイ組織に利用するのは、赤化統一のためには手段と方法を選ばない北の凶悪さを立証するものだ。このスパイたちは十年余り前から指令に従って情報を収集していた。そして検挙当時、乱数表、工作金、短波ラジオなど、疑問の余地がない各種証拠品まで押収された。

「ところが……」

そこまで言って、検事はしばらく黙った。

「問題はキム・ハッキュ、本人にあるのです。ほかの者たちは犯罪を裏付ける確実な証拠があるのに、この人はどうもあいまいなのです」

「あいまいというのは、具体的にどういうことですか」

「もう一度言うと、確実な証拠がないのです。今度の組織が昔の南労党の一部の地方組織網をそのまま維持しているとか、関連者たちが今もキム・ハッキュ、この人と親しい関係を持っているとか、こういった状況からみると心証はあるのだが、物証がないのです。それにほかの関連者たちが、キム・ハッキュ、この人だけは関係がないと陳述しているのです」

「だったら当然、父には何の罪もないではないですか」

「それが問題はそう簡単ではないのです。キム・ハッキュ本人が、自分も加担したと口を極めて主張しているのです」

「そ、そんなことがあり得ますか」

「当初、捜査の過程でキム先生のお父さんを連行するときは、重要参考人程度に考えていました。本人も最初は何のことか分からなかったようでしたし。それなのに、捜査過程を詳しく話すことはできませんが、とにかく取り調べを受けながら事件の全貌がだいたい分かると、突然自分も加担したと主張し始めたのです。自分もスパイ行為をしたので、とにかく逮捕して監禁しろと言うわけなんですよ」

　とうてい信じられない話だった。検事の言うとおりなら、父がみずから進んで自分はスパイだと主張したとのことだが、そんなことがあるのだろうか。私は混乱して検事の顔を見つめた。

「私はもちろん法律のことは分かりませんが、父が自分でスパイだと言ったのが唯一の証拠だとしたら、それだけでは罪は成立しないと思いますが」

「対共関係では必ずしもそうではないのです。私は共産主義者だとひとこと発しただけで罪になりますから。それに、スパイではない人が自分はスパイだと言うなんて想像できますか。いずれにせよキム先生、私がなぜあなたに父親と面会する機会を特別に作ったのか、分かるでしょう?」

　検事の話は、だから私が直接父と会って話を聞いてみろ、ということだった。どんな理由で父が証拠もないスパイ行為を主張するのか、少なくとも息子の前では本当のことを打ち明けるのではないか、と検事は考えたようだ。

「あ、ありがとうございます。何か齟齬《そご》があるに違いないと思います。さっきも言いましたけど、父は決してそんなことをする人ではありません」

「それはもう少し捜査すれば分かることだ。私に感謝することはありません。私が知りたいのは、真実、つまり本当のことだけですから」

「面会はいつさせてもらえますか」

「明日の午前中にしましょう。午前九時までにここに来てください。私と一緒に拘置所に行きましょう」

私は検事の部屋を出た。検察庁の建物を出ると、首が絞められるような緊張感から解放されたからか、突然めまいが起こり体がふらついた。外では二月下旬としては遅いみぞれがぱらついていた。私はしばらくその場に立って、あちこち目まぐるしく舞い散る雪を呆然と見つめていた。

「マクス、ここだよ、ここ」

守衛室の横で腕を振りながら声を上げている人がいた。そこでようやく私は、叔母に検察庁前の喫茶店で待つようにと言っておいた約束を思い出した。雪が降る中、どんなに長いあいだ立っていたのか、叔母の肩はしっとり濡れて顔は青白く凍えていた。

「喫茶店で待っていればいいのに、どうして出てきたのですか」

「気になって気になって、座ってられなかったんだよ。ご苦労さん。早くどこか静かな所に入ろう」

叔母は興奮した声で言い、まるで誰かに追いかけられているかのように辺りをきょろきょろ見て、私の腕をつかんだ。しかし私は、叔母の興奮して不安そうな様子を見ると、なぜか腹が立っていらいらした。

「何をそんなに怯《おび》えているのですか。誰かが捕まえに来るわけでもないのに。私たちが何か罪でも犯しましたか」

「どうして罪ではないんだ。生きていることがすべて罪で、欲というもんだよ」

近い親戚などほとんどいない私にとって、たった一人の叔母だった。若いときは市場で頑健な男衆に負けないくらい声を張り上げながらありとあらゆる商売をするほどの苦労を一身に背負って、父親のいない三人きょうだいの面倒を見た逞《たくま》しい人だったが、今では衰えを隠せないしがない老人に過ぎなかった。私たちは道端にある中華料理屋の二階に上がった。ホールの真ん中に練炭ストーブが置かれてはいたが、中は寒々としていた。叔母は人びとが座っているストーブの周りを避けて、私を隅の席に引っ張っていった。

「それで、どうなった？　検事はなんて言ってる？　おまえの父さんはいったい何の罪で捕まったって？」

席に着くとすぐに叔母は矢継ぎ早に尋ねた。もちろん誰かに聞こえるかもしれないと気にして声を低め周りをちらちら窺いながら、である。私は検事から聞いた話をまとめて伝えた。「スパイ」という言葉が出ると、叔母の顔はたちまち真っ青になった。

「なんでそんなことが起こるんだ。ああ、本当に恐ろしい。どう考えてもおまえの父さんは何かに取り憑《つ》かれたんだ」

「諦めるにはまだ早いです。検事も、私が見るところ、事柄をちゃんと処理しようとしているようだし……いずれにしても、明日父さんと会えば少しは事情が分かるでしょう」

「そうだね。とにかくおまえが父さんをうまく説得してみなさい。あの人だって分別があれば、子どもの将来を壊すようなことはしないだろうから。私はただ、マクス、おまえだけを信じているからね」

「叔母さん、もう僕のこと、マクスと呼ばないでください。名前を変えたの、知っているでしょう」

「そうだ、そうだった。ヨ、ヨンジンだったね。いつもマクスと呼んでいたので、言い慣れてしまって、つい。でもおまえも気楽だね。今こんな状況で名前のことを言い出すなんて」

叔母はぎゅっと握りしめていたハンカチで目の縁を押さえた。叔母の目はいつの間にか赤く充血していた。

「おまえの父さんも本当に不幸でかわいそうな人だ。若いときは左翼だとか何だとか言って大の字になって寝たこともなく、刑務所暮らしまで経験しているんだから。三十年間烙印《らくいん》を押されたまま、冷たい風にさらされながら生きてきた人じゃないか。おまえ達きょうだいが大きくなったら、昔ばなしでもしながら過ごせるようになると思ったのに……七十になった食事の支度なんかできない老人が一人で暮らしているというのに、声を上げることもできずに夜中に引っ張って行かれるなんて、誰が考えるものかね。そもそも寝ている最中に息を引き取ったって誰からも気づかれないような人じゃないか」

叔母の言葉には、普段音信不通の私に対する恨みと寂しさが混じっていた。実際叔母にとって私は、年老いた父親を一人で放っておく親不孝な甥《おい》だった。半月前に父の様子を初めて伝えてくれたときも、叔母は私がすぐに上京するのを願っていたようだが、私はそうしなかった。

「なんでそんなに薄情なんだ」

そのあと何回か電話をかけてきて、ソウルに行ってみろと言う叔母に、何やかやと言い訳を繰り返しながら引き延ばしていると、叔母は露骨に恨めしい気持ちを前面に出した。

「憎くてもおまえの父さんじゃないか。隣のおじさんにだってそんなに知らんふりはできないはずだ。ああ見えてもおまえの実の父親だ。その実の父親が逮捕されて何日経っても音沙汰ないというのに、生きているのか死んでいるのか関心もないというのか。ヒョソンだったらそんなことはしない。あの子はそれでも思いやりがあって親孝行だからね。動物だって自分の親や子どもは分かるというのに、おまえはどうしてそうなんだ」

けれども叔母の言うように、私は今まで父の問題によって起こる不安と恐怖から完全に自由だったわけではない。実際には反対で、私自身がその恐ろしい気持ちを大きく膨らませていたのかもしれない。時たま、自炊生活を送る部屋で一人で本を読んでいて、私を包み込む夜の寂寞《せきばく》感に耳を傾けると、ふと堪えられない恐ろしさと絶望に陥ったものだ。

ここ二年のあいだ、地図にもまともに載っていないような小さな田舎のこの地で、私は落ち着いた平穏な気持ちを持てていた。山裾の急斜面を耕し、かろうじてニンニクと唐辛子を生産しているここは、しょっちゅう強い風が吹き土埃が舞い上がった。ここの土埃は本当にすさまじかった。台所に置いてある歯ブラシはいつも土埃で覆われて真っ黒になっているので、歯を磨くために毎日何回も水ですすがなければならないほどだ。授業時間に窓を見ると、遠く小川を越えて進軍してくる土埃の風が見えた。それは一瞬のうちに運動場を覆いつくし、授業を終えて職員室に戻ると、まず机の上に濃く居座っている砂粒を手のひらで取り除かねばならなかった。そして職員室に置かれたおがくずのストーブ。それは下の部分にぽつぽつと小さな穴が開いた、おがくずが砂時計のように少しずつぱさぱさと崩れ落ちる、ブリキでできた円筒ストーブだった。私はいつもその穴の中に煙草を差し込んで火をつけた。煙草の煙を吐き出すと、例外なくねばねばした臭いが舌の先に絡みついてくるのだった。田舎の学校の教師として私に特別な使命感などなかった。いたずらの激しい田舎の子どもたちとの授業も、半分諦めていた。住民たちの多くは顔が赤黒く焼けた農民であり、その住民たちもやはり、私を田舎の単調な風景の一部分くらいにしか思っていなかったはずだ。私が好んだのは、知らないうちに白く埃が積もっていく、あるいは円筒ストーブのおがくずが砂時計のように音もなくぱさぱさと崩れ落ちる、その単調さと安らかさだった。私は何も望まず、淀む水のような私の生活が誰かによって揺さぶられたりしないことだけをひたすら願っていた。私が賃借りしている家の便所は、貧しい農民の家らしく粗末この上ない旧式の形をしており、崩れかけているスレートの屋根が真っすぐ立っていられないほど低く、女のように座って小用を足すたびにまるで去勢でもされたかのような自虐的な快感を覚えたりした。でもそれが何だというのか。そこはあらゆることから絶縁された場所だった。ソウルのあの煩雑さと賑《にぎ》やかさから、二度と思い出したくないつらい過去の記憶から、そして何よりも父から遠く離れた場所だったのである。

「とにかく、あまり心配しないでください、叔母さん。何事もなくすぐに出てこられますよ。そう信じて気を楽にしていてください」

「うーん、そうだといいけど。三十年も過ぎたというのに、これも何か前世の報いだろうかね。ずっと我慢に我慢を重ねて、そうすれば道が開けるのではないかと、いっときも気を休めることなく生きてきたけど、今になって結局こんな目に遭うなんて……」

とうとう叔母は、中華料理屋の隅の席で声を殺して泣き出してしまった。

三十年も過ぎたというのに。中華料理屋を出て叔母と別れたあとも、叔母のあのしゃがれた声が耳を離れなかった。その言葉の中には、三十年余りの歳月を通しても逃れることができなかった叔母の恐怖があり、消えることのない傷跡があった。叔母は今回の事件が三十年余り前の過去とつながっているると、固く信じているのだった。三十年余り前、叔母は夫と生き別れなければならなかった。朝鮮戦争直後、左翼に対する一斉検挙令が下されたとき、叔母の夫は忽然《こつぜん》と姿を消し、未だに生死すら分からないままだった。そしてこの地で頼りにしてきたたった一人の兄は、三十年ものあいだ烙印を押されたまま生きなければならなかったのだ。

過ぎ去りし日、私たち家族の生活はいつも、その日その日の命を長らえられるかどうか、はらはらする毎日の連続だった。借金の督促、底を突いた食料、家賃、学校への納付金などで、いつも絶望的な明日を迎え、そうしながらも気丈に絶望を克服して翌日に延ばしていた。しかし父はそんな生活の苦しみについて徹底して無関心だったので、私たち四人家族の生活は全面的に母の肩にかかっていた。それでも母は父の前で絶対にお金の話を切り出さなかった。どうかして父の前でうっかりお金の話をしようものなら、父は烈火のごとく腹を立て狂ったように大声を上げるからだった。

「金！　金！　金！　俺に金の話はするな。金が何だっていうんだ。俺は金なんて関心ない人間だ。俺は金の亡者じゃないんだよ。とんでもない。このキム・ハッキュは金のために生きるくらいなら、死んだほうがいい！」

自分が金の亡者になりたくないと言うのなら、自分のために誰かが金の亡者になるしかないという事実にどうして気がつかないのか、とうてい理解できなかった。そしてその誰かは哀れな母であり、彼が無責任に世の中に放り出した子どもたちもまた悲惨な底辺の生活を強いられ、金の亡者になるしかなかったのだ。物心がついてから私は父が過去に共産主義思想を持って左翼運動をし、三年半のあいだ刑務所暮らしをした前歴があるのを知った。だが私としては、父のような人間が、それが何であれ、信念のためにいっときでも身を投じて闘うことができただなんて、どうしても納得できなかった。そんな父は、この社会の制度や規範をあえて無視するような人間だったのだ。私が大学進学を目指したときも、父は理解できないくらい腹を立てて反対した。

「僕は大学に行って文学を勉強したいです」

大学に行っていったい何をするのだと、父から問われたときに私がそう答えると、父はかっと声を張り上げた。

「文学？　おまえ、文学は大学に行かなくてはできないとでも思っているのか？　大学だとか何だとか、本を読んで勉強する文学なんて、どんな文学だ？　そんなのは食べるのに困らない者のすることだ。文学は工場で、労働の場で、生活の現場で汗を流しながらやるものだ。それが本当の文学というものだ。ゴーリキーも食堂で皿洗いをしながら文章を書いた。近ごろ、作家だ教授だと言っているやつたち、ゴーリキーの足元にも及ばないやつらが、文学がどうの、芸術がどうのと御託を並べ立ててる。おまえ、その日の食べるものにも困っているのに、生活の前線に出ていこうとしないで、なに、大学が何だって？　そんな腐った考えでいったい何をしようってんだ、この馬鹿が。いっそ家を出て死んでしまえ！」

そのとき私はゴーリキーが誰なのかも知らず関心もなかった。けれども父のような人間の口から生活の現場だの生活の前線だのという言葉が出てくるなんて、笑わせるなと思った。もちろん私は、当時の家の状況で大学に進学するなど無理だとよく分かっていたが、私が大学進学を諦められないのは母のためだった。母は私の幼いときから口癖のように言っていた。

「ス（マクスの略）、母さんはおまえが大きくなったら、学校の先生になってほしい。商売しながらがむしゃらに働いて金を稼ぐのも嫌だし、出世して名を立てることも望まない。ただ、誠実な先生になりなさい。大金持ちになったり名を成すことはないけど、学校の先生が世の中で一番いい職業だよ。母さんの言葉を忘れないでおきなさい」

　母は、自分の息子がこの社会で脱落せずに最も安全に生きていける道は、学校の教師になることだと考えたのだ。それが、この社会で一種の禁治産者として扱われた父によってもたらされたどん底の生活の中で、つらい目に遭いながら命をつないできた母が、母なりに体得した最後の希望だった。この社会に順応して平穏に生きる最も適した方法は、おそらく公務員になることだろうが、母の経験上、公務員という職業はそれほど安全でないだけでなく、むしろより危険な職業になり得ると思ったようだ。私は結局、母の望みどおり師範学校に進学した。文学の夢はまだかなえていないけれど、だからといってそれは特に大きな問題ではなかった。私が幼いころ作文が好きだったのは、それがつらい現実から逃げるための手段だったからだが、今まで私は名も知られていない田舎の中学校の教師として現実から十分離れていることができたのである。それなのに、息子が教師になるのをあれほど願っていた母は、私が大学に入学した春、世を去ってしまった。

　その日の夜、私はなかなか寝つけなかった。私は、私が出てきた小さな山あいの村のことを考えていた。朝、市内バスに乗り、町内の通りを抜けるときの見慣れた風景、たとえば錆《さ》びついたトタン屋根の精米所の建物とか、漆喰《しっくい》がはがれたみすぼらしい町役場、製材所の庭に積まれている薄赤いおがくずの山とかが、冷たくぱらつくみぞれに埋まって遠くなっていった光景を思い出していた。そこではソウルが非現実的に感じられたように、今は、私にとってのそこは、はるかに遠い所にある、二度と戻れない非現実的な場所に過ぎなかった。私は依然として、過ぎし日のあのつらかった現実に閉じ込められているのだった。私はこの何か月ものあいだどこにいるのか分からない、一通の便りすらない妹のことを考えた。そして最後に私が眠れなかったのは、母を思い出したからだった。母は数十年というもの、胃腸病に苦しんでいた。一度発作が起きると、胸をかきむしりながら部屋の中を転げまわるほどだった。それなのに母は一度も病院に行けず、薬一服すらまともに飲めずに、一日に何度となく胸が締めつけられるような痛みに耐えねばならなかった。母が唯一服用したのはソーダだった。どんな化学作用があるのか分からなくても、その毒々しいソーダが胃壁がただれるような苦痛を一時的にやわらげる役割を担ったのだ。痛みが始まると母は、缶の蓋を開けてひと匙《さじ》ずつ口に流し入れた。私は未だに、両目を固く閉じて苦いソーダを飲み込む母のゆがんだ顔とそのソーダ缶のぎらぎらしたブリキの蓋が開けられる音を、生々しく思い出すことができる。

母が死んだのは、結局その胃病のためだった。病院でレントゲン写真を見た医師は、すでに手が尽くせない段階にきていると言った。単純な胃潰瘍が長いあいだ放っておかれて胃がんになっている、今まで命を長らえてきたことが奇跡に近いとのことだった。母は二か月床に臥《ふ》せった末に世を去った。母が錐《きり》をもみこまれるような激しい痛みと超絶した死闘を繰り広げていた二か月のあいだも、父は毎日酒に溺れていた。いや、絶対に正気でいるものかと心に決めたかのように見えた。狭い部屋の隅で酔いつぶれて眠る父が吐き出す酒の臭いを嗅ぎながら、そして刻々弱くなっていく母のうめき声を聞きながら、私は一晩中歯ぎしりをし、決して父を許さないと何度も何度も繰り返し思った。

扉が開けられ、刑務官と一緒に一人の収監者が入ってきた。私は彼が父だとすぐには分からなかった。体に合わないだぶだぶの青い囚人服を着、手錠がはめられた両手を前に合わせている憔悴した老人が私の父だなんて、どうしても実感が湧かなかった。32番、父の胸の左側につけられた番号だ。刑務官に押されるようにテーブルの前まで来て、ようやく父は私だと気がついたようだった。びっくりして硬くなった顔をぴくぴくさせたかと思うと、しばらく経ってから「おまえが何でここにいるんだ」と言った。検事が刑務官に手錠を外すよう指示した。手錠が外されたあと、父は椅子に座らせられた。

「体調は……元気でいますか」

私はかろうじてそのように尋ねた。

「うん、……元気だ」

父が短く答えた。私は何をどのように話していいのか分からず、まごまごした。頬がげっそりとこけ、きれいに剃《そ》られないまま胡麻塩のようになっている髭《ひげ》が、父をより生気のない老人に見せていた。だが驚いたのは父の態度だった。父は、自分が着ている、その背筋が凍るような囚人服には似合わないくらい、落ち着いて堂々としていたのだ。いつも腰を曲げてふらつき体を支えられなかった父が、今は、わざとそうしてでもいるかのように、胸を張って座っていた。でも私には、父の普段と違う姿が不自然な芝居を見ているようで哀れに感じさえした。

「キム・ハッキュさん、息子さんが心配していましたよ。お年も召されたことだし、そろそろ子どものことも考えなくては。息子に心配をかけていいのですか」

沈黙を破って検事が言った。まるで幼子をなだめているように柔らかい声だったが、それとともに、被疑者を扱う威圧感を隠さない口調だった。そして検事は、「刑務官、見ないふりをしてください」と言ったかと思うと、父に煙草を勧めた。刑務官に了解を求めたのは、それなりに自分たちだけの規則と職責を尊重するためだったのだろうが、一方で、被疑者に十分すぎる親切と真心を施しているのを見せるためでもあったようだ。しかし父はありがたがりもせずに、煙草を受け取って吸った。

「私がわざわざ息子さんを呼んだのです。だから、今まで言えなかったことを、全部率直に吐き出してください。私たちには言えなかった話でも、息子さんの前では言えるのではないですか」

父は何も言わなかった。重苦しい沈黙の中で、煙草の煙を吐き出しているだけだった。

「父さん、一体どういうことなんだよ」

私が先に口を開いた。そのときになってようやく父は、ゆっくりと視線を私に移した。

「こうなった」

それだけだった。私は言葉に詰まり、そのくせ抑えられない何かが内側から込み上がってくるのを感じた。

「スパイ容疑で収監されていると聞いたけど、僕が見るには何か間違いがあったようだね。もし父さんが取り調べを受ける過程で、どうしようもなくてつい言ってしまったのなら、僕に全部話して。僕は、父さんが絶対そんなことをする人ではないと思うよ。これは何か大きな間違いがあったに違いないよ」

「何が間違いだ。間違いなんてない」

父はやはり同じ口調で言った。厚かましいと思うほど揺れを見せなかった。

「そしたらスパイ行為をしたというの？」

「そうだ」

「検事さんの話では証拠がないということだったけど」

「なんで証拠がないんだ。一緒に捕まった者たちがみんな証拠じゃないか」

「あの人たちも父さんはやっていないと、証言しているらしいじゃないか。それなのにどうして父さん一人で言い張るんだよ」

「あの人たちは、わざとそう言ってるんじゃないのか。私には抜け出せる穴がありそうだから、一人でも救おうとしてるんだよ」

私は二の句が継げなかった。父は明らかに変わっていた。父は堂々として自信に満ちた態度を見せた。それは、私がこれまで一度も経験したことのないなじみの薄い不自然な姿だった。父の口調と目つきは自分を信じる気持ちに満ち、あたかもどんな苦痛も受け入れる覚悟ができている殉教者のように見えるほどだった。けれども私が見るところ、そんなことは愚かで滑稽だった。

私は席から立ち上がった。そして父が座っている椅子に近づき父の手を取った。

「父さん、なんでそんなことを言うんだよ。今からでも自分に罪はないと言ってよ。そうすれば検事さんも善処してくれるから。一緒に入った人たちに義理があるからなの？　そうでなければどんな理由でそんなことを言うの？」

父の手をつかんで哀願するように話したが、父は口を閉じていた。ほかの人たち、すなわち検事と検察書記、刑務官は、まるで冷たい見物人のように私たちを眺めており、私は彼らの前で私たち父子が惨めな喜劇を演じているという羞恥心を、我慢することができなかった。

「おまえには分からない」

父がようやく口を開いた。

「何が分からないっていうんだよ」

「おまえには分からない」

その瞬間私は、がばっと立ち上がった。これまでかろうじてこらえてきた、胸の中から湧き上がってくる衝動を抑えられなくなったのだ。

「それが何なのか僕は知りたくもない。父さんは何か信念を持っているかもしれないけど、それがそんなに偉いって言うの。これまで家族に苦労させてつらい思いをさせただけで十分じゃないか。今になって、僕たちはまた父さんのために苦しまなきゃならないのか。そのご立派な思想と信念のために？　母さんが一生どうやって生きて、どうやって死んでいったのか、まさか忘れてはいないだろう。誰のせいだっていうんだ。ヒョソンがどうして工場で働き、今はあんなになって逃げなければならないんだよ。それなのに今になって、ヒョソンの背中にスパイの娘という烙印を押したいとでも言うのか」

「おまえたちには……悪いと思っている」

「悪いと思っているだって？　僕はそんな言葉信じない。父さんは一度も家族のことを考えたことなんてないじゃないか。父さんは、どこまでも利己主義者なんだよ。父さんが持っているその理念とかいうものだって、父さんの生とは何の関係もないぽっかり浮かんだ蜃気楼《しんきろう》のようなものだったじゃないか。だから勝手にやればいいよ。その信念と思想が目指すままに、やれってことだよ。スパイになろうが、何になろうが！」

足ががくがく震えた。めまいがして今にも倒れそうだった。もっと耐えられなかったのは、恥ずかしさだった。なんという醜態か。青い囚人服を着て座っている父を前にして、せいぜいのところこんなに幼稚な姿で自分自身をさらけ出すしかなかったのかという嫌悪感で、私はすぐにでも扉を蹴り飛び出していきたかった。

「龍泉ベンィという言葉を知っているか……」

そのとき父が、しわがれた声で口を開いた。

「狂った人という意味にもなるし、天刑病（天が与えた罰という差別的な意味が含まれる）と言われたハンセン病患者たちを呼ぶ場合もある。どちらにせよ健康な人や普通の人にはふさわしくない、世の中から捨てられた存在というか……」

まるで独白でもするかのように虚空に視線を投げたまま、父はゆっくりと話を続けた。

「戦争が終わると、急にその龍泉ベンィがぐんと増えた。田舎であれ都市であれ、獣以下に扱われていた龍泉ベンィが群れになって現れ始めたんだ。戦後、どうして龍泉ベンィが急に増えたのか、私にもよく分からない。だけど明らかなのは、あの人たちの中でみずから龍泉ベンィになった人たちがいたということだ。考えてみると、この私もそのうちの一人だった……」

そして父は、しばらく黙った。依然として虚空に視線を送っている父の姿には触れることのできない奇妙な雰囲気が漂っていたが、そうであればあるだけ、私は言いようのない焦燥感に襲われていた。

「昔、われわれは革命のために闘った」

父が再び口を開いた。

「そうして戦争が起こり、結局、党は敗北して革命は失敗し、組織はばらばらになってしまった。その後その人たちはみんな、どこに行ってどうなったのか。パルチザンになって最後の抗争をした挙句、最後の一人までみんな死んでしまったというのか。本当ならわれわれが信じる理念というものが死なない限り、ここに残って新しい革命を準備するために、再び長い闘いを始めなければならなかったろうさ。だけど私はそうできなかった。かといって、この体制の中で金を稼いで出世し、家庭の平和を守ることもできなかった。ああすることもこうすることもできない……ただ龍泉ベンイとして生きるしかなかったんだ」

父はまた話を止め、長くため息をついた。

「私はもう長くない。おまえには悪いが……私は決心したんだ。もう、死ぬまで龍泉ベンイとして生きていくことはしないでおこうと。私の言いたいことはそれだけだ……」

父はそれ以上口を開かなかった。部屋の中にはしばらく重苦しい沈黙が流れた。

「だから、だからつまり、もう龍泉ベンイにはならないということなのか？　龍泉ベンイとしての人生を抜け出すのが、たかだかスパイの罪を被るということなのか？　それが、父さんの今までの生を救う、たった一つの道だとでもいうのか？　でもそれにどんな意味があるというんだ。そうしたからといって、父さんの今までの人生が変わるとでもいうのか？　それこそ父さんの生

を徹底してごまかそうとする、馬鹿な行いでなくて何だというんだ。そんなの、僕には狂ったと
しか思えないよ。別の龍泉ベンイになるということじゃないか」
無我夢中で話していた私は、突然口を閉じてしまった。父の顔に流れている涙を見たからだっ
た。信じられなかった。依然として虚空を眺めている父の皺だらけで疲れ切った顔に、つつーっ
と涙がこぼれているのだった。私はそれ以上口を開くことができなかった。その代わり、悲しみ
が喉の奥から塊となってあふれ出てこようとしていた。私は全身の力が抜けたかのように、その
場に座り込んでしまった。

結局私がその部屋を出るまで、父はそれ以上ひとことも発しなかった。検事はほかに取り調べ
があるのか、私に先に帰るように言い、私は一人で拘置所を出ていかなければならなかった。出
てくる前に、検事に父の問題をもう一度頼むことができなくはなかったが、私は諦めてしまった。
仮に父が犯してもいないスパイの罪を認めて刑を科せられたとしても、だからといって今より不
幸だとは言えないかもしれない、と思ったからだ。

構内を一人で正門まで下りる途中で、私はふと建物を振り返ってみた。取り囲む灰色一色のこ
の上なく高い塀、監視塔、そのうしろにそびえる仁王山《イヌァンサン》の巨大な岩と冷たく光る残雪などを、
しばらくのあいだ眺めていた。それからまた歩き出そうとしたが、突然立ち止まった。つぶやき
のような、あるいは歯のあいだから漏れ出てくるうめき声のような、何か喉の奥が裂けよとばか
りに叫ぶ喚《わめ》き声のような、あらゆる種類の響きが混じり合って、まるで怒号する波の音のように

押し寄せてきたからだ。しかしそれは、一瞬聞こえた幻聴に過ぎなかった。再び振り返ってみると、その巨大な建物は相変わらず墓地のような静寂の中にはまり込んでいた。私は遠くに見える出口に向かってゆっくり歩いていった。

運命について

私が先生にお話ししたい物語は、私の不思議な運命に関するものです。先生は小説を書いていらっしゃるとのことなので、今までありとあらゆる人間のさまざまな物語をお聞きになっておいででしょうね。でもおそらく、私ほど紆余曲折の激しい運命をたどった者はほかにいないと思います。

先生はひょっとして四柱推命や算命学占いといったものを信じますか。そのようなものを信ずる人たちの話を聞くと、人間の運命など生まれたときから、いや生まれる前からまるで手帳に書かれているかのように決められているのだと言います。自分がどんなにじたばたしたところで、所詮、人間なんて自分の手のひらに刻まれた運命の手相に従って生き、そして死ぬしかないのだそうです。またイエスを信ずる人たちも同じような話をします。人間のことは神の意思を離れては成り立たないそうです。でも私はそんな話を聞くたびに、どうしても理解することができませんでした。それが本当なら、人の運命なんてどんなに不公平なものでしょうか。

たとえば、財閥の一人息子として大金持ちの家に生まれる運のよい人間がいるかと思うと、自分を生んでくれた両親が誰かも分からず自分の名前すら分からないまま、道の片隅に捨てられる人間もいます。それでも、そのかわいそうな孤児は、まるで賭博場で花札が切られるように不満の一つも言えないまま自分の運命を受け入れなければならないのです。イエスの信者たちは、人間の持って生まれた運命にもすべて神の意思があるのだと言います。確かに財閥の三代続きの一人息子なら、それをよしと信じるでしょうが、道端の物乞いとして生まれたやつとしては、本当にやり切れないではありませんか。言っても仕方がないと思っても言わずにいられません。だいたい私に何の落ち度があって、神に目をつけられなければならないのでしょう。

　どうして私がこんな話をするのかと言えばですね、私がほかならない親のいない孤児出身だからなのです。もちろん空から落ちてきたのでなければ、私にも間違いなく親がいたのでしょうが、私が道端に捨てられたのはわずか四歳ごろのことなので、私の親がどんな人なのかどうして孤児になったのかすら、まともに覚えていないのですよ。ただ、そのころは朝鮮戦争の最中だったので戦争のどさくさに紛れて親を見失ったのではないかと想像しているに過ぎません。私が記憶しているのは名前がキム・フンナムとだけですが、それさえも名字や名前も正確なのかどうか自信がありません。実をいうと私は、自分の年すらちゃんとは知らないのですから。

　私は、南海《ナメ》湾のとある都市の海辺に位置するみすぼらしい小さな孤児院で育ちました。その孤児院は、戦争のときに軍用幕舎として使われた古びたバラックを改造したもので、窓にガラス一枚まともに嵌められていないあばら家でした。孤児院の院長先生は、長いあいだ酒を飲み続けた、戦争中に片足を失った傷痍《しょうい》軍人でした。

院長は夜中に酒に酔うと、突然「非常、非常！」と叫んで寝ている子どもたちを起こし、軍隊式訓練をさせる癖がありました。そしてぐっすり寝込んでいた子どもたちが眠気が覚めないままふらふらしていると、松葉杖でめったやたらに殴りつけるのです。けれども、鞭《むち》打たれるのはそこで育った子どもたちには、食事をしたり用を足したりするのと変わらない基本的な日課だったのです。子どもたちが本当に耐えられなかったのは、ぶたれることではなく空腹でした。

学齢に達した子どもたちは、海辺の長い堤防に沿って歩きながら近所の小学校に通いましたが、時々、堤防の上に並べられた干し魚をかすめ取ってしゃぶり空腹を凌《しの》いでいました。孤児院出身という理由でほかの子どもたちから差別され、仲間外れになったりいじわるされたりしたために、私たちはいつも四、五人ずつ固まって動いていました。

さて小学校五年生のときだったか、その年の冬、私は学校で開かれる学芸会に出ることになりました。学芸会で執り行う演劇のタイトルは「カエルになった王子様」とか、そんなようだったと思います。私は当の主人公であるかわいそうな王子の役でした。

演劇のあらすじは先生もご存じでしょうが、たちの悪い魔法使いの呪いを受けて、醜いカエルに変えられてしまった王子の話です。王宮の裏庭でぶざまな姿でグェグェと鳴くカエルが本当は魔法にかかった隣の国の王子であるのを、誰も知らないのです。哀れな王子は人びとの足に踏まれて死んだり追い出されたりしないように、いつも人の目につかない暗い所に隠れていなければならないのですが、ある日のこと、その哀れな王子に美しく賢い王女が同情の涙を流しキスをします。王女の唇が触れた途端に魔法は解かれ、カエルは行方不明だった王子の姿に戻る、という内容でした。

私は幼心にも、演劇のなかのその哀れなカエルがなぜか自分自身の運命に似ていると思いました。その哀れなカエルのように、親が分からない孤児として道端に捨てられた私の運命もまた、呪いの皮を被せられて生まれたわけですから。

王女役を担当した女の子は、何隻かの船を所有する村で一番金持ちの娘でした。その当時アメリカから配給された粉ミルクのように顔が白くまつ毛の長い子で、名前も聖堂でつけてもらったとか言って、「マリア」と呼ばれていました。ひとことで言うと、孤児院出身の私には声をかけることすらできない、空の星のような相手だったのです。練習中に王女がキスする場面が近づくと、足が動かずちょろちょろおしっこを漏らしそうになるほどでした。でもその子は練習のときは一度も本当にキスをせず、ただ真似をしていただけでした。

「おやおや、学芸会の日は本当にキスしなくちゃいけないよ、分かった？」

練習させていた先生がそう言うと、その子は思い切り軽蔑の目で私をじろっと睨むのでした。でも私は、自尊心が傷つけられたなんて全然思えませんでした。

今なお私は、その演劇を指導した先生がどうしてよりによって私に王子役をさせたのか、理解できません。もしかすると、醜いカエルになった王子と孤児である私がよく似た境遇にいると考えたのかもしれません。いずれにしても、普段ほかの子どもたちからいつも仲間外れにされ、からかわれていたかわいそうな孤児が、せめて演劇のなかだけでもかわいい金持ちの女の子からキスされるようにしてくれたのかもしれません。けれども今思えば、私には分不相応なことでした。それは単なるキスではなかったのです。目を閉じてその女の子の唇が近づいてくる息詰まるようなその瞬間、私は、もしかすると自分自身が親も分からない卑しく哀れな孤児から、王子のような高貴な身に生まれ変わるかもしれないといった、うっとりした夢のなかに入り込んでいたのです。

とうとう学芸会の日がやってきました。二つの教室のパーティションを取り除いて講堂を作り、舞台は美しい王宮の庭園に作り上げられました。その日に限ってずぼずぼと足首がはまるほど雪が降りました。肩に積もった雪を払いながら、たくさんの人たちが席を埋め尽くしました。松葉杖をついた院長先生も姿を見せました。

私はとばりが垂れ下がった舞台裏の暗闇の中に隠れて、そのすべてを見ていました。それは、一枚の古い軍用毛布に四、五人で体をくっつけて寝なければならない、また夜中に空腹のあまり目が覚めガタガタと窓を揺らす夜の海の波音を一人で聞かねばならない、あのぞっとするような現実の世界とはまったく異なる、目がくらむほどの美しい世界でした。おそらく私はそのとき、生まれて初めて人生の美しさとは何かについて、ぼんやりとではあるけれど感じたようです。

客席の明かりが消され、古い蓄音機から流れる音楽とともに、ついに演劇が始まりました。私は気味の悪いまだらの皮を背中に被ったカエルになり、王女はトンボの羽のような真っ白な服を着ていました。カエルの姿になるために私が被ったのは、アメリカから配給された救護品の小麦粉の袋でした。英語で大きく「ＵＳＡ」と印刷されているその袋は、本当に見物《みもの》だったでしょうね。

私が皮を被って舞台に出ると、みながこれは笑えると大騒ぎでした。同じ孤児院から一緒に学校に通っているソンマンというやつの笑い声が、特に大きく聞こえるではないですか。私がカエルのようにグェグェと奇妙な声を上げながらのそのそと歩くたびにやつはケラケラ笑い、死にそうだと言って足を踏み鳴らしました。でも私は、本当に一生懸命お芝居をしました。人びとがどんなに笑おうと気にしませんでした。私には、もうすぐ王子に生まれ変わるうっとりした瞬間が待っていましたから。その一《いち》瞬間のために私は、声がかすれるほどグェグェと叫びながら床を転げまわりました。どんなに懸命に這い回ったことか、膝が擦り切れて血が出るほどでしたが、痛いとは思いませんでした。

とうとう運命の瞬間、王女がカエルの顔にキスする瞬間がやってきました。私は王女の胸に抱かれ、清らかな涙が光を帯びて宝石のように輝く王女の目を見、胸の鼓動が雷のように大きく音を立てるのを感じました。ちょうど王女の唇が私の目の前まで迫ってきたときのことでした。いったいどうしたことでしょう。突然辺りが真っ暗になり、暗黒の世界になってしまったのです。停電でした。舞台の上でも客席でも、当然、大騒ぎになりました。その当時は停電といっても珍しくなかったのですが、人びとは我慢強く待つことなどしませんでした。もちろん演劇もそれ以上続けられませんでした。

人びとが席から離れ大声で騒ぎ立てながら出て行ったあとも、私はそのまま舞台の上の暗闇の中で一人しゃがみ込んでいました。誰もかわいそうな子の魔法を解いてやらないまま、暗闇の中一人残して出て行ってしまったのでした。

その夜私は、降りしきる吹雪を一身に受けながら一人で夜道を歩いて孤児院に帰らなければなりませんでした。それは、あまりに遠く孤独でつらい道のりでした。全身を鞭打つように舞い散る吹雪に吹きつけられ、堤防が切れるかのごとく迫りくる荒々しい波の音を聞きながら、私はもう永遠に魔法が解けないまま醜いカエルの姿でいなければならないのかと思い、絶望感に震えたのでした。

運命とは、私にとってはこのようなものでした。希望の光がぼんやりと見えたかと思う瞬間、ですから気を揉んだ末にやっと一歩進むかと思うその瞬間、必ず暗黒のとばりで目の前が遮られてしまうのでした。いつもそうでした。

私はそれ以降、孤児院でも学校でも「カエル」というあだ名で呼ばれました。そのあだ名をつけたのは、まさにあのソンマンというやつでした。はるか彼方からであろうとマリアというその子が目に入りさえすれば、やつは大声で私のあだ名を呼んでからかうのでした。私はそのあだ名が我慢できないくらい嫌でしたが、今も昔も私は弱虫でしたし、やつは私より力も強く図体《ずうたい》もずっと大きかったので、諦めるしかありませんでした。自分の運命を諦めるように、です。

ところがその翌年だったでしょうか、私の運命を試してみる機会がまたやってきたのです。冬の日差しが暖かいある日曜日の朝、私たちは突然、手足をきれいに洗って部屋に集まっていろと命令されました。子どもたちはみな緊張し興奮しました。そのような命令が下される日は、孤児院に訪問客があることを知っていたからです。

指示どおり手足と顔をきれいに洗って、流れ落ちる鼻水を吸い続けながら待っている私たちの前に現れた訪問客は、意外にも古びた服装の中年夫婦でした。私たちは少しがっかりしました。孤児院を訪れる客たちの多くは、いい服を着て脇に聖書を抱えた人たちか、そうでなければプレゼントをひと抱え持った鼻の高い西洋人だったからです。ところがその日訪れた人はちょっと特別な客でした。

私たちは、その人たちが養子を求めて来た客であるのを一目で見抜きました。孤児というものは、何よりも勘だけは異常に発達していますから。二人は院長先生と一緒に、列をなして座っている私たちの前をゆっくり通り過ぎながら一人ずつ細かく観察し始めました。男はてかてかした禿《は》げ頭に油じみがついた炭鉱ズボンをはいていました。私たちを窺う目つきが、なぜか険しく感じられました。けれども、みすぼらしい身なりで夫のうしろに付き歩いているおばさんは気立てがよさそうに見えました。おばさんは私たちを一人ずつ見るたびに、たまらなさそうに、「まあ、かわいそうに、まあ、かわいそうに」と繰り返し言っていました。と、男の足が突然私の前で止まりました。

「おまえ、年は、いくつだ?」

「十、十歳です……」

私は緊張するあまり、涙が出そうでした。他人の家に養子として入るのは一方で恐ろしいことでしたが、それでも孤児院で育った子どもなら、誰もが抱いている夢でもありました。それは飢えと虐待に満ちた忌まわしい孤児院生活を終え、未知の世界に向かって飛び立つという意味であり、何よりも新しく父と母ができるという意味でもあるのです。私にもその夢が実現されるかもしれない瞬間が訪れたわけです。

二人が子どもたちを一人ひとり見回したあと、私は院長室に呼ばれました。話によると、二人は私ぐらいの年の男の子を探していたようです。けれども院長室でもう一度注意深く私をじっくり観察した男は、それほど私が気に入ったようには見えませんでした。

「なんであの子はあんなに体が貧弱なんだ。ろくに食べてなさそうじゃないか。これじゃ病気がちでふらふらして、とても動けそうにないな」

その男に気に入られようと、私はできる限り逞しく見せるために腰を真っすぐに立てて奥歯を噛《か》み締めたまま、私にできる最高の芝居をしましたが、満足させられなかったみたいです。その一方でおばさんは、私に心が引かれたようでした。彼女はやわらかい声で私にあれこれ尋ねました。名前は何で好きな食べ物は何か、勉強はできるのか。

私はそのたびに、力を入れてはきはきした声で答えました。するとおばさんは自分の横に来て座りなさいと言って、頭を撫で手を握ってくれました。今でも私は、そのときのおばさんの手から伝わってきた温かい体温が忘れられません。

「おまえ、うちに来たいかい？」

おばさんが情のこもった声で尋ねました。その言葉を聞いた途端、私はそのときまで懸命に演じていた芝居を一瞬のあいだ忘れてしまっていました。そのおばさんの優しい声に、夜昼なくいつも恋しく思っていた、顔も知らない私の母を感じたのです。答えの代わりに、唇をぴくぴくさせてわっと泣き出してしまったのです。

「何だってんだ。男が泣くなんて」

男は気に入らない様子で、舌を鳴らしましたが、反対におばさんは私に同情心が湧いたようでした。

「ま、あれこれ迷わないで、この子を連れて帰りましょう。私はこの子がいいわ」

「こんな弱々しいやつを連れて帰って、どうやって使おうってんだ」

「でも心根は善良そうだし」

その男は気乗りしないようでしたが、結局、妻の言うとおりに私を連れて帰ることにしたみたいでした。二人が院長と養子の手続きに必要な事務的な話を交わしているあいだ、私は腰が痛くなるほど背筋を伸ばして座っていたのですが、息が詰まるほどの緊張と不安感で胸が高鳴っていました。私の心の中ではすべてがあまりにうまくいきすぎていると感じ、こんな幸運がこれほど簡単に私に訪れるはずがないという不吉な予感で頭がいっぱいでした。

結局、私の予感が的中しました。まさしくそのとき、運命の矢はとんでもない方向に外れてしまったのです。院長室のドアが開けられると、ソンマンのやつが入ってきたのです。そのとき、船が入ってくる時間に埠頭《ふとう》に出て仕事をしていました。もちろん院長がさせていたことです。体がすでに大人くらい大きくなったので、外に出て食事代を稼がなければならないとの理由からでした。

ソンマンが院長室に入ると突然その男の目がソンマンに注がれ、体の上から下までじろじろ見るのでした。

「あいつもこの孤児院にいるのですか」

彼が院長に尋ねました。

「はい、そうです」

「だったらさっきはどうしてあの子が見えなかったのかね」

「仕事しに行ってました。年かさの連中には少しずつ自分で稼ぐ方法を教えなくてはいけませんからね」

「そうですとも。私も同じ考えです。人はみな、自分の飯代くらいは自分で稼がなくては」

男は何回かうなずくと、ドア近くに立っているソンマンに、そばに来るようにと手招きしました。そしてその手に触れたり、腕や肩の関節に触れたりしたのでした。そのとき私に何ができたでしょう。わけも分からないまま体を預けているソンマンのやつを、恨みのこもった目で眺めているしか……。とうとう男が結論を出しました。

「この子がいいです。私が必要なのは、このように健康で男らしいやつです」

ソンマンのやつが養父母のあとについて孤児院を出るとき、院長をはじめ、孤児院の子どもや職員たちがみな玄関の外まで行って別れの挨拶をしましたが、私は真っ暗なバラックの隅に閉じこもったまま、あふれる涙を拭きながら声を殺して泣いたのでした。そうして次の日、私は孤児院から逃げ出してソウル行きの夜汽車に飛び乗ってしまいました。

その後私がどんなに苦労したか、言葉でどうやって表せましょうか。ソウルに着いてからしばらくは、龍山《ヨンサン》駅の前で缶を手に物乞いもやり、何か月間かチンピラたちのあとについて動き回ったりもしました。それからガム売り、靴磨き、新聞売り等々を転々としながら、時には足蹴にされ、時には悪口を言われ顔に唾を吐きかけられながらも、この厳しい社会の波に押しのけられないようあがいて生きてきました。そのとき経験した苦労話をするだけで、世間でよく言うように、本を何冊も書けるでしょうが、今は多くを省略します。

そうこうしながら私は年を重ねました。そしてどうすればこの寄る辺のない薄情な世の中で、少なくとも自分の命だけでも持ちこたえさせて生き残れるかについてのコツも次第に体得するようになりました。でもたまにひもじい思いをしながら夜道を歩いているとき、空の星のようにきらきら光る無数の明かりのうち、ぽかぽかと温かく私を受け入れてくれるところが一つとしてないという現実に、どんなに心細く寂しい思いがしたか。その心細さと寂しさを耐え抜く道は一つしかありませんでした。それは金持ちになることでした。

どこから飛んできたのか分からない火の粉のようにこの地にたたきつけられた私にとって、お金こそ世の中に足をつけて生きることのできる資格証みたいなものでした。古くなった服を何か月も着続け、一日三食を三百ウォン（為替レートによるが日本円に換算するとおよそ三十円）の平打ちうどんやラーメンですませながらも、私はがむしゃらにお金を貯めました。そして貯めたお金は一銭も使わずに銀行に預けました。キム・フンナムという私の名前で作った通帳に少しずつ膨らんでいくその額が、本当に誇らしかったです。それは私がこの地で生きており生きていける証拠であり、約束でもあるかのように感じられたのです。夜一人で横になって、こっそりと内ポケットの奥に入れておいた預金通帳を指先でさすっていると、私はこの上なく慰められ勇気を得ることができたのです。

私の人生に新しい転機がやってきたのは、二十八のときでした。私はそのころソウルの退渓路《トウエゲロ》にある旅館の従業員として働いていましたが、その旅館の二階の隅の部屋に年配で落ち着いた風情の紳士が長期滞在していました。朝晩その男の部屋に出入りしながら部屋の掃除をしたりこまごました使いもしているうちに、いつの間にか互いに話を交わすようになり、その客の人となりも知るようになりました。最初私は、まともに見える人がどうして一人で旅館暮らしをしているのか不思議に思ったのですが、その人はアメリカで三十年過ごしたあと、故国を訪れた同胞だと分かりました。だからなのか、韓国語が少し不自然で、煙草も洋もくばかり吸っていました。

「アイムソリー、洋もくばっかり吸って悪いね」

煙草を取り出して吸うたびに、彼は私ににっこり笑ってそう言いました。

「アメリカで半生を過ごしたけれど、未だにあのアメリカの食事より、テンジャンチゲ（韓国味噌を使った、野菜、豆腐、魚介類のスープ）のほうが好きなんだ。だけど煙草だけは、洋もくに慣れた口を変えることができずにいるよ」

アメリカでありとあらゆる苦労を経験し今ではお金も十分手にしたが、なぜか生き甲斐を失ってアメリカでの生活が嫌になったとのことでした。それで家族や事業をすべて投げ出し一人でソウルにやってきたと言いながら、たとえ旅館で生活をしていようとこんなに心穏やかにいられることはない、と話すのでした。人恋しいのか、彼は夜になるとしょっちゅう私を呼び出し、一緒に話を交わしました。

私は彼に今まで私がどんなに辛酸を嘗《な》めてきたか、身の上話をしました。昔、孤児院を訪れたおばさんに母を感じたように、そのとき私は、その人に顔も知らない父親を重ねていたのかもしれません。それがまさにその運命というやつが私に投じた餌だったのに、私は気づかずにいたのです。ある日の夜遅く彼の部屋に行くと、その旦那はなぜか心配そうな素振りでそわそわしていました。私がそのわけを何度か尋ねたところ、ようやく彼はそのわけを話してくれました。

「今までソウルで生活してみたけど、本当に私の祖国、私の地がいいな、と思うよ。獣だって死ぬときには故郷に向かうって言うけど、そのとおりだと思う。それで決心したんだよ。アメリカでの生活を終えて故国に定着するつもりだ」

というわけで彼は、韓国で事業を始めたいとのことでした。自分がアメリカで売っていた商品を持ち込んで売るというのですが、それはとても貴重なのでめったに手に入らない物だということでした。それにその仕事を始める事務所まで探したというのに、アメリカから送られてくるはずのお金が、書類上の手続きが遅れているために引き出せないというのでした。

「韓国では、官庁の仕事がなんでこんなに遅いのか分からない。明日すぐに残金を払わないといけないのに、これでは契約金も引き出せないし事務所も手放さなくてはならなくなる。大変だ。韓国で生きていこうと決めたのに、始まりからこんなことになるなんて、誰が想像した？」

その旦那は涙を浮かべて私を見つめました。その哀れな姿を見て私はとても胸が痛くなりました。それで勇気を出して私にできることはないかと尋ねたわけです。

「ありがたいが、いいよ。あんたにできることなど何があるというんだ。お金が問題なんだ。故国で生きようとする私の思いがこんなことで台無しになるなんて、天とは本当に薄情なものだ」

杯を傾けながら恥ずかしげもなくぐすぐすと泣いているその旦那を、私はしばらくのあいだ眺めていたのですが、やがて内ポケットの奥にしまっておいた預金通帳を取り出しました。その人はびっくりした顔で私を見つめました。

「これはなんだね？」

「たくさんあるわけではないですが、私がこれまで少しずつ貯めた全財産です。先生にお貸ししますので、これで残金をお払いください」

不足分の残金額は三百万ウォンでした。ちょうど私の通帳に記された額も、まるで合わせたようにそれくらいでした。通帳を覗いたその人は、私の手をがばっとつかみました。

「ありがとう。あんたは私の恩人だ。これから私は、あんたを私の息子と思って生きなければ」

そうして、十年間というもの私の身から離れなかったその通帳が、私の手から離れたわけです。

翌日私は、その旦那と一緒に銀行に行ってお金を下ろし、その旦那が事務所として探しておいた明洞《ミョンドン》にある高層ビルに行きました。その人が残金を払うために事務所に入ったあと、私は一人で外で待っていました。ところがいくら待っても彼が現れないのです。待ちきれずに事務所の中に入っていったところ、その人の姿はありませんでした。うしろのドアから消えてしまっていたのです。人びとに聞いてみると、その建物のどの部屋も貸し出されたことがないとのことでした。私はすっかり騙されてしまったわけです。

私があんなやつを信じすぎたのが悪かったのです。もちろん私が愚かで世間知らずだったせいでもあります。のちに知ったところによると、そいつはプロの詐欺師でした。私と同様に、うっかり引っかけられた者は何人もいるらしいのです。在米同胞というのももちろん真っ赤な嘘でした。アメリカには行ったこともなくて、単に朝鮮戦争のときに米軍の通訳としてついて回り、せいぜいのところ聞きかじった少しばかりの英語ができるだけとのことでした。

だからといって、こんなことがあっていいのでしょうか。そのお金は私にとってどんなに大切なものか、そのお金を着服して逃げたというのですから。そのときから私は狂ったようにそいつを探し回りました。鞄《かばん》にアメリカ製ライターや爪切り、栓抜き、万年筆を入れて売り歩きながら、ソウルのすべての旅館と喫茶店で虱潰《しらみ》しに聞き込みを行いましたが、何しろ広い土地のこと、彼を探し出すのは容易ではありませんでした。

私が彼に会ったのはそれから二年が過ぎたある日の夜のことでした。酔っ払いたちで混み合う横町を通り過ぎようとしていると、ある飲み屋の前でだったか、人びとが集まっているのでした。「おい、この野郎。金もないのに酒を飲もうってのかい。高いおつまみを注文しておいて。こいつ、いい身なりしているくせに、本物の詐欺師だな、こいつ」

一人の中年男が飲み屋の女給の手でつかまれたまま、あちこち振り回されている姿が目に入ってきました。それでもその男は、巻き舌で「アイムソリー、アイムソリー」と連発するばかりでした。胸騒ぎがして彼をよく見ると、案の定あいつでした。

私は人びとを押しのけて輪の中に入り彼の前に立ちました。スーツとネクタイ姿に変わりはありませんでしたが、一目でみすぼらしくなっているのが分かりました。彼が焦点の定まらない目で私を見つめました。私の顔すらちゃんと見分けられないようでした。頭に血が上るのが分かりました。私はすぐに彼の胸ぐらをつかみました。

「こいつ、とうとう見つけたぞ。返せ、すぐに俺の金を返せ……」

実際そんなことしてもどうにもなりませんでした。飲み代もなく女給に胸ぐらをつかまれているやつに、どんな金があるというのでしょう。彼は依然として焦点の合わない目で見ながら、同じ言葉ばかり繰り返すのでした。

「アイムソリー、アイムソリー……」

その巻き舌の声を聞いて、私はとうとう我慢できなくなりました。ちょうど私が売り歩いていた品物のなかにアメリカ製登山用ナイフがあったので、私はそれを取り出して彼を切り付けてしまいました。そのとき私は、そいつを殺し私も死んでしまうつもりでした。

私のナイフで切られたそいつは死にませんでしたが、その代わり私は警察に逮捕されてしまいました。金は戻ってこず、刑務所暮らしをする羽目になってしまったわけです。生まれて初めて手首に銀の腕輪をはめられてみると、本当に情けなくなりましたよ。この広い空のもと、行き場のない孤児の身の上でソウルの地にやってきて、私としては誠実に生きようと必死の思いだったのに、結局こんなことになるなんて、もうこれ以上生きる意欲をなくしてしまいました。

私は、見るだけでもおぞましい青い服を着せられました。そして看守の手で押されて監房の中に入りました。私のうしろでガチャッと扉が閉められる音がしました。その瞬間、じめじめして蒸れたにおいが鼻を突きました。暗闇で私を見上げている、飢えた獣のように光る眼がありました。私は、気づかないうちに足をぶるぶると震わせていました。

そのときでした。その殺伐とした目つきの中から、突然誰かの声が聞こえてきたのです。

「おや、おまえ、おまえカエルじゃねえか？」

私は本当に、自分の耳を疑わざるを得ませんでした。私を「カエル」とあだ名で呼ぶ者は、この世でたった一人を除いてほかに誰がいましょうか。首を回すと、顔が真っ黒でやはり濁った青色の囚人服を着たやつが近寄ってくるではないですか。どんなに年月を経ようとどんなにおぞましい囚人服を着ていようと、私はやつを一目で見分けることができました。過去に私の幸運を横取りした、まさにあのソンマンのやつだったのです。

そのようにして私たち二人は再会しました。孤児院で別れてから十五年ぶりのことでした。やつは貨物トラックの運転手として働いていたが、交通事故で人を死なせて刑務所暮らしをしているとのことでした。

彼の話では、彼もやはり、私と同様に険しい道を歩んだようです。あのとき私の代わりに養子になったのはいいが、いざ行ってみると、養子ではなく人夫だったそうです。ソンマンを連れて行ったその男は釜山《プサン》近辺にある鉄工所の持ち主で、長いあいだ奴隷のように働かせたというのです。

「養子というのは言葉だけだったよ。実際は金をかけずに仕事させようと、連れて行ったんだ。仕事をさせるには、まともに食べさせてからやらせないとだめだろうに、飯も食わせないで、毎日サボってばかりだと言って殴られて……こんなことだったら、孤児院生活をしていたころのほうが天国だったと思ったよ」

「あのおばさんは？　あのおばさんもおまえをいじめたの？」

私は初めて温かく接してくれた、あの女性のことを思い浮かべました。

「あの人はそれでも思いやりがあったよ。俺がしばらくあそこにいたのも、あの人がいたからだけど、何か悪い病気にかかってぽっくり死んじまったんだよ。だから俺もあの家を飛び出してしまった」

ソンマンもやはり、私のように運が悪い人間だったのです。その家を出たあと、やつは私と同じように、この社会の底辺で何としてでも生きていこうともがき続けた挙句、結局ここまで流れ着いたというわけです。

いずれにせよ、そうして私たちは、一緒に刑務所暮らしをするようになりました。言ってみれば「孤児院同志」が「監房同志」になったわけですよ。監房の古株だったソンマンのおかげで刑務所暮らしが少しでも楽にできたのは、私には本当に良かったです。やつは生き甲斐を失った私を慰めてくれ、勇気を出すよう気を遣ってくれました。

「おい、俺たちだって、いつまでもこうやって生きていくわけにはいかないよ。いつかはチャンスが来るだろうし、そのときはひと仕事して運を変える日が来るってことさ」

やつは、ひたすらそのひと仕事とやらを待っていました。いつかはこのうんざりする底辺の生活から飛び立てるという、虚しい夢を抱いているわけです。でも私はそんなことはできませんでした。そのような幸運が私に訪れるかもしれないという夢など、とっくに見なくなっていました。

私は最初から幸運とはかけ離れた人間だと、よく分かっていました。もちろん私にだって、いつも悪いことばかり起こっていたわけではありません。失敗ばかり繰り返してきた人生でしたが、かといって、時たま私にも良いことがあったときもあるのです。たとえば私が今のかみさんと出会ったのも、私のような者には唯一無二の幸運でした。

かみさんは何の取り柄もない女ですが、それでも私みたいな境遇の者にはもったいないくらいだと思っています。刑務所に入る直前、私は昌信洞《チャンシンドン》の丘の上にある家の、月二万ウォンの脇部屋を借りて住んでいました。その女は私の隣の部屋に入っていました。見たところ飲み屋の女給をしているようで、夜になると出かけたために、私とは話どころか顔を合わせることさえありませんでした。ある日私は、部屋の前にしゃがみ込んで夕餉《ゆうげ》の支度をしている女を見ました。と、何か強烈な匂いが私の嗅覚を刺激しました。十年余り前に初めてソウルに来て龍山駅の前で何日間かお腹を空かせたままうろついているとき、私はある家の塀の下でその匂いを嗅いだのです。飢えたお腹を堪らなく刺激したその匂いを、私はその後も忘れられませんでした。

「あのう……何の匂いですか」

彼女は古い石油コンロから出る煤《すす》に目をしばしばさせながら私を見ました。

「……チョングッチャン（納豆のように発酵させた大豆のペースト、もしくはそれを使った料理）です」

「チョングッチャンですか」

「チョングッチャン、知らないのですか」

「一度も食べたことがないです」

彼女は信じられないといった顔をしていました。私は、昔私が体験したチョングッチャンにまつわる話をしました。話を聞き終えた女は、泣くでもなく笑うでもない呆《ほう》けたような顔で黙って私を見つめました。その日私は、その女から生まれて初めてその食べ物を分けてもらいました。その後も彼女は、時たまチョングッチャンを作って私の部屋のドアをノックするようになりました。でも器だけを置いて言葉一つ交わすことなく走り去ってしまうので、ちゃんとした話はできませんでした。

そして私が拘束され、チョングッチャンは食べられなくなりました。もちろんその女とも会えなくなりました。それが、私が刑務所暮らしを始めて半月ほど経ったころ、誰かが面会に来たと伝えられたのです。最初、看守がそのように知らせてきたとき、私は信じられませんでした。私のような人間に誰が面会に来るでしょう。面会室に入る際も私は、何かの間違いだと思っていました。ところが面会室に入ると、びっくりしたことにあの女が私を待っているではないですか。

「フンナムさんに食べてもらおうと、チョングッチャンを持ってきたのに、食べ物は差し入れられないって。どうしよう」

その女は、例の泣くでもなく笑うでもない呆けた顔をしながら言うのです。

私たちは、私が刑務所を出て半月後に結婚しました。結婚といっても、式場で正式に式を挙げたのではなく、部屋を一緒にしただけに過ぎません。たとえ月額五万ウォンの一部屋であろうと、それでも家庭というものを持って私は生きてみる勇気を持つようになりました。しかし寄る辺ない身の上の孤児出身で、学歴もなく金もなく、そのうえ刑務所に入っていたという前歴のある人間が、仕事を得るのは簡単ではありませんでした。あちこち探し回った末にようやく得た仕事は、マンションの管理事務所でした。正社員ではなく、ただ、便器が詰まったと言われれば直したりする臨時職でしたが、私はそれでもありがたく、懸命に働きました。

私は生きる上で、持てるもの以上のほかのものを欲しないでおこうと決心しました。私みたいに運が悪いやつは、たとえ自分に与えられたこのみすぼらしく小さな取り分であろうと、かろうじてそれだけが残っているのだと、みずから慰めながら、です。けれども私には、大小さまざまな失敗と不運が絶えず続いたのです。何をやってもうまくいかない人がいますが、まさに私のようなやつのことを言うのだと思います。なかなかいいと思われる仕事が見つかりそうになると、決定的な場面でボツになることも何回かあったし、妊娠五か月のかみさんは流産するし、ひどいのは、同じ地下の貸間であっても、隣の部屋は何でもないのに私たちが住む部屋だけ練炭ガスが漏れたり、床が温まらなかったり（一般に韓国の家はオンドルが備えられている）、といったふうに、です。そんな例は数えきれないくらいです。物を買ってもどこか不良品だったり、その上、朝夕の通勤時でも、私がバス停に着くと目の前でバスが出てしまったりということがあって、何から何まで運が悪いのです。

いつだったかかみさんが私に、一度占ってもらおうと言ってきました。弥阿里《ミアリ》峠（ソウルの北側に位置する町。朝鮮戦争で北軍にソウルを占領された際、北へ連行される市民と家族の別れの地となった。現在は占い館が連なり、弥阿里占星村とも呼ばれる）に人の運勢を鬼神のように当てる盲目の占い師がいるという話を、誰かから聞いてきたようでした。もっとも、私のようにすこぶる運の悪い人間を夫に持つ女なら、そう考えてもおかしくないでしょうね。

「盲人が四柱を見る話は聞いたことがあるけど、手相も人相見もするなんて初めて聞くよ。自分の前も見えない人が、どうやって手相を見るんだ?」

「だから、鬼神みたいだって言うのよ。班長さん宅のおばさん、いつも体調が悪くて横になっていたじゃない? その占い師に見てもらったら、昔、病気になった義母をいじめたことがあるだろうと、一目で言い当てたみたいよ」

そうしてかみさんは、私がどうして運が悪いのか、何をしてもうまくいかないのか、何かわけがあるはずだと言うのです。たとえば先祖の墓の位置が悪いとか、悔しい思いをして死んだ鬼神が黄泉《よみ》の国をさまよっているから恨みを晴らしてやらねばならないとか。それをなんとかしなければ、何をやっても思いどおりにいくはずがないと言うのでした。言ってみれば、便器のパイプが詰まったというのに、いくら水を注ぎ入れても流れていかない、ということでしょう。

「そんなの全部嘘で迷信だよ。たとえ先祖の墓の場所が悪いとしても、先祖が誰なのかも知らないんだから、どうしようもない。先祖どころか、生んでくれた親も分からないのに」

でも私は結局かみさんに強く促されて、その盲人を訪ねていきました。バスから降りると、「処女占い師」だの「松葉占い」だの「亀卜《きぼく》」だの「運命哲学館」だのという看板を掲げた占い師の家が鈴なりになって、数えられないくらいたくさんあるではありませんか。デジタル時代や宇宙時代になってもこんな家が日に日に繁栄するなんて、本当に不思議ではないですか。かみさんが持っている略図に従ってある家に入ると、思ったとおり奇妙な服装で座っている盲目の老人が導師の仕草をしていました。

「手を出してみろ」

導師は初めから私にぞんざいな口をききました。私はつべこべ言わずに手を差し出しました。目の見える人間が、前が見えない盲人に将来のことを見てもらおうと手をゆだねている姿を考えると、本当に妙な気分になりました。ともあれその盲目の占い師はしばらくのあいだ私の手のひらを撫でまわしてから、「今までたくさん苦労してきたようだね。うまくいったことなんて、何一つなかっただろう」と言うのです。私は胸がドキドキしました。

「でも心配するな。うん……鳳凰《ほうおう》が卵を抱いているので、天地にかぐわしい香りが満ち満ちている」

「それはどういう意味でしょう」

かみさんが膝を進めて座り直しました。

「親と出会って、大金持ちになるという話だ」

呆れましたよ。生まれついての孤児に向かって、親のおかげで金持ちになるだなんて。私はすぐにそのインチキに対して罵り、立ち上がろうとしました。しかしかみさんは違っていました。かみさんは占い師の言うことを聞いて急に目を輝かせ、もう少し詳しく話をしてくれと言って見料を増やすのでした。女というものは、どんなにでたらめな話でも、その場で耳当たりがよければ乗り気になりやすいものですから。するとその占い師は、体を左右に揺らし目をぱちぱちさせながら白目をむいたかと思うと、近い将来、私が親からたくさんの遺産を受け継ぐだろうと言うのです。聞けば聞くほど怪しげではありませんか。

「えいっ、何を言ってるんだ。でたらめ言うにも程がある。そんなこと誰が信じるというんだ？親の顔も知らない孤児に遺産だって！　からかうのもいい加減にしろよ。いくら何を言っても責任が伴わないからって、理屈に合う話をしろよ。おい、帰ろう」

私はついにそう言って睨みつけ、かみさんの手を取って立たせました。かみさんは渋々私に引っ張られてその家を出ましたけれど、そのでたらめ占い師の言うことにわずかな未練を残し、諦められないようでした。

「あんた、分からないじゃない。あんたを生んでくれた本当の両親が大金持ちになって現れるかもしれないでしょ」

「おいおい、そんな馬鹿なこと言うのやめろよ。俺を怒らせるつもりか」

「あらっ、何で腹を立てるの。そうなるかもしれないってことじゃない。夢見ることもできないの？」

さて、かみさんのその話がしばらくすると現実になってしまったとしたら、信じますか。話を続ける前に少し息を整えます。今では全部過ぎた話だと思いますが、あのときのことを思い浮かべるだけで、胸が苦しくなるものですから。

　私が出所したあと結婚して暮らし始めてから、三年くらい過ぎたころのことでした。あの離散家族捜しだとか何だとか言って、しばらく世の中が騒がしかった年です（朝鮮戦争で南北に生き別れた離散家族に対して南北赤十字社の合意で一九八五年に再会事業が実現、二〇一〇年までに約一万八千人が再会を果たした）。事件は、ある日ソンマンが私に電話をかけてきたときから始まります。その友人とは刑務所を出ても時たま会う間柄でした。

「おい、今すぐ会いたいんだけど。すごく重要なことが起こったんだよ。具体的なことは会って話すよ」

　ソンマンの声は、なぜか非常に興奮しているようでした。私はやつとは長いあいだ会えていないし、またやつがどうしてあんなに興奮していたのか気になり、時間を合わせて約束の喫茶店に出かけていきました。喫茶店の中では、人びとが「離散家族捜し」だか何だかを放映しているテレビの前に集まっており、ソンマンのやつ一人だけが薄暗い隅の席で手を振っていました。

「これは何の騒ぎだ。喫茶店じゃなくて、映画館みたいだな」

　私は席に座りながら皮肉っぽい口調で言いました。喫茶店を埋めている客たちは、本当にまるで映画館にでも来たように片側の壁に置かれた大型テレビを見ながら目を赤くしており、その人たちの中には、ハンカチを取り出して本格的に涙を流す純情派も何人か目につきました。ご存じでしょうが、そのころテレビでは、流行っていた連続ドラマやスポーツ中継などすべて中断し、夜も昼も飽きるほどその涙の大事業を流していました。

「おい、あれを何でつまらない映画なんかと比べるんだ。あれはわが民族じゃなきゃ経験できない悲劇で心の傷じゃないか」

私はやつがどうしてそんなことを言うのかと思って、改めて彼の顔を見つめました。

「民族の悲劇？　おまえがそんなことを言うなんて。見直さなくちゃな」

「何言ってるんだ。俺だって知らんふりできないよ。俺も韓国人なんだから、民族の痛みを共有するのは当然のことじゃないか」

ソンマンのやつは、私のからかうような口調に取り合おうとせず、いつもの彼らしくないまじめな顔でそう返事しました。

「ところで、前におまえの足の甲にあった傷跡、まだそのまま残ってるだろう？」

ふいに腰を屈めて、秘密めかした声で尋ねるのでした。私はやつが何を考えているのか、ますます分からなくなりました。

「何だって、突然何で傷跡の話が出てくるんだ？」

「そうだな、昔おまえの左足だったか右足だったかの甲にコインほどの大きさの傷跡があったような気がして。それがまだ残っているかな、と思って」

「傷跡が何か切手みたいなものだと思ってるのか？　剝がしたりくっつけたりできるとでも言うのか？」

「よし、その傷跡がまだそのまま残っているってことだな」

人の足の甲に傷跡があるのがどうしてそんなに嬉しいことなのか、ソンマンのやつは満足したように笑ったかと思うと、突然声を低めて話し始めました。

「うまくいけば、だ。運を変えることができるかもしれない、ってことだ」

また始まった。私は運ばれてきたお茶を飲みながら、顔をしかめました。三年前に西大門《ソデムン》刑務所で会って以降、私はやつからすでに何回となくこのような話を聞かされてきたのです。うまくいけば、だ。運を変えることができるかもしれない……だが一度だってうまくいったことはなく、もちろん運が変わることなどありませんでした。運を変えることができていたなら、私は今でもマンションの管理事務所で働き、他人の家の便器の詰まりを直したりしていることはないだろうし、やつだって、他人の自家用車の運転手としてくすぶっていたりしていないではないですか。

「あれを見てみろよ。涙なしには見られない光景じゃないか」

ちょうど大声で泣き出す声が聞こえてきたテレビ画面に目を向けながら、ソンマンは話を続けました。三十年ぶりに会ったという家族が、抱き合って「間違いない、間違いない」と連発しながら、涙の海を作っていました。だがソンマンは涙どころか、何がそんなに面白いのか、ずっとうきうきと頬を上気させていました。私はそのときになってやっと、思い当たりました。さっき民族の悲劇を自分事としなければいけないだのどうのと、いつもの彼らしくない話をしていたけれど、そう考えると、単なる冗談ではなかったのです。

「おまえも知ってるだろう？　俺が口を酸っぱくして話していたご老人のこと、あのドケチのしみったれ」

とうとう彼が口を開きました。やつが運転している自家用車の持ち主は、七十過ぎの老人でした。解放（一九四五年八月十五日、日本の敗戦による植民地支配からの解放をさす）直後に単身北から南に渡ってきた、いわゆるサンパルタラジ（もとは賭博場で使われた言葉で最低点のこと。サンパルの響きから三八《サンパル》線を越えて来た人をさすようになった。故郷を捨てざるを得なかった身の上を不憫に思う気持ちが込められている）であり、これまで血のにじむような努力を重ねてお金を貯め、今では数十億を持つ大金持ちになっているのだが、一杯のコーヒー代すら出し渋るようなドケチだという話を、私はやつから飽きるほど聞いていました。鍾路《チョンノ》のどこだかに何軒かビルを持っているのに、家賃を取るだけでなく、あちこちお金を貸して利子を取る金貸しでもあるとのことでした。しかしやつがその老人を悪く言うのは、ほかでもなく、自分の給料を定期的に上げてくれないからでした。給料だけでなく、食事時間に車を待機させて待っていても、食事代はジャージャー麺一杯の値段以上くれたことがないというのでした。

「話にならないよ。ジャージャー麺大盛りじゃなくて、必ず一杯だけの値段なんだから。この世であんなにケチなのは、ほかにいないよ」

ソンマンのやつはいつもそうして不満をぶちまけていましたが、不思議なことに、それなのにやつは、そのドケチのもとを出ようとせずに何年間か運転席を守っていたのです。常に一攫千金《いっかくせんきん》の夢ばかり追いかけているやつとしては、理解できないことでした。

「何も知らないくせに。このソンマンにも、おい、考えがあるんだよ」

いつだったか、何でもっといい仕事を見つけようとしないで、そのドケチにくっついているんだと私が聞いたとき、やつがこう答えたのです。

「あのじいさんは、妻子はおろか一人の親戚もいないんだ。親きょうだいは北で死んだのか生きているのかも分からず、南に渡ってきてから女と出会って結婚したらしいが、それも戦争で避難したときに死んだというじゃないか。当時五歳だったか、一人いた息子も、避難の最中に見失ってしまった。だからあのじいさんがすぐに死んだとしても、祭壇に水を一杯供えてくれる者もいない有様なんだよ。奥さんが死んだあと、別の女と結婚して一緒に生活していたこともあったみたいだけど、その女が、じいさんの性格が気難しいので荷物をまとめて出て行ってからは、おまえ、もう再婚する気にもならなかったようだ。これだけ話せば、俺が何であのケチなじいさんの下で屈辱に耐えながらくっついているのか、分かるだろう？　このチャン・ソンマンにだって考えるところがあるわけだ。うまくいけば、運を変えられるかもしれない、ってことだよ。考えてみろよ、いくら金持ちだからって、死ぬときにその金を背負っていくことはできないだろう」

つまりソンマンのやつは、そのじいさんが亡くなる前にもしかすると餅のひとかけらでもちぎり取ってくれるかもしれないと、一縷《いちる》の望みを持っているらしいのです。それこそ棚から牡丹餅ではないですか。やつはじいさんに少しでもよく思われようと人一倍努力しているようですが、じいさんはやつの下心を見抜いているのか、でなければ、やつの言うとおり「人情などまったくない」からなのか、温かい言葉一つかけてくれないようでした。そうそううまく牡丹餅が棚から落ちてくるはずがないのに、いつも計画が狂ったとぶつぶつ言っていたやつでしたが、突然また何か次の手が思い浮かんだのでしょう。私はなぜ人の傷跡について知りたがっているのか知りたくなりました。

「ところがだよ、このじいさん、近ごろになって例の離散家族捜しだか何だかの騒ぎで、夜、眠れないってんだよ」

やつは目を輝かせて話し始めました。

「毎晩、焼酎の瓶を前に置いてテレビを見ながら、泣きじゃくっているんだ。刺されても血の一しずくも出ないようなじじいがだよ」

「それが俺の傷跡と何の関係があるんだ？」

「まあ、聞けよ。そのじじいが避難の最中にかみさんだけでなく、息子まで見失ったって話しただろう？　死んだに違いないと諦めていたけど、このごろ世間では離散家族捜しだか何だかって騒がしいのを見て、もしかすると、と望みを持ち始めたようだ。万が一その息子が今どこかで生きていて姿を現しでもしたら。あっという間に運を変えることができるんじゃないか。数十億の財産をそっくりそのまま受け取ることができるのだから」

「それで？　だからと言って、おまえが有頂天になることないじゃないか。自分の口に落ちてほしいと思っていた牡丹餅が、他人の口に入るんだから」

「話を最後まで聞けって。俺の言いたいのは、フンナム、おまえがその息子になるという話だ、どうだ？」

やつは周囲を見回して声を低めて言いました。私は呆れて、口を開けたままやつの顔をぼんやりと見ているだけでした。

「五歳のときに見失ったというから、そのじいさんだって息子のことをきちんと覚えているはずがない。だけど昨日俺に偶然、その息子の左足の甲に傷跡があるという話をしたんだ。それを聞いた途端、ぱっとひらめくものが、なんというか霊感というか、頭にぱっと浮かんだ。昔おまえの足の甲で見た傷跡を思い出して、これこそ天が与えてくれたチャンスでなくて何だと」

「おいおい、だけど名前が違うじゃないか。俺の名前はキム・フンナムだよ」

「おまえ、ヘッドが回らないやつめ。出世しようと思ったら、もう少しこのヘッドを動かさなくちゃな」

やつはいらいらしたように、手で自分の頭を回す真似をしました。

「名前くらい孤児院で変えられたと言ったらいい。身内の一人もいない身の上なんだから、誰が自分の子だと名乗り出るか？　そうだろう？」

「おまえ、本気で言ってるのか」

「どうだ？　マンションの管理事務所で汚い仕事をするよりいいと思わないか？　あとで違っていたと分かっても、駄目で元々じゃないか。こんなことで詐欺だと告発する者なんて、誰もいないだろうから」

「つまり、俺の傷跡を売り込めってことか。お尻にはそれよりもっと大きい傷跡があるけど、それも売り込もうか?」

「おいおい、何をそんな騒ぎ立てるんだ。声が大きいよ」

やつは誰かに聞こえるかもしれないと、慌てて俺の口をふさぐ真似をしました。

「まあ、聞けよ。俺だって考えがあってのことだよ。本当のことを言うと、今、緊急なことが起きてんだよ。じいさんにかみさんができたんだ」

「かみさんだって? 七十過ぎのじいさんが今更再婚するってことか」

「どういうことかと言うとだ。じいさんはもともと心臓が弱かったんだ。だから何年か前から、家政婦兼看護師として寡婦を一人雇っていた。ところがだ、その女がかみさんのように夜昼なくじいさんの横について暮らしていたかと思うと、今ではじいさんの代わりにビル代だの日歩《ひぶ》のお金だのを徴収し始めて、本当のかみさんのように振舞っているわけだ。俺の見たところ、普通の女じゃない。どうやらじいさん、女にしてやられたみたいだ、それも完璧に、な。その女がどうやってじいさんを丸め込んだのか、何日か前に分かったよ。じいさんの戸籍に自分の名前をさっさと書き加えたようだ。婚姻届けをした、ってわけだ。俺の十年の努力が水の泡だよ。俺がこれまで頑張ってきたことは、まったく徒労だったわけだから、はらわたが煮えくり返るじゃないか」

「それでかみさんができたついでに、息子を一人儲《もう》けようってことだな」

「冗談言ってる場合じゃない。おまえは俺の言っていることを話にならないと思っているだろうけど、今あのテレビでやってるの見てみろよ。どうせここに住んでいる俺らの人生なんて人並み以下だし、惨めだと思わないか？　それにあのじじい、長くないよ。誰が財産を相続するんだ。あの強欲な女に全部持っていかれるだけじゃないか。それを俺たちも分け前にあずかろうってのが、何が悪いんだ」

私は何も言えませんでした。あまりに途方もない話だけれど、一方で、何か腹立たしく、言葉で表現できない怒りのようなしこりが、岩の塊のように重く胸を押さえつけているようだったからです。

本当のことを言うと、離散家族捜しの放送が流されてから、私もテレビに出て両親を探してみたほうがいいのではないかと、かみさんから何回となく言われていたのです。でも私は、そうしたい気持ちはまったくありませんでした。私はむしろ、生き別れていた親きょうだいに会う場面をテレビで見ると、憤りを抑えられないのでした。

いくら戦争のどさくさの最中だったとは言え、子どもを見捨てたのはいつのことか。三十年以上も放っておきながら今更声を張り上げて泣き叫ぶなんて、いったい何なんだ。自分の命を守るのさえ困難な戦争中だからとは言え、自分の親きょうだいを自分の命と同じくらい大事だと考えていたなら、あんなにたくさんの離散家族が生まれるはずがないじゃないか、と思ったわけです。ですから、別れていた家族を確認するとすぐに泣き出す光景を見て、素直になれなかったのです。三十年余り別れたままで他人として暮らしてきて、今更どうして肉親だからと涙が出るのか、本当に分かるようで理解できないことでした。まして傷跡を見て自分の子だと言って、すぐにきつく抱き締めて激しく泣くだなんて。だいたいそこに傷跡がある人なんて、一人や二人どころじゃないでしょう。だから私は最初から放送を見ないでおこうとしましたし、夜昼となくテレビの前に座って涙を振り絞っているかみさんと、何回となく言い争いもしました。

かみさんは、そんな私をとうてい理解できない様子でした。もっとも私も自分自身をよく理解できませんでした。私にはそんな幸運は決して訪れないと思って、最初から拒否感を持っていたのかもしれません。自分の名前や年すらも正確に知らないのに、何を根拠に親きょうだいを捜せと言うのですか。

翌日の早朝、私は汝矣島《ヨイド》にある放送局に出向いていきました。結局ソンマンの言うとおり、その怪しげな芝居をすることにしたのです。あのとき何を考えてその芝居をするつもりになったのか、今でも私には分かりません。もしかすると私の心の片隅に、ソンマンのように一攫千金を狙う気持ちが隠れていたのかもしれません。でなければ、離散家族捜しだの何だのというあらゆる騒動を、心中で嘲ってやりたかったのかもしれません。いずれにせよ私は、かみさんには放送局に行くことを内緒にし、マンションの管理事務所には体調が悪くて休むと適当に言い訳しておきました。あとで管理事務所の連中がテレビで私の顔を見るかもしれませんが、そのときはまた適当に取り繕っておけばいいだろうと思いました。

名前を知らない両親を捜しています。朝鮮戦争のときに両親と離れ離れになった模様。
息子キム・グァンイル。推定三十七歳。特徴・左足の甲に傷跡あり。

ソンマンの言うとおり、私は大きな字でそのように書きました。年はちょうど私と同じころで、キム・グァンイルとは、ソンマンが教えてくれたじいさんの本当の息子の名前でした。私がその字が書かれたプラカードを持ってテレビに出る時間に、放送を見るようにじいさんをテレビの前に座らせておくというのが、やつが仕組んだ脚本でした。

しかし、いざ汝矣島広場で長々とした列に並んで待つあいだ、私は少しずつその多くの事情、その途方もないため息と涙を見守りながら、胸がずきずきする二種類の切ない感情に悩まされていました。一つは、私が持っているプラカードの内容が嘘の芝居をするためではなく事実だったらという虚しい望みで、もう一つは、その思いが大きくなればなるだけ心の隅で膨れ上がる良心の呵責《かしゃく》でした。私はその場で、プラカードに書かれたキム・グァンイルという名前を消して、キム・フンナムという私自身の名前に直したい衝動に駆られました。一日中立って待った末に、とうとう私の番が来たとき、私はその場にうずくまり名前を書き直そうとまでしました。ところがよりによってそのとき担当者が私の番だと言って、番号を呼んだのです。結局私は、その嘘の名前で嘘の父親を捜すしかありませんでした。

放送が流されたあと、奇妙にも、本当に顔も知らない本当の父親からの連絡を待つように胸が弾み、口の中が乾くようでした。じいさんから連絡があったのは、放送日の翌日のことでした。

「もしもし、キム・グァンイルさんのお宅ですか？」

「キム・グァンイル？　おまえ、ソンマンだろう」

私は最初、ソンマンがいたずらをしているのだと思いました。だがソンマンは、しらばくれて平静を装い続けながら話すのでした。

「はい、テレビに出たキム・グァンイルさんですね。電話、代わりますから少しお待ちください」

私はすぐに事情を察しました。続けて注意深げでありながらりんとした北の訛りが、受話器を通して聞こえてきました。

「わたくし……テレビを見て電話したのですが……あなたの名前がキム・グァンイルというのは本当でしょうか？」

「そうです。私がそのキム・グァンイルです」

心配していたのとは違い、意外にすらすらと言葉が出てきたので、自分でも驚いたほどでした。

「だとすると私の息子と名前が同じだけど……左足の甲に傷跡があるのも間違いない？」

「もちろんです。私がなぜ嘘をつかなくてはいけないのですか？」

「ほかのことは覚えていない？」

「はい、特には……すごく幼いときのことですから……」

少しのあいだ話が途切れました。聞きたいことがありそうでしたが、迷っている様子でした。

「それでは一度会ってみましょう」

「どこで会いましょうか。放送局で待ちましょうか」

「いや、放送局で会うのはちょっと。まだ確認されていないのにいたずらにカメラを回して騒ぎを起こされても困るから……そうじゃなくて、私の家に来てもらえませんか？　車を回します」

私はそうすると返事しました。私にとっても、そのほうが都合がいいですから。もちろんじいさんの車を運転してきたのはソンマンのやつでしたが、やつはすでに興奮を隠しきれないでいました。

「おい、絶対、俺のこと知り合いのように振舞っちゃだめだからな。今度のことは、おまえがどんなにうまい芝居をするかにかかっているんだから。テレビで見るように、じいさんを抱いていかにもというふうに泣いてみろよ」

車を運転しながらソンマンはまくしたてましたが、私はやっぱり自信がありませんでした。どうせこんなばかばかしい芝居なんか、すぐにばれるだろうという不安な気持ちとともに、とはいえ一方で、行くところまで行ってみようという、妙な気分に浸っているだけでした。

「特に俺が前に話していたあの女は注意しなきゃだめだ。問題はあの女だ。いい嫁ぶっているけど、鬼のように勘が働く。前はオおばさんと呼んでいたのに、最近はオ女史と呼んでやらないと、嚙みついてくるからな。とにかく普通の女じゃない」

ソンマンが私を連れて行った所は、鍾路の裏通りにある、じめじめして古びた四階建てのビルでした。中華料理屋と喫茶店、碁会所などの看板が乱雑に掛かっているそのビルは、見た目に反してソウルのど真ん中の要地なので、かなり値が張るビルだとのことでした。ソンマンが言うには、そのじいさんは、このようなビルをほかに二軒以上持っているとのことでした。だけど値段はどうあれ、そのビルの木の階段は、すぐにでも崩れ落ちそうなくらいぎしぎし音を立て、真昼なのに洞窟の中のように薄暗かったのです。私はソンマンのあとについてその狭い階段を上り、そのビルの最上階まで行きました。合板で仕切られたいくつかの部屋のうち倉庫のように古くさい隅の部屋が、そのビルの持ち主であるじいさんの事務室兼住まいのようでした。

「おまえ、くれぐれも覚えておけよ。おまえの名前はキム・フンナムではなくて、キム・グァンイルだということを。分かってるな」

事務室のドアの前で、ソンマンは低い声で私にもう一度確認しました。やつのそわそわした目と深刻な態度がなぜかおかしくて、私はつい、にやっと笑ってしまいました。

「おい、おまえ。笑い事じゃないよ。おまえと俺の人生がかかっているんだからな。気を引き締めてうまくやれよ。全部おまえ次第だからな」

やつはもう一度私に言い含めてから、注意深くドアをノックしました。ドアを開けると二坪ほどの狭い事務室が現れましたが、部屋の中は空っぽでした。通りに向かった小さな窓には埃が白く積もっており、一台の机と鉄製キャビネット、垢のついた皮のソファ、そして壁には小さなホワイトボードが掛けられているだけの、みすぼらしく狭い事務室でした。部屋の片隅にゆがんだドアが取り付けられていて、じいさんはそこで寝起きをしているようでした。ソンマンがそちらに向かって、社長、ただいま戻りましたと言うと、ドアが開けられ、背が低く眼鏡をかけた老人が現れました。ちょっと見た目には数十億の財産を持っているとはとうてい信じがたい、貧弱で薄汚い、年老いただけのじいさんでした。ちょうど机でも拭こうとしていたのか、水に濡らした雑巾を手に持って私の顔を見つめていたその最初の姿を、今でもはっきりと覚えています。髪はほとんど白髪で顔色もそれほど健康そうではないのに、ハツカネズミのような小さな目だけは、年に似合わずきらきら輝いていました。

「君の名前は、キム・グァンイルに違いないのかい？」

じいさんは信じられないというふうに、小さな目をぱちくりさせながら、私をあちこち眼鏡越しにじっと観察しました。私は深呼吸をして気持ちを落ち着かせようとしました。

「はい、ほかのことは覚えていないのですが、名前だけは覚えています」

「そうか？　だったら靴下を脱いでくれるか」

じいさんはベストのポケットから眼鏡をもう一つ取り出して、二つ重ねてかけると、私の足の甲にある傷跡を注意深く子細に眺め回しました。そして頭を上げて疑いに満ちた目で尋ねるのでした。

「傷跡はほかにはないのかい？」

「そ……そうですね、特には……」

私はとっさにそう返事をしました。でも気づかないうちに顔を赤らめていました。私のお尻にあるもう一つの傷跡を隠したほうがいいのか、どうか迷ったわけです。事が思いがけない方向に進んだのを感じたのか、じいさんのうしろに立っていたソンマンのやつがはらはらと焦っている様子が目に入ってきました。やつはそうしながら、私に手で何か懸命に合図を送ってきました。たぶんじいさんをがばっと抱いて、涙を流す芝居をしてみろとでも言っているようでした。でもそんなことをするには、私の体はカチカチに固まっていました。孤児院を出たあと、私は一度も芝居なんてやったことがなかったからです。

「ああ、チャン君。あとで呼ぶから君は外に出てなさい」

じいさんがソンマンに言いました。

「グァンイルという名前、子どものときから君が記憶している名前に間違いないかい？」

ソンマンが不安そうな目をして部屋を出ていくと、じいさんは腰を伸ばしてもう一度尋ねました。眼鏡の奥の小さな目に不審そうな様子を浮かべ、しきりに瞬きをしていました。私はすぐに返事ができませんでした。射るように私を見つめている老人の視線に出会うと、心が弱くなってしまったのです。こんなとんでもない術策が成功するはずがないという思いで胸がいっぱいになり、もしうまく成功したとしても、こんなことで人を騙すなんて許されるはずがないと思うと、罪の意識にさいなまれました。むしろ老人にすべてを打ち明けて許しを請うほうがいいのではないか、と思いました。私がどうすればいいか困っていると、じいさんが重ねて言いました。

「グァンイルという名前は私の息子の戸籍名だ。君が本当に私の息子だったら、その名前を覚えているはずがないのだが。そいつが子どものころ呼ばれていた名前は別にあったんだよ。私が韓国にやってくる前に住んでいた故郷は、あの有名な咸鏡道興南港《ハムギョンドフンナム》だ。だからその名前で呼んでいたんだ」

フンナム港？　それでその名で呼んでいたって？　私は突然頭の中ががらんと空いたようで、じいさんが何を言っているのか、正確に理解できませんでした。あっという間に全身の力が抜けていくようでした。空っぽになった頭の中に、じいさんの声がかすかに聞こえてきました。

「悪いけど、君、ズボンも脱いでくれないか。息子が二歳のときにコンロの上にお尻をついたことがあるんだ。だから君が私の息子だったら、足に傷跡があるだけでなく、お尻にもそれより大きい傷跡があるはずだけど……」

私はただ体をがたがた震わせているだけで、身動きできずにいました。私の態度を不審に思ったのか、じいさんが尋ねました。

「どうしたの？　具合でも悪いのか？」

「私の名前は……私の名前は本当はフンナムなのです」

私はかろうじてそのように答えました。声がぶるぶる震えて、言葉もちゃんと出てきませんでした。だからか、じいさんは私の言うことを正確に聞き取れませんでした。

「何だって？　名前がどうしたって？」

「私の名前はフンナムなんです。本当の名前はキム・フンナムです」

じいさんはしばらく口を開けて、ぼんやりと私の顔を眺めていました。まるでとんでもない冗談でも聞いている、といった表情をしていました。

「絶対嘘ではありません。これを見てください」

私はその場でズボンのベルトを緩め始めました。そしてズボンを下ろして、じいさんにお尻を見せました。私はそのときすでに正気ではなかったのです。

「傷跡が見えるでしょう？　間違いなく傷跡があるでしょう？　偽物じゃなく本物の傷跡です。私が作ったものではないのです。子どものときからそこにありました。私はそれがどうやってできたのか知らなかったのですが、今考えるとそれはやけどの跡だったみたいです。そうです、間違いなくそうに違いありません。やけどじゃなかったら、こんなところにどうして傷跡があるのでしょうか？」

私は自分が何を話しているのか分からないまま、無我夢中でしゃべりまくっていました。どうも私はそのとき、興奮しすぎていたようです。考えてみると、私のせいだけではないですね。あんなときに冷静でいられるひとがどれだけいるでしょうか。じいさんも同じく正気でなかったようです。いざ私のお尻にある傷跡を確認するや、じいさんはまるで中風にでもかかったかのように、全身をぶるぶると震わせ始めました。

「君、今の君の話、何が何だか分からない。だから、もう少しきちんと話してくれないか……」

「私がキム・フンナムだというのです。キム・グァンイルというのは嘘です。本当は、キム・グァンイルという名前など知らなかったです。子どものときから、私の名前はキム・フンナムでした。孤児院でつけられた名前でもなく、私の本当の名前だったのです。私の言うことがお分かりでしょうか？　おじいさん？　いえ、お父さん」

「だから君は……今、君が私の息子、キム・フンナムだと主張しているんだね」

「主張じゃなくて本当のことです。これをご覧ください。私の住民登録証です。ここにはっきりとキム・フンナムと書かれているのが見えるでしょう？」

老人は私の住民登録証を受け取り、穴のあくほどじっと見つめました。もしかすると偽物ではないかと疑うように、何度も裏返して熟視していました。やがてじいさんの顔から少しずつ血の気が引き、蒼白になっていきました。

「少し、少し……座って休みたい。心臓が弱いから……」

老人は突然激しいめまいに襲われたようで、ふらふらと歩きながら椅子に座り込んでしまいました。そしてしばらくのあいだ何も言わずに、焦点の合わない目で私の顔をじっと見つめていました。しかし、私を見ているようではありませんでしたが、その視線は私の顔を越えて私が知らない遠いある所にまで及んでいるような気がしました。私はじいさんが突然錯乱状態になったのではないかと思って、にわかに不安になりました。

ところがしばらくしてから、じいさんは思いがけない行動に出たのです。じいさんは中風にかかったようにぶるぶる震える手で引き出しを開けると、時計を一つ取り出しました。黄ばんだ金色の手垢がついた古い腕時計でした。じいさんは手で時計をいじりながら、つっかえつっかえ苦しそうに口を開きました。

「この時計はこう見えても、私には特別な時計だ。三十五年前に故郷を出るとき、この時計一つを持って出て来たんだから……」

　老人はあたかも呪文でも唱えるかのような口調で話し始めました。私は彼がなぜ出し抜けに時計の話を持ち出すのか理解できませんでした。息子なのかどうかという瀬戸際にその時計が一体何の意味があるのかと思ったのです。私は、じいさんはもしかすると突然正気を失って、自分でも今何を言っているのか、分からなくなっているのではないかと思ったくらいです。

「私は三代続いた家の一人息子だったんだよ。それなのに父親に対して償いきれない罪を犯してしまった。解放前にソウルに住む女性と、今の言葉でいうと恋愛なるものをしたんだけど、そのまま三八度線が固く閉じられて行き来できなくなってしまった。家ではほかの女との結婚を勧められて……うん、思い余って何が何でもソウルに逃げ出そうと思ったわけだ。とはいっても私にお金があるはずがない。仕方なく思い切って父の時計を盗んで家出した。その当時、時計は珍しかったので、結構値の張るものだったし、それに何よりも父がいつも愛用していたものだった。そのときは私がソウルでお金を稼ぐようになったら、あとで家に戻ってこの時計を返して許しを請うつもりだったけど、戦争が起こって永久にそんな機会は消えてしまった。父と母に永遠に親不孝を償う機会が、なくなってしまった……」

じいさんは血の気がなくなり蒼白になった顔で、苦しそうに息をしていました。

「最初に南に来たころは、この時計のありがたみをつくづくと感じたよ。本当に困ったとき、二度も質屋に預けることができたから。だけど金を稼ぐようになってからは、一度も私の手から離さなかった。いつかはこの時計を父に持って帰って、許しを請おうと思っていたから……」

埃の溜まった汚れた窓に、ぼんやりとした夕方の日差しが差し込んでいました。老人の苦しそうな息遣いが聞こえるだけで、部屋の中はしんと静まり返っていました。私はまったく口を開くことができませんでした。そもそも私に何が言えましょうか。私はそのとき、目の前で展開していることがただ夢を見ているようで、実感が湧かないだけでした。

「私が南で一人で生きながら苦労を重ねてきた話は、言葉では言い表せないくらいだ。女房も死に、たった一人の息子も見失ったのだから、生き甲斐をなくしてもしようがない。だからといってどうしたらいいのだ？　生きているのだから生きなくては……ほかの人たちは私のことを金の亡者だの血も涙もない人間だのと言うが、それは何も知らないで言っているに過ぎない。故郷も失い家族も失った、誰も当てにできないところで生きている人間に信じられるものなんて、何があると言うのか。金が私の家族であり、親きょうだいのようなものだった。だけど……年取って共同墓地に行く時期が近づいてくると、だんだん虚しくなってきた……こうして懸命に貯めた財産なんて何の役にも立たないと思うようになってきたのだよ……」

老人の声はいつの間にか感傷的になってきていました。でも老人はそれ以上話せませんでした。そのときドアが開いて女が入ってきたのです。五十は優に過ぎているように見えるのに、年に似合わず化粧の濃い女でした。私は、ソンマンが話していたあのオ女史に違いないと見当がつきました。

「まったく、また駄目だった。そもそも会えないことには金を受け取れないからね……金を借りるときは死にそうな形相をしているくせに、持って行ってしまえばもう返そうとはしないんだから」

女は利子を回収しに行ってきた様子でした。女は部屋の中に入るや大声で騒ぎ立て、ふと雰囲気が普通でないと感じたみたいで、私を疑うような目でじろっと見ました。

「この人は誰?」

「あ、うん、誰でもない。ただ……何か頼みたいことがあって来たようだけど……」

老人はなぜかすごく困惑しているようで、慌てて私に言いました。

「君、このことはやはり私が一人でじっくり考えてみるよ。だから明日の朝、また来てくれるかな。いいかい? 明日の朝……」

私は老人がその女に、私たちの話を隠そうとしているのだと感じ取りました。

「そうします。必ず明日、またお伺いします」

お父さん、と言いたいのを、私はぐっと抑えました。その女の険しい目つきを視界に捉えたからです。私は老人に深く頭を下げて、ドアに向かって歩いていきました。足ががたがた震えましたよ。私がドアを開けて出ると、老人も外までついてきて声を潜めて言いました。

「今日あったことは誰にもしゃべっちゃいけない。もう一度会って確認しなくてはいけないからね。それにうっかり口を滑らせて、事が壊れる場合もあるから……私の言っていること分かるね」

老人の小さな目が不安と疑いの気持ち、そして話せない切実な何かで瞬きするのを見ました。私はうなずきました。私は彼を十分に理解でき、その約束を守ろうと決意しました。だから階段の入り口に隠れて待っていたソンマンのやつからどうなったと聞かれても、私は何も言わなかったのです。

「おい、どうなったんだって。そのまま帰すところを見ると、うまくいかなかったみたいだな。じいさん、何て言ってた？　まさか俺たちが騙そうとしたのに気づいたわけじゃないだろ」

やつが息を切らしながら投げかける問いに私はひとことも答えませんでした。そして明日もう一度連絡するとだけ言って、やつを振り切って帰りました。その薄暗い階段を抜け出すと夏の夕方の日差しが目に沁みました。私は深呼吸をしました。まるで三十年間という長いあいだ閉じ込められていた暗闇の中から脱出したような思いでした。

その夜、私はまったく眠れませんでした。早く寝なければ明日がやってこないのに、どんなに眠ろうとしてもまるっきり眠れないのです。本当に頭がどうかなりそうでした。私の横からは、そんなことはお構いなしにすやすやと眠るかみさんと子どもの寝息が聞こえてきました。私はすぐにでもかみさんを起こしてその日にあったことを話したくなる衝動を、何度も抑えました。

暗闇の中で何とか眠ろうと悶々《もんもん》としていると、なぜか子どものときの学芸会のことが頭に浮かぶのでした。私はその不吉な考えを頭の中から追い出そうとしました。これは明らかに芝居ではなくて現実なのですから。でもまるで安心できませんでした。こんなことがどうして実際に起こり得るのでしょうか。しかもほかの人ではなく、私に。私は以前、宝くじの一等に当選したらどんな気分なのだろうかと、しょっちゅう想像に浸っていました。そのたびに、私はそんなことが起きたら理性を失ってしまうのではないかと思っていました。ところがいま私に起こったこの事件は、宝くじに当選するどころの騒ぎではなく、それとは比べ物にならないのではないでしょうか。私はもしかすると明日の朝は日が昇らないのではないかと、疑問に思ってしまうほどでした。今日の夜、突然地球が終末を迎えるのではないかということです。

孤児院時代から今まで続いたあらゆる苦労が走馬灯のように頭をよぎりました。幻想と現実が無闇に混じり合い、こんなことしていると私はどうかなってしまうのではないかと恐ろしくなりました。

そうしているうちに少しのあいだ眠ったようでした。夢の中で私は二十年余り前の孤児院時代に戻っていました。学芸会をしており、私は同じように醜い皮を身にまとったカエルでした。ところが私にキスをすることになっている王女をよく見ると、王女ではなくまさにあのじいさん、いや、私の父親でした。私は気が気でなくて恐怖のために真っ青になっていました。なぜなら、父が私にキスする前に芝居が終わるのではないかと恐れていたからです。昔と違うのは、停電になるのを心配していたのではなく、夢から覚めるのを心配していたことです。私は夢の中でもそれが夢だと知っていたし、私が王子になる前に夢が覚めるのではないかと本当に焦っていました。それで父に早く魔法を解いてと声を上げましした。けれども、なぜか声が出ないのです。そうして結局、私が心配していたとおりになってしまいました。父が私にゆっくりと一歩ずつ近づいてくる瞬間、突然夢のカセットテープが切られてしまったのです。

私はびっくりして夢から覚めました。暗闇の中、騒がしく電話のベルが響いていました。でもすぐには電話を取ることはできませんでした。その騒がしい電話の音とともに、不吉な予感がして私は打ち震えていました。時計を見ると夜中の二時でした。

「もしもし、おい、フンナムか」

受話器からソンマンのやつの声が流れてきました。

「どうしたんだ？　こんな夜中に」

「俺、いま、大学病院の救急診療室に来ているんだけど、じいさんが突然心臓麻痺を起こしたんだ」

胸の中で何かがとてつもない重さで落ちるように感じ、少しのあいだ息が止まりそうでした。受話器を持つ私の手がぶるぶる震え始めました。

「そうなんだよ、昨日の夕方、だからおまえが帰ってから、何だか顔色が悪く息苦しそうに見えていたのが、夜中に急に発作を起こしたわけだ。病院に連れて行ったら、もう間に合わないって。人の命は分からないというけど、こんなに虚しいことがあるか。こんなことになってみると、俺たちが息子だどうだといってショーをやったのが、じいさんに大きな衝撃を与えたようで、良心が咎《とが》めるよ」

「おい、ソンマン、おまえ、いま冗談言ってるんだろ？　俺をからかおうと嘘ついてるんだろ？　そうだろ？」

「おまえ、何言ってんだ。俺が嘘つくために夜中におまえに電話なんかするか。信じられないなら、病院に来てみれば分かるじゃないか」

受話器を置いて、私は力なく座り込んでしまいました。

「あんた、どうしたの？」

目が覚めたかみさんが驚いて、私を抱きかかえました。でも私がかみさんに何を、そのすべてのことを説明できましょうか。私は狂ったように起き上がり、病院に駆けつけました。老人はすでに冷たくなって、霊安室に移されていました。そのじいさんは、いや、今では父と言わなければなりませんね。父はもうこの世の人ではありませんでした。私はソンマンに、じいさんが亡くなる前に何か言い残したことはなかったか、尋ねました。もしかすると私が自分の息子だと、ひとこと言っているかもしれないと、一縷の望みを持ってのことでした。だがソンマンの答えは絶望的でした。じいさんはひとことも残せずに突然発作を起こして病院に運ばれ、病院に着いたときには、すでに息を引き取っていたとのことでした。

私は霊安室の冷たいコンクリートの床に座り込んで、わっと泣き出しました。一度涙が出ると、堰《せき》を切ったように次々と涙があふれ出てきました。三十年ぶりに、たった一度しか顔を合わせなかった父に、どんな思いがあってあんなに泣いたのでしょうか。私はただ、私の運命を恨み、父の人生が哀れで泣いたのです。考えてみてください。世の中にこんな理不尽なことがあっていいものでしょうか。

その場にいた人たちは、私がどうしてそんなに悲しげに泣くのか、奇妙に思ったことでしょう。それもそのはずです、私が彼のたった一人しかいない息子だと知っているのは、死んだ者と私のほかには誰もいなかったからです。私が彼の息子だと証明する道は、もうどこにも見つけることはできません。明かりが消え芝居は突然中断されてしまいました。二十年余り前のあの日の夜と同じく、私は、依然としてその呪いの魔法が解かれないまま暗闇の中に一人残されているのでした。あの醜くぞっとするような皮を被って、です。

だからと言ってこのまま諦めるなんて悔しすぎます。それで人びとに私がじいさんの息子だと話しました。足の甲とお尻の傷跡、そしてキム・フンナムという私の名前がその証拠だと、懸命に説明しました。でも人びとの反応は冷淡でした。ソンマンのやつまで私の言うことを信じなかったくらいですから。人びとは私を、そのじいさんの財産を狙って、とんでもない話をでっちあげている詐欺師扱いしました。何よりもじいさんの戸籍に入っているあのォ女史だか何だかの女が、かんかんになって怒り狂いました。私を詐欺師呼ばわりして警察に告発し、その上ごろつきを雇って私を殴りつけることまでしました。あの女の周りには急に正体不明の者たちが現れたのですが、私の見たところ、全部ごろつきや詐欺師のような連中でした。

けれども私は、真実を明らかにするためにずいぶん努力しました。生前老人と少しでも近しかった人を訪ね歩き、政府高官に何回となく陳情書を送り、新聞社や放送局に手紙を書いて協力を要請しました。でも私の努力はいつもうまくいきませんでした。まるで約束でもしたように、誰も私の言うことを信じませんでした。人びとは同じように、私を老人の財産を狙っていると決めつけたのです。

もちろん私がそれほどまでして息子だと証明しようとした理由の一つは、財産のためでもあります。法的にはそのたくさんの財産が、ことごとくあの女に渡るようになっており、私としてはとうてい黙っていられなかったからです。私は、その財産を自分のものにしたいというより、父が一生かけて貯めたその財産がそんなに虚しく奪われてしまうことに我慢できなかったからです。もしその財産が何か社会団体といった所に寄贈されたのであれば、私の心は少しは慰められていたかもしれません。ところが、その財産がどこの馬の骨か分からない、あのたちの悪い女に持っていかれるなんて、そんなことがあっていいのでしょうか。

けれども、私が父の息子だと主張すればするほど、人びとは私を厚かましい詐欺師や精神病者扱いをしたのです。

「おい、おまえ、いったい何でそこまで言うんだ？　それくらいにしろよ。おまえの心情は理解できるけど、もう終わったことじゃないか。人は執着しすぎると本当のように感じることがある。おまえ、一度病院に行ったほうがよさそうだ」

　悔しいのは、ソンマン、あやつまで私の言うことをまったく信じようとせず、逆に私を異常な人間扱いしたことです。それだけではありませんでした。私は、かみさんからも精神病者扱いをされてしまったのです。

「あんた、お願いだから目を覚まして。家族がどうなってもいいの？　人に恥ずかしくてたまらない。やっぱりあんたの病気、相当悪いみたいよ」

　ここまでくると、自分でも頭がどうかなってしまったのではと思うようになりましたよ。あの日あのじいさんと私が二人だけで会ったとき、二人のあいだにあった事柄は現実ではなく虚構ではなかったか、と疑うくらいでした。私が幻を見聞きしたのに、それを実際にあったことだと信じているのではないかと。そう考えると、私はどこからどこまでが真実でどこからどこまでが嘘なのか、本当に分からなくなってしまいました。

　そして時間が経つにつれて、私は少しずつ本当に病み始めたのです。仕事に行くのはもちろんのこと、人と会ったり、そのうえ食事をすることも嫌になりました。私は結局、マンションの管理事務所から追い出されてしまいました。それでも、家の様子がどうなろうと関係なく、ただ生きているのが面倒くさく感じるだけでした。私はだんだん話をしなくなりました。一日中檻《おり》に閉じ込められた獣のように、部屋の中に閉じこもり虚空ばかり見ているようになったのです。

見ていられなくなったかみさんが、私を精神科に連れて行き診察を受けさせました。医師は私が重症のうつ病にかかっていると診断し、入院を勧めました。でも私には入院して病気を治す考えはなく、それにそんな経済的な余裕はありませんでした。私が家に閉じこもるようになってから、家計を支えるために、かみさんは派出婦や食堂の従業員などありとあらゆる仕事をしながらやり繰りしていたようですが、その日その日の生活をするのも覚束ない有様でした。子どもたちを食べさせなくてはいけないかみさんとしては、一日中部屋に閉じこもり何も話そうとしないま獣のように食べて排泄するだけに過ぎない私を、本当に持て余しているようでした。いつだったか、三歳になる娘がお腹でも空かしたのか、横になっている私の頭を揺さぶりながら泣くのです。私は無意識のうちに子どもを足で蹴っていました。気づいてみると、子どもが部屋の片隅で真っ青になったまま、息ができずにいました。すぐに私は私自身が耐えられないくらい恐ろしくなりました。

そのことがあって、私はソウルから遠く離れた祈禱院のような所に移されてしまいました。けれどそこでも、私の心の病は簡単に治せませんでした。季節が変わり、風が吹き、花が咲いても、私には何の関係もありませんでした。ところがそこで一年ほど経ったころだったでしょうか。ある日かみさんが子どもを連れて訪ねてきました。かみさんが作ってきたキンパプを祈禱院の庭でぼんやりと食べているときでした。ふとかみさんが嵌めている腕時計が目に入ったのですが、一目で見たことがあると気づきました。詳しく見ると、黄色く手垢のついたその時計は、父が私に見せてくれたあの時計に間違いありませんでした。私は素早くその時計をつかみました。

「この時計、この時計がどうして、この時計を何で、おまえが持っているんだ？」

「これ？　あんたの友だちのソンマンさん、いるじゃない、あの人が持ってきてくれたの。外国に行く前に」

ソンマンが少し前に中東のサウジだかという国に仕事しに行ったという話は、私も聞いた覚えがありました。

「話を聞いてみると、あのおじいさんがいつも大事にしていた時計だったんですって。だからおじいさんが亡くなったあと、ソンマンさんがその家を出るときにそっと持って出たそうよ。おじいさんが大事にしていたものなのだから、結構な値段の金時計だと思ったみたい。だけど時計屋に行ったら、単に金メッキが施されたものだと言われたんだって。あの人この前外国に行くからと、おじいさんの時計だからあなたにって、置いていったの。気分が悪いから捨てようかと思ったけど、ちょうど私の時計が故障したので、嵌めていたの。古いものだけど、時間は正確よ……」

かみさんが弁解するように言いました。私はかみさんの腕からその時計を外し、私の手に嵌めて眺め回しました。そのまま長いあいだ、身動きもせずに座っていました。たくさんのことが頭の中をよぎり、顔が涙でぐしょぐしょに濡れていました。

「あんた、どうしたの？」

かみさんがこわごわ尋ねました。それもそのはずです、その涙は何か月ものあいだ私が見せたことのない、感情表現だったからです。

さあ、これがその時計です。これが、父が私に残したたった一つの遺産なわけです。ところで興味深いことに、この時計が私の手に入ってからは、そのときまであんなに気持ちを閉ざしていた心の病を少しずつ忘れられるようになったのです。今ではほとんど忘れています。

近ごろ、新聞や放送などではすぐにでも統一されるかのごとく騒ぎ立てています。本当に統一されるのか、私のような者にはよく分かりませんが、もし統一されたなら一つ小さい望みがあります。父の故郷の興南という所に行き、顔も知らない祖父の墓の前にこの時計を置いてチョル（お辞儀のこと）をしたいのです。父の代わりに、です。

だからと言って私は、もし統一されたとしても、父の人生が、そして私のような人間が経てきた苦労が報われるだなんて絶対に思いません。何も知らないから言うのかもしれませんが、統一されたからといって人の暮らしなんてどれだけ変わるというのでしょう。知識人たちは歴史だの何だのと主張しますが、その歴史というものが、父の古時計についていったい何を知っているというのでしょう。

いつ会ったのか覚えていませんが、ある学生が私にこんなことを言いましたよ。運命というものもすべて人間が作るものだと。その学生が言うには、昔は神が運命を作ったのかもしれないが、今は私みたいな弱者の運命は、お金や権力をつかんでいる力のある者の政治ごっこや、あるいはアメリカやソ連などの外国勢力によって作られるというのです。実際、それもまったく間違っているとは言えないと思います。私が孤児になったのもあの戦争のせいだったし、その戦争はそもそも誰が起こしたものなのでしょう。まさに人間が起こしたのではないでしょうか。

ただ私は、それだけではやはり不十分で物足りないと思います。もし運命の神がいないとしたら、父が残したたった一つの遺産が私の手に入ったことをどう説明できますか。この古時計を私が手に入れることができたのは、もしかすると避けられない運命だったのではないでしょうか。これが神の意思なら、果たしてその意思とは何なのか、私はじっくりと考えているのですよ。先生はどのようにお考えですか。

鹿《ノク》川《チョン》は
糞に
塗《まみ》れて

一

「次は鹿川《ノクチョン》、鹿川駅に止まります。お出口は左側です」

ウウ、ウウ、ウウ……ジュンシクの横に座っているミヌの口から、うめき声のようなものが聞こえてきた。蒸し暑く混み合った電車の席に座って居眠りしながら、何か悪夢でも見ている様子だった。ところどころに吊《つ》るされた古い扇風機が弱々しく羽根を回しているだけの冷房が効かない車内は、息が詰まるくらい蒸し暑かった。ジュンシクの肩に苦しそうに頭を乗せ、口を半分ほど開けたまま眠っているミヌの顔には、油のような汗がてかてかと光って流れていた。

こいつは果たして私の弟なのだろうか。ジュンシクは心の中でこう自問した。何日も洗濯していないのか、薄汚く汗に濡れた空色のシャツからすえた汗の臭いが漂い、真っ黒に焼けた顔にはあごひげがちょぼちょぼと小汚く生えていた。濃い眉や鼻筋の通った顔には明らかに昔の面影がそのまま残っている。それはまた、今では土の中に埋められている父の顔と生き写しだとも言えた。けれども本当に久しぶりに会ったからか、ジュンシクには、奇妙なことに弟の顔が見れば見るほどまったく知らない人のように思えるのだった。

「次は鹿川、鹿川駅に止まります。お出口は左側です」

電車が速度を落とし始めた。ジュンシクはミヌの肩を揺すった。ウウ、うなされるような声を上げ、ミヌは体をのけぞらせて目を開けた。そしてしばらくのあいだここはどこなんだといったふうに周りを見回し、ジュンシクと目が合うときまり悪そうに笑った。

「ずいぶんぐっすり寝ていたな。ここで降りるよ」

「ここで降りるって？　兄さん、この町内に住んでるの？」

やつは信じられないといったように、窓の外を見て瞬きした。それもそのはず、窓の外に見えるのは明かり一つない真っ暗闇に過ぎなかったからだ。しかしちょうど電車のドアが開いたので、彼に詳しく説明をする暇がなかった。

突風を起こして電車が走り去ったあと、鹿川駅に残った者は彼ら二人だけだった。まるで荒涼とした野原の真ん中に取り残されたような、もの寂しい暗闇が彼らを包んだ。

「電車、降り間違えたんじゃないだろうね」

ミヌは訝し気に辺りを見回した。

「僕、兄さんがマンションに住んでいると言うから、それらしい中産階級の住む町内なんだろうなと、楽しみにしていたのに」

「まだ工事中だからだよ。ここだって遠からずそうなるはずだ」

ジュンシクが先に立って出口のほうに歩いていった。ミヌが疑問に思うのも無理はなかった。

駅周辺は、ことごとく地面を掘り固めマンションを建てている最中の工事現場だらけで、荒涼としていたからだ。骨組み工事中の異様なコンクリート構造物を過ぎると、工場排水が流れる真っ黒などぶがあり、そのどぶを渡ると、ジュンシクが一週間前に引っ越してきた団地がある。でもここからは、その団地すらまだ見えていなかった。

「鹿川だなんて、名前は詩的だけど」

ミヌが駅のてっぺんに付いている看板を見上げてつぶやいた。ジュンシクも頭を上げて、暗闇の中で明るく輝くその看板を見た。

鹿川、ジュンシクがこの駅を利用し始めたのは一週間前、つまりこの町内に越してからのことだった。そのときは彼も、ここがなぜ詩にでも使われるような上品な地名をつけられたのか理解できなかったが、その疑問は今でも解決できずにいた。どんなに周囲を見回しても、その名の由来と言えそうなものは、駅の近くを流れる貧弱などぶ川だけで、それだって工場排水や汚物がどっぷり溜まっているのみで、すでに小川とは言えなくなっている。その昔には、たまに何頭かのノロジカが小川まで来て、無心に水を飲んだりしていたのかもしれないが、今となってはその地名がずいぶん逆説的で、かえって皮肉な意味を持つようになってしまったに違いない。

「どっちに行くの？　道がないじゃない」

「僕についてくればいいよ」

駅の階段を下りると、すぐに明かりひとつない真っ暗なマンションの工事現場に出た。ジュンシクが先にその暗闇の中に一歩踏み出した。

「兄さん、それはそうとこの町内、ずいぶんひどい臭いがするね」

ミヌが鼻をひくひくさせて、周りをきょろきょろ見回した。工事現場に入ると、むしむしした空気の中からたまらなく不快な悪臭が漂ってきたからだ。それは大量のゴミが腐敗する臭いやぬかるみの臭いのようでもあり、工事の排水の臭いのようでもあり、あるいはそれらのすべてをひとまとめにした臭いのようでもあった。そしてひとつ除外してはならないものがあった。それはまさに糞《くそ》の臭いだ。今は暗くて見えないが、実は鹿川駅周辺には一様に糞が、少し誇張して言えばどこにでも散らばっているのをジュンシクは知っていた。駅の近くには工事現場の事務所として使われている仮の建物と、人夫たちに酒と食事を提供する飯場、そしてみすぼらしい屋台などが集まっているが、どういうわけか生理的用務を解決する施設はまともに備えられていなかった。駅に行くために工事現場の裏側を歩くと、薄暗く奥まった所には決まって人間の排泄物が散らばっているのが目についたのである。だからこのように鼻をつく臭いを放つのも無理はなかった。特に今日のような蒸し暑い日には、臭いはより強烈になりがちだったのである。

遠く工事現場の一隅に灯された街灯の明かりが、二人の影を長く映していた。二人は兄弟にしては似ているところがなかった。まず背からして対照的だった。ジュンシクは背が低く、三十代なのにすでに腹が出ていた。そうかと思うと、腕と足は細くて青白く、全体に彼の体格はどこか危なっかしく不均衡な印象を与えた。ジュンシクに比べると弟は頭一つ分背が高く、すらっとした体格をしていた。ジュンシクは暗闇の中で何も言わずに歩いているミヌの顔を眺めた。彼は未だに弟について知らないことがたくさんあった。いや、知っていることはほとんどないというほうが正確だろう。十年ぶりに唐突に現れた弟なのだから、そうであってもおかしくなかった。

「弟さんだそうですよ」

今日の午後、電話を代わってくれた用務員の少年からそう言われたときにも、そして受話器から「兄さん、僕だよ、本当に久しぶり」という声が流れてきたときにも、ジュンシクは相手がミヌだとはまったく考えもしなかった。もしかすると彼は、ここ数年間、自分に弟がいるという事実すらすっかり忘れていたのかもしれなかった。

ジュンシクが弟と別れたのは弟が十五歳のとき、だから彼が家を飛び出して当てもなくソウルに来たときのことだった。それから彼は、弟に二度会っただけだった。一度は父が亡くなったとの話を聞いて葬式のために家に帰ったときで、もう一度は、彼が軍隊生活をしているころに弟が休戦ラインの近くにある部隊に面会しに来たときだった。そのとき弟は、韓国で最高の名門大学のバッジをつけていた。それからおよそ十年経っているから、今ごろは当然、弟は財閥企業のエリート社員になっているか、高級公務員にでもなっていなければならないはずだった。だが今日、ジュンシクが初めて弟からの電話を受け取り喫茶店に出向いたとき、彼の前に現れた弟は思いも寄らない姿をしていた。まるでたった今、建築工事現場かどこかから抜け出してきたかのように、日雇い労働者といった風情をしていたのだ。彼らは喫茶店で一緒にお茶を飲み、近くの飲食店で肉を焼いて、夕食とともに酒まで飲んだ。それなのに弟は、自分について何も話さなかった。単に、それまで手掛けていた小さな事業に問題が起こって突然生活が苦しくなったと、説明しただけだった。

工事中の建物のあいだを抜け出すと、やっと小川の向こう側、遠くにマンションの明かりを見ることができた。小川の向こう側はすでに工事が完了し入居も終えた地域だったのだ。ミヌが尋ねた。

「あそこなの？」

彼らは少しのあいだ立ち止まったまま、その明かりを眺めていた。暗闇の中で無数に明かりを灯して並び立っているその建物は、あたかも巨大な舞台装置のように非現実的な感じを与えていた。不夜城を構成するそのたくさんの明かりのうちの一つが、ジュンシクが住んでいる所だった。

「ああ、やっと本当の自分たちの家に来たわ」

一週間前、引っ越し荷物を載せたトラックに乗って前庭に着いたとき、彼の妻が放った最初の言葉だった。本当だ、彼らはずい分と遠く険しい道を回って、今やっと「本当の自分たちの家」に着いたのだった。彼らが手にした家は、上渓洞《サンゲドン》新市街地（ソウル市蘆原《ノウォン》区の住宅地。不法に住みついた人たちの多い地域だったが一九八五年に再開発地域に指定された）と名付けられた大規模マンション団地の片隅に位置しており、一五階高層マンションの一番下の階の角にあった。一番下の角にある家とは、知っている人はみな知っているだろうけれど、同じ棟、同じ坪数の家の中で最も値段が安いことを意味していた。家の値段はそうであっても、重要なことは彼の家が妻の言うように「本当の自分たちの家」という事実だった。

九回落選してやっと抽選に当たったとき、ジュンシクはにわか成金にでもなったような気がした。生まれたときからそれまで不幸に慣れすぎていたので、自分に訪れたその幸運がとうてい信じられなかったのだ。彼が初めてソウルにやってきて学校の用務員として働いていたころは、学校の片隅にある階段の下の部屋で眠った。そしてのちに、学校からそれほど離れていないタルトンネにある月三万ウォンの安下宿で、自炊をしながら過ごした。雨が降ると天井からぽたぽたと雨漏りのする部屋だった。結婚後、彼ら夫婦が過ごした最初の住まいは、他人の家の地下の貸間だった。その部屋は特別に天井が低く、妻が結婚するときに持ってきた箪笥《たんす》が入らず、脚を切らねばならなかったので、妻は箪笥の脚を自分の身体の一部を切るくらいに感じて傷ついていた。そこに二年ばかり住み、もう少しましな家に移った。今度は人の家の二階だった。しかしその家と軒がくっつく隣の建物の二階によりによって教会があり、毎日スピーカーを通して聞こえてくる讃美歌と悔い改めなさいと叫ぶ牧師の説教、そして「アーメン」という声を聴かねばならなかった。また床にオンドルの火がまともに入らなくて、乳飲み子だった娘は風邪を引きっぱなしで、あるときは肺炎まで起こし、こめかみに注射しなければならなかった。けれどもそのすべての借家住まいのつらさは、もう昔の話になった。水道の蛇口からはいつも温かいお湯が出てくるし、三部屋に加えて小さな居間まである二十三坪のマンションが、ついにジュンシク自身の所有となったのだ。水をたくさん使い家の中で騒いでも、誰一人として文句を言う人はおらず、人の目を気にすることもなくなった。もちろん家賃が上がるかと心配する必要もなくなった。

「なんでこんなに遅くなったの？」

ドアが全部開く前に、妻の声が飛んできた。

「今日も買ってこなかったの？　また忘れたのね？　あなたはまったく、どうしてそんなにぼうっとしているの？　誠意がないのね。朝、私があんなに言ったのに……」

彼女はジュンシクに返事する暇も与えずに、小言を並べ立てた。ジュンシクが忘れたというのは、金魚を飼う水槽のことだった。新しいマンションに越してから、ジュンシクの妻は三つの目標を立てていた。それは居間に水槽を置くことであり、その次にビデオとオーディオセットを持つことだった。その三つを持てば、マンションの居間は、ほかの家に劣らずそれらしく見えると言うのだった。実際、今までは他人の家の狭い貸間を巡りながら住んできたので、家の中を飾り立てるなど思いも寄らなかったのだが、今では立派なマンションの住民になったのだから、インテリア雑誌でよく見かけるように、室内装飾だか何だかをしながら暮らす時がきたというわけだ。ビデオとオーディオセットは、ジュンシクの収入ではすぐには揃えられないが、水槽を買い入れるのは、今でも問題なく実現できる目標だった。だがこのマンション団地の近くにはまだ商店街が整っていないので、水槽を買うには、ジュンシクの職場の近くで買ってこなければならなかった。ジュンシクが今日それを買ってこられなかったのは、妻の頼みを忘れたからではなく、ミヌに会ったからだった。

「入れよ」

ジュンシクは返事の代わりに、うしろにいるミヌに言った。妻の両目が大きく開けられ、声が変わった。

「誰か来たの？」

「こんばんは、お姉さん、初めまして」

「えっ、どなたですか」

妻は大変驚き戸惑った顔をしていた。結婚以来、ジュンシクは一度だって誰かを家に連れてきたことはないのに、まったく会ったことのない顔も知らない男がお姉さんだのと言うのだから、彼女がびっくりするのも当然だろう。

「僕の弟、ミヌだよ」

「どういうこと、弟って？」

「話したことあるだろう？　だいぶ前に別れた弟がいたと」

「ああ……」

妻があいまいにうなずいた。だが、まだ何が何だか分からないといった混乱した表情を浮かべていた。

ミヌが家の中に入ると、妻は顔をしかめて鼻をつまんだ。彼の足からひどい臭いが放たれたのである。ジュンシクの妻は、足の悪臭が我慢できない女だった。ミヌは何日も靴下を取り替えていないようで、それは垢が染みてまだらになっていた。そのうえ、親指がにゅっと飛び出ていた。けれどもミヌはそんなことは気にも止めない様子で、少しも遠慮せずにあっちの部屋、こっちの部屋とドアを開けて見ていた。ぎこちなくどぎまぎしたのは、むしろジュンシクと妻のほうだった。やつは眠っているジュンシクの娘の顔を眺めてキスしたり、妻に冗談を言ったりした。

「お姉さん、思ったよりずっときれいですね。僕の兄貴、なかなか隅に置けないな」

「何をおっしゃいますか」

妻は顔を少し赤らめたが、それほど不快な様子ではなかった。ジュンシクもまた彼が自然に振舞うのがありがたかったが、なぜか「思ったより」という言葉が、妙に引っかかった。

「それではもう遅いので、お休みください。準備しておきましたから」

妻がそのように言って部屋に入ってから、二人はしばらく何も言わずに座っていた。ミヌが彼の家に来てこのように向き合っていると思うと、感慨無量と言えなくもなかった。これまでの積もる話がありそうなのに、おかしなことにいざとなると話すことなどないのだった。ミヌ自身もそのようだった。彼は今更のように周りを見渡して口を開いた。

「結構広そうに見えるけど、何坪ぐらいなの」

「分譲坪数は二十三坪だとされているけど、実際は十六坪とか十七坪だ」

しばらく黙ったあと、ジュンシクが続けた。

「こう見えても、長いあいだ、これが僕の夢だった。やっと夢をかなえたわけだ」

「この町内は、マンションを建てるためにもともと住んでいた人たちを強制退去させて騒ぎになっていた所だろう?」

「そうだよ。だからと言って、僕がここのマンションを嫌だとは言ってられないじゃないか」

「別に、思い出したから言ってみただけだよ。夢がかなってよかったな、兄さん」

ミヌが笑いながら言った。やつはもしかすると、マンションが長いあいだの夢だったというジュンシクの言葉を、くだらないと考えているのかもしれなかった。だがやつがどう考えていようと、ジュンシクには紛れもない事実だった。二人はまた何も言わずに座っていたが、ふいにやつが口を開き、あくびをした。

「疲れているだろうから、寝たら」

ジュンシクはその場から立ち上がった。彼が寝室に入ると、妻は壁に向かって横になっていた。彼は彼女の機嫌があまりよくないと感じた。

「連絡もなしに、突然客を連れてきたら困るわ」

彼が妻の横に身を横たえると、眠っているように背を向けていた妻が、口を開いた。ジュンシクは自分が悪いのではなく、弟が予告もなく突然訪ねて来たからだと言い訳した。そしてミヌは客ではなく、弟だと付け加えた。

「でも電話ぐらいくれてもよかったじゃない」

ジュンシクは前もって電話する暇がなかった、悪かったと言った。ジュンシクが謝ると、彼女は何も言えなくなったようにしばらく黙っていたが、また口を開き、弟は何をしている人なのか、どうしてあんな格好をしているのかと、尋ねた。

「さあ。やつは絶対出世していると思っていたんだけど。子どものときから頭がよくて有名だったから。友人と何かの事業をして失敗したようで、今は苦労しているみたいだ」

彼は、弟が今後しばらくここにとどまると、言おうか言うまいか迷った。

「弟だったら、どうして今まで電話でのやり取りもなかったの？」

「僕には腹違いの弟だから。昔、父が学校の教師をしていたときに、同僚の女の先生と恋愛をしたそうで、そのときに生まれたのがミヌだよ。最初は生みの母親に育てられていたんだけど、その人が再婚したから僕の家に来たんだ。僕とはそのときから何年間か一緒に暮らしていたけど、その後別れたんだよ。僕の母親が亡くなって、生みの母親が連れて行ったわけだ。だから兄弟でも姓が違うんだ」

「あなたの家も複雑な事情を抱えているのね」

妻はこう言って、それ以上何も言わなかった。ジュンシクはなぜかなかなか寝つけなくて、闇の中で一人、寝返りを繰り返した。彼の頭の中に、古い記憶の一場面が色あせた写真のように思い浮かんだ。

彼が小学二年生のある日のことだ。学校から帰ると、なぜか家の中が、以前にはなかった不自然な空気に包まれているのを感じた。市場に出ているはずの母が、板の間の端に座ったままぼんやりと虚空を見つめており、ジュンシクと目が合うと、何も言わずにわけの分からないため息をついたのだった。次に目についたのは、板の間の下に置かれた見たことのない靴だった。六つか七つの子が履くようなとても小さな靴で、当時としてはあまり見かけない高級運動靴だった。ジュンシクは板の間の上に鞄を投げおいて、部屋の戸を開けた。と同時に、びっくりしてしまった。部屋には何日間か家を空けていた父が帰ってきており、その前に切れ長の目をした知らない子が座っていたのだ。すぐにまた戸を閉めて出ようとしたジュンシクのうしろから、りんとした父の声が聞こえてきた。

「おい、おまえ、お父さんに会ったら挨拶ぐらいしろ。どこに逃げようというんだ。入ってこい」

ジュンシクは注意深く部屋の中に入った。

「おまえの弟だ。これから面倒見てやるんだぞ。分かったか?」

ジュンシクは口をつぐんだままうなずき、その子を横目で見た。皮膚が白く顔は女の子のように可愛い子が、警戒するような目でちらちらとジュンシクを見ていた。半ズボンに膝まで届く靴下を履いていた。ジュンシクはそのとき、膝が出る半ズボンに、女の子のように膝まで届く靴下を履いた男の子を、生まれて初めて目にした。そしてあんなに顔も可愛く、金持ちの子のように着飾った子が自分の弟だなんて、とうてい信じられなかった。

「あの部屋にいる子は僕の弟なの?」

部屋を出た彼は、板の間の端に座っている母に近寄った。母は何も言わずにうなずいた。

「僕の弟なのに、お母さんが生まないで、なんでお父さんが連れてきたの？　橋の下から拾ってきたの？」

母は大きくため息をつくばかりで、何も言わなかった。ジュンシクは普段とは違う母の表情から何か尋常じゃない秘密がありそうだと思い、それ以上尋ねることができなかった。そのとき、板の間の隅に置かれた鞄が目に入った。たった今買ったばかりのような革の鞄だった。蓋を開けると、中には全部新品の筆箱とノート、下敷きなど、学用品がいっぱい詰まっていた。

「僕のだ。触るな！」

その子が外に飛び出て叫んだ。そしてやつは鞄を奪い返すと、急にわーんと泣き始めたのだった。泣く口実を待っていたかのようにやつが泣き始めると、がたんと部屋の戸が開き父が走り出てジュンシクの頭をわけもなく小突いた。

「おまえ！　弟の面倒を見ろと言ったのに、なんで泣かせるんだ、おまえは」

ジュンシクは暗闇の中で煙草を吸った。胸の片隅が誰かに握りつぶされてでもいるように、重い痛みが押し寄せてきた。父はすでに亡くなった人だが、彼は今でも父に言いたいことがたくさんあった。自分の中に残っている言葉を吐き出す機会を与えずに、あの世に旅立った父が恨めしかった。

「もう！　煙草、消して」

寝ていると思っていた妻が、いらいらしてこう言い放った。

二

ジュンシクがトイレのドアを開けると、ちょうど校長が立って用を足しているのが目に入った。そこで、そのまま引き返そうとしたが、その前に背後から聞こえた校長の声で立ち止まらざるを得なかった。

「あ、ホン先生」

ジュンシクは初めて気がついたふうに装い、びっくりした様子で慌てて挨拶をした。教師の辞令が出てから三年経つというのに、ジュンシクは未だに校長から「ホン先生」と呼ばれると恐縮してしまう。教師になる前、彼は、この学校で五年間庶務職員をしながら夜間大学に通い、それ以前には用務員として働いていた。もちろんその時期には、校長は彼を「ホン君」と呼んでいた。

「ホン先生、今忙しいですか」

「いえ、別に……忙しくないです」

「だったら、ちょっと話しましょう」

本当は学期末の成績通信表も作らなければならず、出席統計も今日中に終えなければならなかった。でも通信表や出席統計より急を要するのが今すぐトイレに入って用を足すことだったのだが、彼は校長に少し待ってくれとは言えなかった。校長はうしろを振り返りもせずに廊下を歩き始めた。

校長室まで行くには、職員室の前を通る必要があった。校長のうしろについていきながら彼は、開いたドア越しに同僚の教師たちが自分が校長と一緒にいるのを見て変に思うのではないかと、ひそかに心配した。だがこちらに目を向けている者は誰もいなかった。

「ホン先生、今度マンションを買われたんだって？　遅くなったけど、おめでとうございます」

「ありがとうございます」

「ここに座ってください」

二人はソファに向き合って座った。校長室はエアコンが効いていて、初秋のように涼しかった。壁側に大きなキャビネットが置かれており、その中には各種のトロフィーやメダルなどが陳列されていた。過去数十年のあいだに運動部が獲得したトロフィーは、まるで新品のようにぴかぴかしていた。ジュンシクは、校長が時間のあるときにみずからそれらを磨いて、ぴかぴかに光らせるのが趣味なのを知っていた。窓は全部閉まっていた。広い窓を通して一目で見渡せる運動場では、子どもたちが暑い日の光の下で体育の授業を受けていた。それはまるでサイレント映画の画面のようで、そこからは何の音も聞こえてこなかった。校長室は静かすぎて唾を飲み込む音まで聞こえるようだった。

「何坪のマンションですか」

「二十三坪の小さなマンションです」

「まだ若いのですから、それくらいなら上等だよ。これから一生懸命やっていけば、少しずつ広くなっていくでしょう」

彼は膝を揃えて座り、校長の次の言葉を待っていた。校長が自分を連れて来たのは、単にマンションの話をするためではないはずだ。先ほどから彼の胸はわけの分からない不安と緊張感で激しい動悸がし、何より下腹に不快な疼痛《とうつう》まで起こっていた。最近になって彼は過敏性腸症候群の症状に悩まされていて、特に緊張するとその症状がひどくなるのだった。

「ホン先生、近ごろ、職員室の雰囲気はどうですか」

校長の声が急に低くなった。

「そうですね……私が見るところ、いいようですが」

「そんな漠然とした答えがどこにある？　何か特別に目につく人はいないかね？　学校に対する不満を言ったりとか……」

「そんな人いないと思いますが」

ジュンシクの手はたびたびお尻の下に行きそうになった。もともと彼には、不安で緊張すると自分でも気づかないうちに手を隠す癖があった。背広を着ているときには手は袖の中に入るが、半袖シャツを着ている今は、両手が自然と下のほうに行っているのだ。それに下腹を圧迫するような不快感を抑えようとする心理も働いていた。

「キム・ドンホ先生はどうですか」

「最近は別に話もしなくなったし、ただ学校の仕事を熱心にやっているようです」

「このごろは全教組の活動はしていないようですか」

「私が見るところ……この前脱退してからは、まったく関与していないように見えます」

「今度の夏休みの補習のことですが。自律化だとか何だとか言って、希望する生徒たちが過半数を超える場合に補習を実施しろと指示が下りているけど、そんなもの担任次第ですよ。生徒が希望すればやれだなんて、休み中に学校に来て勉強したい子どもなんて、どこにいますか？　それに教師の中でも補習を嫌がる人が多いのは、私だって知っていますよ。だけど家で遊んでいてもしょうがない。出てきて、文字の一つでも教えるのが教師のやりがいというものだ。今度の夏休みの補習計画がうまくいくように、ホン先生が積極的に動いてください」

校長が眼鏡越しにジュンシクを真っすぐ見つめた。ジュンシクはその校長の目を避けたかったが、ほかに目を向けるところがなかった。

「ホン先生、私は、ホン先生はほかの教師たちとは違うと思っているのです。ホン先生こそこの学校を自分の学校だと考える方だと、私は信じています。私の言うこと、分かりますか？」

彼は校長の言うことを十分理解した。もとはと言えば、彼がこの学校の教師になったのもひたすら校長のおかげだと言えた。今から十五年前に彼をこの学校の用務員として就職させてくれたのも、当時教頭だったこの校長であり、その後庶務職員として働き夜間大学に通えるよう配慮してくれたのも校長だった。もちろんその間ジュンシクも懸命に働いたわけだから、ただでそうしてくれたとは言わないが、いずれにせよ、この校長がいなかったら今日の自分がなかったのは否定できない事実だ。だから校長の話は、ひとことで要約すると恩を忘れるなということだった。

「よく分かりました。校長先生」

「新居に入ったから、奥さんも喜んでおいででしょう。奥さんにおめでとうと伝えてください」

彼が校長室を出るとき、校長が笑いながら言った。自分がジュンシクの家族とは特別に親密感を持っている、と念を押すような口ぶりだった。ジュンシクは校長が彼の妻を昔のように「チョン嬢」と呼ばずに「奥さん」というのを、不自然に感じた。彼は校長が偽善者なのをよく知っていた。だからと言って、校長がほかの人に比べて特別にひどい偽善者だとは言えないのもよく分かっていた。

校長室のドアを開けると、ちょうど事務室で経理職員と話していた教師のヤン・グマンと目が合った。ヤン・グマンは誰よりも勘が働く人だった。彼はジュンシクを見て、何か知っているぞとでもいうふうに、にやっと笑ってみせた。ジュンシクはたちまち顔を赤らめてしまった。

校長室を出て急いでトイレに行ったあと、ジュンシクは自分の席に座った。向いの席に座っているキム・ドンホは俯《うつむ》いて本を読んでいた。いつからか彼は職員室の中でいつも憂鬱な顔をして、口を開く気配がまったくなくなっていた。今も彼は心ここにあらずといった風情で本を読んでいるようだ。そして何かつらい思いに囚《とら》われているようにゲジゲジ眉毛をぴくぴくさせていた。その濃い眉はジュンシクに弟のミヌを思い起こさせた。

その日の朝家を出るときまで、彼は、弟がしばらく家にいるだろうと妻に言えずにいた。妻の性格から、その事実を知ったときにどんな反応をするか恐ろしかったからだ。だが彼が話す前に、妻はすでに勘づいている様子だった。彼が急いで出勤の準備をすませてドアを出ようとすると、妻が目で合図を送って先に娘の部屋に入っていった。ついてこいとのことだ。部屋に入ると、妻はドアを閉めて噛みつきそうな剣幕で口を開いた。

「一体全体、あの人、何者なの?」

「何者って、話したじゃないか。僕の弟だって」

「でも、あの人、どうして私たちの家に来たの?」

「弟が兄の家に来るのに理由が必要なのか?」

「分かったわ。それはいいとして、あの人、ずっとここに居続けるつもりじゃないわよね?」

「居続けるだなんて。何を言うんだ」

「だったら夜が明けたのに、なぜ出て行こうとしないの?」

「聞こえるよ。大きな声出すなよ」

「聞こえてもいいわ」

「事情があって何日間か世話になるって。昨日、そう頼まれたから僕が承知したんだ」

「私に聞こうともしないで？」

「聞く時間なんか、なかったじゃないか」

「電話してくれればよかったのに。あなたは連れてくるだけですむかもしれないけど、食事の支度をしたり、あれこれ気を遣うのは私じゃない。それにあなたが出勤したあとは、私一人でいなきゃならないのよ。気詰まりでどう過ごせばいいの？　暑いのに」

「だけどこうなったからには仕方がないじゃないか。何日か我慢して相手してくれよ。僕にとってはたった一人の弟なんだから」

「ああ、もう知らない。私は知らないから、あなたが責任取って」

ジュンシクは席から立ち上がった。やっぱり家に電話してみたほうがよさそうだ。しかしなぜか、呼び出し音は鳴るのに電話を取る者は誰もいなかった。一時間授業をして再度かけてみても同じだった。妻は買い物にでも行っているのだろうか。だが買い物に行ったとしても、長くかかりすぎだし、弟がいるはずだった。みんなどこに行って家を空にしているのか、理解できなかった。

仕事を終えて家に帰っても、ドアの鍵はかけられたままだった。何回かインターホンを鳴らしたが、返事はなかった。その日に限って彼は鍵を持って出なかった。どうしたものか困ってその場に立っていると、ジュンシクはわけの分からない不安な気持ちに襲われた。

途方に暮れた彼は、警備室の前でぼんやりと待っていた。マンション前には広い道があり、その向こうは荒涼とした空き地だった。その空き地の上の空を、燃えるような夏の夕焼けが包み込んでいた。やがてその夕焼けを背景にひと組の家族が空き地を横切って歩いてくるのを、ジュンシクは目にした。三十代の若い夫婦が娘と片方ずつ手をつないで歩いてくる姿は、まるで一幅の絵のようだった。とても平和で仲がよさそうなので、ジュンシクは羨ましくなって彼らを眺めていた。本当に短い時間だったとはいえ、どうしてそんな錯覚に陥ったのか分からなかった。彼らはまさしくジュンシク自身の家族だったのだ。ただ彼がいるべき場所にミヌがいただけだった。ミヌは昨日とはまったく別人のように垢ぬけていた。しかも彼が着ている紺色のシャツは、よく見ると、ほかでもないジュンシクのシャツだった。どんな面白い話をしているのか、妻は頭をのけぞらせて笑っていた。ふとジュンシクは、妻の顔を赤く染めている夕焼けがとてもきれいだと思った。

「お父ちゃん、私、アヒルを見たよ、アヒル」

ジュンシクを最初に見つけたのは娘だった。娘は一気に走ってきて、楽しそうにはしゃいだ。

「サンミが散歩しようとうるさいので、鹿川駅の向こうまで行ってきたけど、あっちは田舎だわ。サンミがどんなに喜んだか……」

妻が気まずそうに言い訳した。

「学校から何度も電話したのに誰も出ないから、すごく心配したよ。それで水槽も買えなかった……」

「なんで。心配することなんてないのに」

彼女は突然、腹立たしそうに言い、顔を背けて歩いていった。彼は彼女が腹を立てたことに面食らったが、いずれにせよ弟と仲がよくなったようで、何よりもほっとした。一日のうちにミヌに対する妻の態度は明らかに変化していた。夕食後ジュンシクがミヌと一緒に居間でテレビを見ていると、ビール二本と簡単なつまみをつつましく添えた膳を持ってきたのである。朝の冷たい態度に比べると、それは驚くほど変わっていた。

「お姉さんも、一緒に飲みませんか」

弟が儀礼的に勧めると、妻は、「あら、私、お酒飲めないけど、一杯だけ」と、コップを持ってきて座った。今日に限って、妻の態度は柔らかくにこやかだった。それはジュンシクに見せているいつもの姿とは違っていた。テーブルを囲んで満たされた雰囲気が漂った。開けられた窓からは涼しい風が入ってきて、向い側のマンションの明かりが穏やかに光っていた。

「あら、ミヌさんはどうしてそんなに手がきれいなの？」

ビールを注いでいたジュンシクの妻が、コップを持つミヌの手を見て小さく感嘆の声を上げた。確かにミヌのやつの手は女のように細く長かった。しかしミヌはそっと手を下に隠し、「ずっと労働というものをしてこなかった手のように見えるでしょう？　手がこんなだから、どこに行ってもへたに見せられないのです、恥ずかしくて」と、きまり悪そうに笑った。

「あら、いいじゃないですか。私はミヌさんみたいに指が細くて長い男が好きだわ」

ジュンシクは自分の手を見下ろした。わざわざ確かめてみるまでもなく、彼の指は短く丸みを帯びていた。つまり妻は、少なくとも指だけを見るなら、ジュンシクのような男は嫌いだと言ったわけだ。何を好きか嫌いかはまったく個人の好みなので、脇から口出しする問題ではなかった。とは言えそれをことさら今言うなんて、一体どういうつもりなのだろうか。

「さっきのあの話、続けてくださいよ。それでその女子生徒はどんな反応だったのですか」

妻が膝を引いて座り、ミヌを見つめた。さっきまでやり取りしていた話の続きらしい。

「もちろん、すごくびっくりしていましたよ。夜中に突然道を塞いで詩を聞いてくれと言ったものだから、頭がおかしいと思ったでしょうね」

ミヌは、自分が高校生のときにあった話をしていた。ある日のこと彼が学校の図書館で夜遅くまで入試の勉強をしていたところ、急に我慢できないほどいらいらして息苦しくなったというのだ。私はなぜ今ここにこうしているのか、勉強が何だというのか、生きるとはまた何なのか。すると突然、気が触れたように詩を書きたくなり、おかしなことに胸の中から詩想が次々と湧き上がった。そして、ノートの一ページが一気に詩で埋め尽くされたとのことだ。けれどいざ詩を書いてはみたが、その詩を聞いてくれる人がいなかった。それで彼は詩が書かれたページを破って学校を出た。真っ暗な脇道に立っていると、向こうから一人の女子生徒が歩いてきた。彼はいきなりその女子生徒の前に立ちふさがった。すみませんが……私はたった今詩を書いたばかりです。誰かにこの詩を聞かせたいのですが、聞いてくれる人がいません。少しのあいだ私の詩を聞いてもらえませんか？

「それでその女子生徒は聞いてくれたんですか？」

ジュンシクは、ミヌを見つめる妻の目が妙に光っているのを見た。妻が誰かの話にあんなに目を輝かせて夢中になる姿を見るのは初めてだった。

「いいえ、気味悪くなったようで、明日会って聞いてはだめですか、と言いました」

「それで？」

「分かりました。明日ではだめなのでお帰りください、と言ったのです。すると、ほっとしたように急いで逃げていきました。私は一人で家に帰りました。結局その詩は、誰にも披露できていません」

「あら、それは残念。私だったら聞いてあげるのに」

妻が低くため息をつきながら言った。

「その詩、今でも覚えていますか」

「全部忘れてしまいました。その中で、時間は虚無の影を引きずり……だったか、そんな句だけはぼんやりと記憶にあります」

「話をもっと聞いていたいけど、僕は疲れているのでもう休むよ。最近は学期末だから仕事が多くて……」

ジュンシクは言わなくてもいい言い訳までして、立ち上がった。彼の妻もまた仕方がないとでもいうふうに続いて立ち上がり、「時間は虚無の影を引きずり……素敵な言葉ですね」と言って、ジュンシクを横目でちらっと見た。無意識のうちに投げた視線のようだが、一瞬ジュンシクを睨んだ彼女の目は彼の脳裏に深く刻み込まれた。彼女の両目に含まれていたものは、耐えがたいほどの嫌悪と冷淡、まさしくそのものだった。

部屋に入ると妻は鏡台の前に座っていた。彼女は鏡に映った自分の顔を見つめ、深い思いに沈んでいた。その鏡台は結婚するときに妻が持ってきた家具のうち、彼女が最も愛着を持っているもので、ほかの家具とは違って、それだけは螺鈿《らでん》細工が施されたなかなか高価なものだった。それはまた、夫婦がこれまで転々としてきた狭い一間《ひとま》の貸間に似合わないほど大きく、しかもきらきら輝いていた。だからなのか、いつのころからか二人は、お互いの顔を真正面から見つめ合うことをせず、鏡台を通して見るのが習慣になっていた。ジュンシクは今も、その鏡台の鏡を通してさっきからつくづくと自分を見ている妻の視線を感じた。

「変よねえ、いくら腹違いの兄弟だからって、それでも血はつながっているのに、あなたとミヌさんはなんで全然似たところがないんだろう」

鏡の中の彼と視線が合うと、妻はため息をついてそう言った。

「あいつは親父に似たんだ」

彼は胸の中から湧き上がる不快感を抑えて答えた。

「僕は母親似だ」

「ミヌさん、幾つだったっけ？」

「僕より二つ年下だよ」

「それなのに、まだ学生のように見えるなんて。それに比べると、あなたはとっくに盛りを過ぎたみたいに見えるわ」

「何を言うんだ。僕だってまだまだ働き盛りだよ」

ジュンシクは明かりを消して、彼のそばに来て横になった妻の背中に腕を乗せた。だが彼女は、鬱陶しそうに彼の手を払いのけた。

「ああ、暑い。うるさくしないで」

そして彼女は彼に背を向けてしまった。パジャマの外に白く露出した妻の背中を見ていると、何か言い表すことのできない怒りの感情がふつふつと湧き上がった。自分と弟が似ていないという妻の言葉が何を意味しているのか、ジュンシクはよく分かっていた。

昔からそうだった。ジュンシクにはミヌよりよい点が一つもなかった。ジュンシクの母は、男のように頬骨が出た幅広の顔に、鼻は丸く、ひどいがに股なので（そのあらゆる身体的特徴を彼はそのまま彼女から受け継いでいる）、ひとことで、女性らしい繊細さや美しさとは縁遠い人だった。それに比べると彼の父は、今考えると相当な美男子で、誰からも好感を持たれる顔をしていた。それに母は小学校もちゃんと出ておらず読み書きもできなかったが、父は現職の教師で、人びとが認めるインテリだった。要するに彼の両親は、生まれたときから赤い糸で結ばれていたとはとうてい言えない間柄だったのだ。彼の父のように知識があって高尚で顔が整った者が彼の母のような女と結婚したのは、いくら封建時代の習わしに依ったとはいえ、本当にひどい不運だと言えるだろう。いや、むしろひどい幸運だと言わねばならないのだろうか？

大邱《テグ》市内の小学校に教師として勤務していた父は、ある日、突然辞表を出して学校をやめた。のちに分かったことだが、同じ学校に勤務していた女教師との関係が問題となり、それ以上学校にいられなくなったようで、この女教師がミヌの生みの母親だった。どんな理由であれ父が一晩のうちに失業者になったので、家族を食べさせるのは全面的に母の肩にかかった。当時は、今もそうではあるが、ネクタイを締めて背広を着て通《かよ》うような人が突然職を失った場合、家族を養う別の方法がすぐに見つかることはなかった。世の中が動く道理を誰よりもよく知り、当時の政治状況や韓国社会の構造的矛盾といったことについては、夜を明かして話しても話し足りないほどの見識があるのに、そんな人たちはいざとなると、一日一食を解決する能力がないものなのだ。

したがって家族の毎日の食料はもちろんのこと、家賃、練炭の値段、父の小遣い、はなはだしきに至っては夏に父が横になって本を読むのに最適な糊《のり》のきいたチョゴリまで、もっぱら母一人の力で解決しなくてはならなくなったのである。たとえば八百屋で売れ残った白菜の葉を市場の床から拾ってきて汁物を作るなどは、母が最も得意とする分野の一つだった。朝の食事が尽きても、昼食時に客が訪ねて来れば、母はまるで無から有を作り出す魔術師のように、それらしい膳をしつらえることができた。しかし客はどうしてまた、あんなにたびたび訪ねて来たのか！

客の多くは父のようにネクタイを締めて背広を着ており、客が来るたびにジュンシクは弟と一緒に部屋に入って挨拶をした。ところが妙なことに、彼らはみな、ジュンシクよりミヌに関心を寄せ可愛がった。弟に比べるとジュンシクは、常に冷や飯を食わされたのである。今考えると、ミヌが悲恋の結果生まれた子だということ、そして仕方なく生みの母親と別れて暮らさねばならない可哀そうな子だという理由で、父の友人たちは憐憫《れんびん》の情を表していたのかもしれない。ともあれそんな弟に比べてジュンシクは一度も他人から愛されたことがなく、自分でも誇りを持てずにいた。

人びとは、彼が十七歳のときに一人でソウルに行き、学校の用務員生活をしながら夜間高校に通い、そして庶務職員になって夜間大学を終えたあと、ついに教師の資格まで取得したとの理由で、立志伝中の人物だと言ったりした。しかし人びとがそういうときは尊敬よりもむしろ軽蔑や冷笑に近い感情を持っているのを、ジュンシクは知っていた。ひとことで、偏屈な人間だと言っているのだ。彼の妻も同じだった。ジュンシクが学校の庶務職員として働いていたとき、彼女も同じ庶務職員だった。女子商業高校を出て正規の庶務職員だった彼女は、用務員出身のジュンシクをいつも軽蔑していた。のちに二人がたまたま結婚することになり、またジュンシクが夜間大学を出て技術担当教師になったあとも、彼女は彼に対して持っていた第一印象を少しも直そうとしていないのである。

次の日の朝、ジュンシクは妻の姿に重大な変化が起きたのを発見した。彼女の顔に化粧が施されていたのだ。ピンクの口紅を塗り、薄く目の化粧までしていたのである。たまに外出するときを除いて妻が家で化粧した姿を見たことは、彼の記憶では一度もなかった。

三

「兄さん、もう腹巻きを着けているの？」

翌日、仕事から帰ったジュンシクが汗で濡れたランニングシャツを着替えていると、ミヌが笑いながら話しかけた。二日のうちにやつは、まるで自分の家にいるかのように余裕のある自然な姿で座っていた。やつはおそらく、悪意のない冗談を言ったに過ぎないのだろう。だがジュンシクは、なにか侮辱されたように感じて顔を赤くした。

「年取ったから腹が出ても仕方がないよ。運動不足だから」

妻を意識して、ジュンシクはそのように言い訳した。しかし彼女は、軽蔑に満ちた目で彼の体を見回した。

「あなたはもともと肥満体質だと思うわ」

「そうだよ。兄さんは子どものときからおたまじゃくしのように、腹が出ていたじゃない」

くそっ、調子を合わせやがって。ジュンシクは無理に笑おうと努力した。

「おい、それは食べられなかったから、腹が膨れたんじゃないか」

「ミヌさんは服を着ているときより、上半身を出してるときのほうが、ずっとかっこいいわ」

妻がミヌを見て笑っていた。ふとジュンシクは、彼女の視線に妙な色気のようなものを感じた。しかし彼は、その感じをすぐに追い払おうとした。自分が過敏になっているせいだと思った。妻の言うとおり、ランニングシャツ姿のミヌはなかなかの肉体美だった。子どものときはどうしようもない弱虫だとばかり思っていたが、今見ると意外に骨が頑丈で贅肉《ぜいにく》がまったくない筋肉質なのだった。

「サンミ、叔父さんと一緒に歌を歌おうか？」

ミヌがジュンシクの娘を呼んだ。娘が待っていたとばかりに、彼の膝の上に乗った。いつの間にか、叔父に懐いたようだった。もっともミヌには、子どもであれ大人であれ、すぐに好感を持たせる能力があった。

ぽちゃん　ぽちゃん　石をなげよう
おねえちゃんにないしょで　石をなげよう……
（一九二七年から今日まで歌われている尹石重《ユン・ソクチュン》作詞、洪蘭坡《ホン・ナンパ》作曲の童謡）

子どもとミヌが声を合わせて歌い始めた。すると妻も続いて歌い始めた。三人の合唱を聞きながら、ジュンシクはどうしていいか分からずに座っていた。自分も一緒に歌うのが自然なのだが、それでも彼はそうできなかった。何というか、ぎこちない、彼にはとうてい入り込めない、三人だけの雰囲気が作られているように感じたのである。ジュンシクはおとなしく膝を立てたままミヌと娘を眺め、小さい声で一緒に歌っている妻の姿を眺めた。驚いたことに、彼女の顔には夕焼けのような赤みが差していた。

「お父ちゃん、お父ちゃん、なんで歌わないの？　お父ちゃん、この歌知らないの？」

「知ってるよ。だけどお父ちゃんは疲れているから、休みたい」

ジュンシクは立ち上がり部屋に入ってしまった。明かりもつけないまま暗闇の中で横になっていた。居間からは依然として妻とサンミ、そしてミヌの歌声が聞こえてきた。

　　ぽちゃん　ぽちゃん　石をなげよう
　　おねえちゃんにないしょで　石をなげよう
　　波紋よ広がれ　どんどん広がれ……

三人の歌声はとても澄んでいて穏やかに聞こえた。しかしジュンシクは、居間に出て行って三人と合流できなかった。その代わり、蒸し暑く真っ暗な部屋の中で、一人、胸がつぶれそうな思いで何度も寝返りを打っていた。それは嫉妬というよりむしろ自虐に近い感情であり、まるで幼いときに一人だけ仲間外れにされたまま、家族が楽しそうに食卓を囲んでいるのをうしろから見ているような、寂しさと裏切られたというつらさが混じった感情だった。

どうして私は三人と一緒にいられないのだろうか。どうしてこんな暗い部屋の中で一人で悔しい思いをしているのか、いくら考えても納得いかなかった。

「ミヌさん、私が子どものときにすごく好きだった歌、聞いてくれますか」

妻が話していた。ジュンシクはこんなことなら寝たほうがいいと思ったが、寝ようとすればするほど頭が冴《さ》えてきて、居間から聞こえてくる声に耳を傾けるのだった。妻が歌い始めた。

ケヤキの枝の上に　夕暮れの星一つ
きれいに光れば　昔の友だちが懐かしい……
（中学・高校の音楽の教科書に掲載されていた「夕暮れの星」という歌）

夏の夜の暗闇の中で彼女の歌声が静かに広がっていた。夢見るような寂しさのようなものが、どことなく心に沁みる声だった。

「ああ、本当にきれいな歌ですね。初めて聴いたような……」

「私は、子どものときからこの歌を聴くだけで涙が出てきました。変でしょう？　大人になっても、気がふさぐときにこの歌を心の中で歌っています。そうすると、歌詞にあるように、顔も知らず名前も知らない昔の友だちが私を待っていると思えるのです。そしたら少し慰められるんですよ」

そんな話をジュンシクは聞いたことがなかった。妻はこれまで彼には話さなかったことを、ミヌに話しているのだった。また妻は、あの夢見るような声も彼には一度も聞かせたことがなかった。彼はその事実を発見すると堪えられなかった。彼女はなぜそんな話を弟に話すのだろうか。以前にはなかった感傷に妻を浸らせているものは何なのだろうか。

学校の事務室で一緒に仕事をしていたとき、彼女はジュンシクにまったく関心を寄せなかった。まあまあ可愛い顔をしていたので何となく気になってはいたが、見たところほかの男と付き合っているようだったし、もともと彼女が自分に冷たかったから、ジュンシクはとても話しかける気にはなれなかったのだ。そうしたある日のこと、終業時間になって事務室に戻った彼は、彼女が一人で座って泣いているのを見た。彼は慌てふためいてどうしていいか分からなかった。彼女が悲しそうに泣いているので、知らんふりしてそのまま帰ってしまうこともできず、どうしたのかと尋ねることもできなかった。ところが、ひとしきり泣いたあと、彼女は顔を上げてこう言ったのだった。これからお酒でも飲みませんか？　そこで彼は、その日の夕方初めて彼女と酒を飲み、二か月後に結婚したのだった。でもそのとき、彼女がどうしてあんなに泣いていたのかについては、今まで何も知らなかった。

もしかすると自分は妻のことが何も分かっていないのではないかと、ジュンシクは考えた。結婚して六年経つというのに、彼女の閉じられた心の奥深くまでは一歩も入り込めずにいるのかもしれない。それなのに彼女はどうしてあんなに簡単に、ミヌにはかけていた鍵を開けるのだろうか。

妻に対する怒りが今度は弟に移っていった。大体あいつはどんなやつなんだ？　今までどこで何をしてきて私の家に姿を現したのか。そう考えると、ミヌについても知らないことだらけだった。やつはこれまで自分が何をしていたのか、なぜジュンシクの家で世話になろうとするのかについて、きちんと話したことはなかった。

居間からはもう歌声が聞こえなくなった。彼は我慢できなくなって居間に出て行った。そして喉が渇いたふうを装って冷蔵庫を開けて水を取り出し、飲むふりをした。それなのに彼女は、そもそも夫など眼中にないかのように弟との話に熱中している。ジュンシクはミヌが使っている小部屋に入った。そしてハンガーに掛かっている彼の服の中を探った。ポケットには財布が一つ入っていた。

何か大きな罪を犯しているかのように、財布を開ける手が震え胸がどきどきした。財布には特別目につくものは入っていなかった。住民登録証とほかの人の名刺が何枚か、そして一万ウォン札が何枚かあるだけで、そのほかにやつがどこで何をしている人間なのかを説明する証拠は、何もなかった。財布を畳んでしまおうとすると、何か固いものに触れた。財布の裏側に一枚の写真が挟んであった。若い女性の写真だった。二十二、三歳くらいになるか、それほどきれいとは言えないが、それでも可愛げのある顔だった。そして写真の裏面には、何かボールペンで書かれていた。

ミヌさんが行こうとする遠く険しい道、
その道をいつもミヌさんと一緒に行きたい
ミへ

やつが入ってくるかと、彼は急いで財布をポケットに差し込んだ。部屋に戻って闇の中で体を横たえた。それからだいぶ時間が過ぎてから、妻が眠った娘を抱いて入ってきた。

「何の話をしていたんだ？　面白そうだったな」

「あら、あなた、まだ寝ていなかったの？　寝ていると思ったわ」

妻は冷たく吐き捨てるように言った。それが、彼が闇の中で一人で歯ぎしりしながら悔しい思いをしていたことに対する、唯一の答えだった。彼はがっくりと力が抜けてしまった。

「話をして分かったけど、ミヌさんは本当に純粋な人みたい」

鏡台に向かって座り、彼女が独りごとのように言った。

「純粋？」

ジュンシクは鏡に映った、白いクリームがベタベタついた妻の顔を眺めた。

「本当よ。久しぶりに純粋な人に会ったから、昔のこと思い出すわ。どう考えても、私たち垢が付いてしまったみたい。ああ、私にも純粋な時期があったのに」

その言葉を聞くと、ジュンシクはかっと怒りが込み上げてきた。純粋さは飯を食わせてくれるのか、と思ったのだ。純粋さが悪と思って生きる人間なんて誰もいないさ。だがジュンシクは、それを口に出せなかった。彼ができることは、せいぜい次のような皮肉を言うことだけだった。

「純粋だろうよ。純粋な人でなかったら、この家に来て、あんなふうに平気で世話になっていたりできないだろうから」

「あなた、それどういう意味？　ミヌさんはあなたの弟じゃないの。それに今ミヌさんは、私たちが良くしているのでどんなに感謝しているか」

「僕の言いたいことはそんなことじゃない。人が良くしてくれるからと、何も疑わずに信じてありがたがる、それこそ何も考えない純粋さだってこと」

妻は鏡台に背を向けて、真っすぐにジュンシクを見た。

「まったく、あなたはどうしてそんなに了見が狭いの？」

四

「ホン先生、お客さんが来てたけど、もう会った？」

授業を終えて席に戻ると、横の席に座ったヤン・グマンが話しかけた。

「生徒の親ではなさそうだったし……私の見たところ、月賦販売の本屋みたいだったけど。ああ、あそこにいる」

職員室のドアあたりに見かけない男が立っていた。男は四十代半ばくらいで、縞模様の白い半袖のシャツを着ていた。片側の肩が傾いているような姿勢で、ジュンシクの席に真っすぐ歩いてきた。

「ホン・ジュンシク先生ですか」

妙に低い声で尋ねた。ジュンシクがそうだと言うと、男はもっと低く慇懃《いんぎん》な声で言うのだった。

「お話があるんですが」

「本の販売だったら、今度おいでください」

「本ですって？　私は警察から来たのですが」

ジュンシクはびっくりして、男の顔を見つめた。男の両目は睡眠不足なのか充血しており、黒く焼けた顔は汗まみれだった。

「どこか静かな所で話したいですね」

彼らは一緒に職員室を出た。運動場には真昼の日差しがじりじりと照り付けていた。運動場を過ぎて校門を出、校門前にある地下の喫茶店に入った。

「おお、暑い。ちょっと、冷たいおしぼりを持ってきてくれ」

刑事は喫茶店の従業員が持ってきたおしぼりで顔をごしごし拭いた。女はジュンシクにもおしぼりを持ってきたが、彼はそれをテーブルにそのまま置いた。

「それでどんなご用件でしょう？」

「ホン先生、弟がいますね」

「弟ですか？」

「全部分かっています。腹違いの弟が一人いるじゃないですか、カン・ミヌと言って、ソウル大学を退学処分された……」

ミヌが大学を退学処分されたなんて初耳だった。刑事はジュンシクの反応を探るように見つめていた。刑事の顔色は並外れて黒かった。それは日に焼けたというのとは少し違う、いわば皮膚の中から黒い色がにじみ出ているような色で、肝機能に異常があるのではないかと思うほどだった。

「弟とは、いつ会いましたか？」

「そうですね。だいぶ前のことなので、いつ会ったかは覚えていないですね。兄弟と言っても名ばかりで、ご存じのように姓も違うし、子どものときに何年間か一緒に過ごした以外は、これまでずっとお互い連絡もせずにいましたから」

ジュンシクは、今、嘘をついているのを刑事が見抜くのではないかと思うと恐ろしかった。彼は赤くなった顔を隠すために、従業員が置いていったおしぼりで顔をこすり始めた。

「でもどうして弟のことを聞くのですか？」

「彼は今、手配中なのです。ホン先生には悪いけど、運動圏の中でも悪質な人間と評判です。偽名だけでもいくつかあって、それを使って学生たちや労働者たちを背後で動かしているのです」

ジュンシクはぼんやりと口を開けたまま、刑事の顔を眺めていた。刑事はジュンシクにミヌについてあれこれ尋ねたが、ジュンシクが実際に話せることなど何もなかった。

「私たちも、こんな連中のせいで頭が痛くて死にそうですよ。上から捜査命令が出されれば、ないことでもあるように作り上げて報告しなければなりません。だからあまり不快に思わないでください。ホン先生は学校の先生ですから、私たちの苦衷を少しでも理解してくださると信じています」

刑事は疲れに疲れ切った表情で、訴えるようにジュンシクを見つめた。そして「××警察署情報課　クァク・スング」と印刷された名刺を出した。

「もし、弟から連絡があったりほかに問題があれば、私に電話をください」

刑事はジュンシクが実際に連絡すると思ってそう言ったわけではなさそうだった。ただそう言っておかなければ職務が果たせないと思ったから言ったに過ぎないように見えた。喫茶店を出てジュンシクと別れたあと、刑事は暑い日差しの中を疲れた足取りで歩いて行った。片側の肩を傾けて歩く様子があまりに疲れてつらそうなので、ジュンシクは彼が元気になる話をしてやりたい衝動を感じたほどだった。

刑事が知らせてくれた話は、ジュンシクには衝撃的なものだった。しかし彼は、驚きより先に裏切られたという思いと不快感を覚えた。ミヌのやつは、自分にそんな話をひとこともしなかったからだ。

家に帰ったとき、ミヌは家の前の廊下にうずくまって手を動かしていた。窓に取り付ける網戸を作っているようで、アルミニウムの枠に金網を取り付けるために汗をたらたら流していた。妻が自慢げな顔でジュンシクに言った。

「ミヌさんがこんなに手先が器用とは思わなかったわ。これ、業者に頼んだら何万ウォンもかかりそう……」

「少しでも食事代の足しになればいいと思って。やってみると、別に難しいことでもないし」

ミヌが汗に濡れた顔を上げて笑ってみせた。ジュンシクは妻に部屋に来るようにと、手で合図した。

「実をいうと、ミヌに問題がありそうなんだ」

ジュンシクは昼に刑事から聞いた話を彼女に伝えた。だが話を全部聞いたあと、彼女は予想とは正反対の反応を見せた。

「あら、ミヌさん、そんなにすごい人なの。見るからに平凡な人ではないと思っていたけど、やっぱりね……」

「何がすごい人なんだ。法を犯して逃げ回っているのに……」

「良いことをしようとしたからじゃないの。普通の人にそんなこと、できる？」

妻の言葉は、あたかも、あなただったらそんなことできないでしょうと、問い詰めているかのようだった。ジュンシクはあいた口がふさがらなかった。常日ごろテレビで学生がデモをする光景を見ると、幼稚な真似をするんだからと、すぐに興奮していた彼女ではなかったか。

「どんなに苦労してきたか、それに不安だったでしょうね。でもそうやって追いかけられる生活をしながら、どうして一つも陰がないんだろう」

ジュンシクはようやく、妻がノースリーブのワンピース姿なのに気がついた。顔の化粧も少し濃くなったようだった。そんな妻の姿はいつになく肉感的に見えるのだった。だがジュンシクには、彼女のその尋常でない変身が誰のためのものなのか疑わしかった。

「本当に大変でしたね。それにしても、プロみたいにそんなにきれいに作れるなんて」

ミヌが窓に網戸を取り付け終えると、妻は上ずった声を上げて感嘆した。実際彼が作った網戸は、どんなプロが作ったものにも遜色ないくらい頑丈に見えた。

「あら、この汗。これはだめだわ。ミヌさん、シャツを脱いでください。私が水をかけてあげますから」

「いやいや、いいです。顔を洗いますから」

「だめですよ。汗を洗い流さないと。さっさとシャツを脱いで」

妻が風呂場に入り盥《たらい》を手にして促した。ミヌが困った顔でジュンシクを見た。

「別にいいじゃないか。姉さんの前で服を脱ぐのが恥ずかしいのか？」

ジュンシクの言葉にしょうがないとでもいうように、やつはシャツを脱いで風呂場に入っていった。ジュンシクはわざとその場を避けて、部屋に入っていった。だが部屋にも声は聞こえてきた。ミヌが水が冷たいと言っている声が聞こえ、時たま妻のいたずらっ気が含まれた声も混じった。考えてみると、義理の姉が義理の弟の背中を洗うのは別に悪いことだとは言えなかった。見る視点によっては、むしろ美しくほほえましい光景だとも言えよう。そう考えようと思いながらも、ジュンシクの胸の中ではわけの分からない感情がふつふつと湧き上がり、妻の白い手が滑るようにやつの腰の辺りを上下する様子が目の前にちらちらした。

その晩ジュンシクは、妻の肩に腕を回した。いつものように、妻は冷たく彼の手を払いのけた。

「もう、やめて。暑くて堪らないのに」

だが彼は決して引き下がらなかった。彼は妻の体を無理やり自分のほうに向けて横にし、その上に這い上がった。彼女は頑強に彼を突っぱねた。しばらく二人は闇の中で声を殺して争ったが、とうとう彼女は、しょうがないとでもいうように諦めてしまった。ところがいざ彼が彼女の体を探り始めると、驚くことが起こった。その日に限って彼女はすごく燃えたのだ。それは最近なかったことだった。最後には息詰まるようなあえぎ声を上げることまでしたのである。彼はその声が部屋の外に漏れて弟の耳に届くのではないかと心配し、妻の口を手でふさがなければならないほどだった。ところが彼女は、それすら気にならないようだった。大きな波が引き潮のように引いたあと、まるで自分よりずっと大きいエサを飲み込んでしまった蛇のようにぐったりした表情で裸の体を放り出して横になっている妻を眺めて、ジュンシクは妻がどうしていつになくあんなに興奮したのかと疑問に思った。もしかすると、昼にミヌの上半身裸の体を見たからではないか。彼はその忌々しい想像を止めることができなかった。あるいは妻は、たった今ミヌとの行為をしていたのではないか。そう考えると、彼はそこまで想像を広げている自分自身に鳥肌が立ってしまった。

五

翌日ジュンシクが学校から帰ると、すぐにミヌが謝った。

「兄さん、ごめん。話しておかなくて」

ジュンシクが刑事と会った話を、妻が弟にしたようだった。ジュンシクは、本当のことを言うとあまり気分が良くなかったと言った。おまえが僕に話さなかったのは、僕が信じられなかったからではないのか。だがミヌはそうではないと言った。むやみに心配させたくなかったからだ、というのだ。

「だけどおまえの兄なんだから、そんなことがあるのだったら前もって話してくれなくちゃ」

「ごめん。僕は何も言わないまま、しばらく世話になって出て行くほうが、兄さんやお姉さんにも負担をかけないんじゃないかと思ったんだ」

「それで今後どうするつもりなんだ？」

「すぐここを出なくては。兄さんに迷惑かけるかもしれないから」

「あら、何を言うんですか、ミヌさん。私たちは構わないから、いつまでもいてください」

妻が横から口を差しはさんだ。

「兄さんは教師だから、あとで何かあれば、責任を問われるかもしれない。それに刑事が兄さんを訪ねてきたのだから、ここもそれほど安全とは言えないと思います」

「でも、ここにいると分かっていたら、とっくに家に来ているでしょう。ここは安全ですよ。だからもう少しいてください」

ミヌを見つめる妻の顔が赤くなっていた。ジュンシクは、ミヌが出ていくのではないかと妻が恐れているのかもしれないと考えた。いや、間違いない。彼の声が冷たくなった。

「いつまでそうやって逃げているつもりなんだ？　おまえはもう三十過ぎだ。学生じゃないんだぞ。世の中が変わるまで逃げ回るわけにもいかないだろうし……おまえ、まさか世の中が変わると思ってるんじゃないだろうな」

「兄さん、世の中が変わるかどうかなんて重要じゃないよ。僕はただ正しいと思うことをするだけだ」

「正しいと思ったからって、それを絶対しなきゃならないのか？」

「世の中には正しいことを正しいと言う人がいなくちゃいけないんじゃないか」

「昔、母さんが二人を連れてバスに乗って、僕たちの年をごまかそうとしたときのようにか？」

そのとき、何の話だというふうに、ミヌはジュンシクの顔を眺めた。やつはすでにあのときの出来事をすっかり忘れているようだった。しかしジュンシクには決して忘れられない出来事だった。

いつのことだったか、ジュンシクの母が彼ら兄弟を連れてバスに乗ったことがあった。そのときジュンシクは小学校三年生、だから十歳（ここでは数え年。韓国では数え年が使われてきたが、二〇二三年六月に数え年を廃止し満年齢に統一する法案が施行された）であり、ミヌは八歳だった。それなのに母はバス代を取ろうとする車掌に、ジュンシクの年を七歳、ミヌは六歳だと嘘をついた。学校に行っていれば半額払わなければならないので、それを惜しんだのだった。しかし年を三つもごまかそうとするのだから、車掌が信じるはずがなかった。

「お客さん、嘘つかないでバス代出してください」

「嘘だって？　何言ってるの？　この子たち大きいからそう見えないかもしれないけど、年は七歳と六歳にしかならないんだからね」

「ちょっと、お客さん。嘘もほどほどにしてください。こんなに大きな子がまだ七歳だなんて、誰も信じないですよ。昔だったら結婚してましたよ」

ジュンシクはそのとき、母の嘘に協力しようと懸命に芝居をしていた。年より図体だけが異常に大きい、どこか足りない子どものような表情を繕おうと、渾身《こんしん》の努力をしていたのである。だが判決は、予想しないところで簡単に下ろされてしまった。つまり横で何も言わずに見守っていたミヌのやつが、出し抜けに口を開いたのである。

「僕は六歳じゃなくて、八歳だけど」

これにはジュンシク親子のみならず、車掌もびっくりしてしまった。特に母の裏切られて打ちのめされたような顔つきは、今でもジュンシクの目の前に生々しく思い出される。車掌が腰を屈めて、急いでミヌに尋ねた。

「ボク、今、何て言った？　年は幾つだって？」

ミヌはジュンシクと母を真っすぐに見つめた。母はあらゆる複雑な表情を見せながら、弟に無言で、しかし必死に哀願していた。

「はい、僕は八歳です。大邱明徳《ミョンドク》小学校一年三組です」

やつは模範生らしく、本を読むように一語一語はっきりと返事をした。自分がラジオの子ども番組「だれが　だれが　じょうずかな」（ラジオの童謡大会番組。一九五四〜八〇年）に出ているとでも思っているように。

「そうなの？　そうだろうね。ボク、本当に偉いね」

車掌は弟の頭を撫で、母を怒鳴りつけた。

「お客さん、子どもに恥ずかしくないのですか！」

芝居がばれた母は、結局それ以上何も言えずにバス代を払うしかなかった。バス代を受け取りながら、車掌は最後に母にひとこと残した。

「でもお客さん、息子の一人は賢く育ちましたね」

しかしながら世の中には、正しいことと間違っていることの基準なんて本当にあるのだろうか。もし正しいことがあるとしても、正しいことを正しいと言うことが、絶対正しいと言えるのだろうか。ジュンシクは、今は手配中のあのときの賢い息子の顔を眺めながら思った。

「兄さんの言うとおり、いつかは行かなければならないと思ってる。だけど当分のあいだ、捕まってはだめなんだ。僕一人だけの問題ではなく、ほかの人たちも守らなくてはならないから」

「万が一捕まった場合、どれくらい入ることになるのですか？」

妻がミヌに気の毒そうに尋ねた。

「そうですね。何年かは、いなきゃならないでしょうね」

彼女は低くため息をついた。今にも涙を流しそうな顔をしていた。耐えがたい気持ちが、またジュンシクの胸の内から湧き上がってきた。

「おまえも早く結婚して落ち着かなくちゃいけないのに、大変だな。恋人もいるんだって？」

そう言いながらジュンシクは、妻の顔をちらっと探った。勘違いかもしれないが、その言葉は彼女に衝撃を与えたように見えた。妻はわざと硬い顔をして知らんふりしていたが、赤く上気した顔を隠せないでいたのである。慌てたのはミヌも同じだった。

「兄さんがそんなこと何で知ってるの？」

「刑事から聞いたよ。名前はミヘとか」

もちろん嘘だった。いつか弟の手帳で盗み見した女のことを話しているのだった。やつは顔を赤らめて、信じられないといったふうにジュンシクを見つめた。

「やつら、そんなことまで知っているのか」

ジュンシクは、妻が音も立てずに立ち上がり部屋に入るのを見た。しばらくしてから彼が入っていくと、彼女は鏡台の前で俯いて座っていた。彼には彼女が何を考えているのか、あるいは泣いているのか、分からなかった。もちろん泣いているはずがなかった。いったい泣く理由がどこにあるというのだ。

「何をそんなに考えているんだ」

ジュンシクが尋ねたが、彼女は顔を上げなかった。どれだけそうしていたか。突然彼女が振り返ってジュンシクを見た。

「やっぱり私たち、結婚したの、間違いだったみたい」

六

黄色い折り紙を折ったような熱帯魚が、素早く泳ぎ回っていた。長い海藻のあいだで、なりが大きくて青い点のあるやつが身を潜めて長いひれをゆらゆら揺らしていた。休みなく回り続ける水車からは白い泡が吹き出され、それが列になって上に湧き出ていた。

「水槽をお探しですか」

その海の世界の風景の向こうに、毛が抜けた年老いた男の顔がぬっと現れた。

「水槽は直接取り付けてもらえるのですか」

「どこに置くんですか、家の中？　食堂のホール？」

「自宅です。上溪洞のマンション団地です」

「うーん、そこまでは行けません。そこまで行くと利益が出ないからね」

「これは何という魚ですか」

「それ？　サンタクロースだったか何だったか……私もちゃんとは知らないね。単に熱帯魚と呼んでいるよ」

「こんなものも自宅で飼えるのですか？」

「飼えなくはないけど……部屋の大きさはどれくらい？」

「二十三坪の小さなマンションです」

「だったら、金魚にしませんか。こちらです。大きなものは五百ウォンで、小さいのは二百ウォン。水槽は三万ウォンから六万ウォン。どれにしますか」

ジュンシクは三万ウォンの水槽を選んだ。金魚は三百ウォンの赤いやつを三匹、二百ウォンの黒いのを二匹買った。ところが、いざ、その角張ったガラスの箱を肩に載せて店を出ると、自宅まで持っていくのは容易ではないと悟った。大粒の汗を流しながら歩道に立って手を振ったが、タクシーはなかなか捕まらなかった。うまく空車が来ても、肩に大きなガラスの箱を担いでいるジュンシクを見ると、すぐに走り去ってしまうのだった。結局電車に乗るしかなかった。

いつものように、電車は立錐の余地もないほど混み合っていた。人びとは立て込んでいる隙間にガラスの箱を持って押しながら入ったジュンシクを、いらいらした目で睨みつけた。その上ジュンシクは金魚が入ったポリ袋まで持っていた。天井に吊られた扇風機がゆっくり回りながら暑い空気をかき混ぜていた。そのたびに他人のむかつくような熱い体臭が鼻を刺激して入ってきた。人をかき分けて窓側に行けば、棚の上にこの重いガラスの箱を上げておくことができるだろうけれど、あいだに入り込んだまま身動きが取れずにいた。それにポリ袋が破れないように腕を上げておかなければならなかった。肩先に鉄の棒が押し付けられるようで、肘がズキズキと疼《うず》いてきた。

下腹がぐるぐると音を立てた。過敏性腸症候群とやらがまた始まったのかもしれない。こんな苦痛を我慢していなければいけないわけだから、どこかが痛まないはずがなかった。ジュンシクはポリ袋の中の金魚を見た。一握りしかない水の中で、五匹の小さな金魚が苦しそうに息をしていた。その金魚たちのぷくっと膨らんだ目がジュンシクを見ていた。ジュンシクはなぜか、その金魚の目が自分を憐れんでいるように感じた。魚の目に自分への憐れみを感じるなんて。彼は失笑してしまった。

いったい何のためにこんな苦労をしてまで、水槽を家に持って帰らなければならないのだろうか。彼は自分に問うてみた。妻すらもう水槽に関心を失っているのに。だいたいこの水槽で解決できることなど何かあるのだろうか。

「私たち、結婚したの、間違いだったみたい」

昨日の夜、思いがけず妻の口から飛び出した言葉だ。それを聞いたときジュンシクはどきっとしたが、上辺はできる限り何でもないふうを装った。

「それはどういう意味だ？」

「こんなふうに生きていて、本当に生きていると言えるの？」

「だったら、どうやって生きるんだ？」

「とにかくこんなふうに生きているのは、本当に生きているのとは違うわ。真実の生とは言えないと思う」

「真実の生？　人が生きていくのに、真実なんてものが別にあるのか？　生きるのはみんな同じだよ。人生なんて、小説に出てくるのとは違うよ。ただ現実にだいたい合わせながら生きるしかないのが人生じゃないか」

「ともあれ私は、私の人生が何か道を誤ったようだと感じているの。どこかでボタンを掛け違えたみたい」

「だったら、これからどうしようってんだ？」

「分からない、もう少し考えてみるわ」

ジュンシクは妻がなぜこんなに変わってしまったのか、理解できなかった。ほんの数日前まで妻の関心事は、貸間を転々とするあいだに鋸《のこぎり》で脚を切らなければならなかった古い箪笥の壊れたのを新しく買い替えることと、水槽を置いてビデオとオーディオセットを買い、どうやって家の中をそれなりに整えるのかといった問題だけだったのに。それなのに思いがけず、妻の口からそんなことが出てくるなんて。

「人は誰だって、自分自身の話をしたいと思うものよ」

妻はまた、こんなことまで言った。

「自分自身の話だって？　それはどんな話だ？」

「どんな話でも。昔の子どものときの話でもいいし、何の話でもいい。自分の話を聞いてくれて、分かってくれる人がいることが重要なのよ。でもあなたとは一度だってそんな話したことないじゃない。聞こうともしないし……」

「僕に話そうとしなかったじゃないか。僕が聞きたくないと言ったことあるか？」

「あなたに話してもしょうがないから、しなかっただけよ」

ジュンシクは、二人の夫婦関係、過去六年間、特に問題なく維持されてきた彼の家庭が、根本的に揺れ始めていると悟った。こんなになったのは、いったい誰のせいなのか？

電車はようやく鹿川駅に着いた。ドアが開き外に押し出されると、ジュンシクは冷たい外の風を肺の中に吸い込もうとした。だが、蒸し暑い熱気が喉を過ぎるだけだった。腹の中は、ぐるぐるという音とともに不快な疼痛まで伴っていた。肩に載せている水槽を下ろし、すぐにトイレに駆け込みたかったけれど、この辺りにトイレなどないことをジュンシクはよく知っていた。彼は下腹の疼痛を我慢しながら、肩に水槽を載せ片手にポリ袋を握ったまま、また歩き始めた。ここまで来ると、もう水槽は背負うことも捨てることもできないお荷物になってしまっていた。

工事現場を横切り埃を立てながら清掃車が次々と走っていた。工事現場の片隅の窪みをゴミで埋めているのだった。改めて見ると、この辺一帯は雑草一本目に入らない死んだ土地だった。ポリゴミが目立って多かった。ポリエチレンというものはどんなに時が経とうと腐らないもので、数千、数万年過ぎても地中からなくならないという。そんなあらゆる生き物が消えたような死んだ土地の上に、鉄筋とコンクリートとでできた構造物が建つのだ。ここがほかの場所より土地が低いためにゴミをトラックで運んで埋め立てようというのかどうかは正確に知る由もないが、ともあれその無尽蔵なゴミを見ると、ジュンシクは何かの恥部を覗き見るような気分になった。華やかだとばかり思っていた演劇の舞台装置が実際はみすぼらしい木綿と木で作られたトリックに過ぎないと分かったときのように、興醒めしてしまう気持ちと言おうか。この威風堂々とした高層マンションを支えている地盤が、本当は巨大なゴミの堆積層であるという事実に、今更のように驚かされたのである。人びとはその上に木を植え芝生を敷き詰めて、それらしく庭を整えて住むのだろう。居間に水槽を置いて室内インテリアを揃え、ベランダにはゼラニウムの植木鉢でも置いて生活していくのだろう。まさしくそのために、自分は今、こうして汗を流してこいつを運んでいるのではないか。

それなのに妻は、こんなふうに生きるのは人生ではないと言い放った。だったら人生とは何なんだ。肩にガラスの箱を載せて下腹の痛みを必死にこらえながら、ジュンシクは自問した。これから私はどのように生きて死ぬのだろう。以前にもそう考えたことがないわけではなかったが、今日のように深刻に落ち込んだのは初めてだった。そして、いざ、つくづく考えてみると、今後については先が見えていた。おそらく彼は、これから二十年間は現在勤務している学校の教師として過ごさねばならないだろう。変わりなく出勤し、変わりなく授業に入り、クラスごとに同じ話を何十回も繰り返しながら生きていくのだろう。変わったことは何もなかった。細々とやっていけば主任教師になれるかもしれないし、自家用車を持てたり、あるいはもっと広いマンションに移ることができるかもしれない。しかしだからと言って、いったい何が変わるというのか？そうして生きて最後は年を取って死を待つことになる人生に、何の意味があるというのか？

実際彼は、以前はそんな人生を夢見てきたのだった。完全に安定した生活でなくても、寝場所を心配せず、失業して職場から追い出される心配をしなくてもいい、そんな平穏な生活——可もなく不可もない、そんな生活。彼が望んだのは、まさにそんな生活だった。だが、いざそれが成就してみると、呆れたことに妻は、そんなふうに生きて何の意味があるのだと言い始めたのである。妻は、それはぷんぷん臭う汚いゴミの上に建てられた偽りの生だと言っているわけだった。二十三坪のマンション、温かいお湯の出る風呂場、居間に置かれた金魚を飼う水槽――それらのものはただのゴミの上に建てられた、目くらましのトリックなのだと。だったらどうしろと言うのだ？　今になって、私にどうしろと言うのだ？　彼は大声を上げたくなった。

また下腹がぐるぐる鳴り始めた。誰かが無闇矢鱈に針で突いているような疼痛が伝わってきて、すぐにでも下からずるずると漏れ出しそうな限界に達していた。だからと言って日はまだ明るく、うかつに失礼することもできなかった。水槽はどんどん肩に食い込み、ジュンシクは、それをただちに地面に投げつけてやりたい気持ちになった。彼は近くにトイレとして使える小屋がないか、きょろきょろした。すると工事現場の隅にベニヤ板でできたみすぼらしい小屋が見つかった。扉に「トイレ」という文字が見え、その上にまた「使用絶対禁止」という文字が付け加えられていた。事情が事情なので、ジュンシクは警告文を無視して扉を開けた。そして目の前に現れた光景に驚愕《きょうがく》してしまった。驚いたことにトイレの床は無数の糞の塊で埋め尽くされ、足の踏み場もないほどだった。初めから下水処理施設すら備えられていないのか、便器はもちろん、間仕切りされた空間は、糞でぎっしり詰まっているどころか、外にまであふれ出ていた。まるで何十年も前からそこにあったかのようにかちかちに化石化されたものから、まだ温かさが残っている最新生産品まで、色とりどりで多様な糞で満ちている光景に度肝を抜かれてしまった。ジュンシクは中に入って最小限の空間を探し、ズボンを緩めて尻だけを出してしゃがんだ。最初は吐き気が止まらなかったが、妙なことに彼は、少しずつそれらが気にならなくなっていった。むしろそれらは、不快で不潔な汚物というより、赤裸々で厚かましい姿で自己主張している、たくさんの生命体のような錯覚に陥ったのである。

ふと彼の目の前に母の顔が浮かんだ。彼の子どものころ、母は家族を養うために手当たり次第に仕事をした。縫物もやり、市場に板を置いて商売もした。母が売ったものはキンパプとおでんだった。市場で母は一日中手を叩き、しわがれた声で叫ぶのだった。

「さあ、おいしくて新鮮なおでんとキンパプだよー！　新鮮なおでんとキンパプ」

昼になると市場は、人びとで足の踏み場もないほど混み合い始めた。市場の人たちはそれを「市が立った」と言ったが、市が立つと母の声はよりがらがらになり、より興に乗るようだった。

「おいしくて新鮮なおでんとキンパプ！　おいしくて新鮮なおでんとキンパプだよー！」

ジュンシクの記憶では、市場の中で母より大きな声を出す商人はいなかった。母は通り過ぎる人がいようといまいと、一日中手を叩いて声を張り上げていたが、ともすると食事にありつけなかったり、時にはトイレにも行けないことが多かった。実のところ、母が働いていたその市場はトイレに行くのが大きな問題だった。市場の裏側に公衆便所がたった一つあり、市場の人たちはみな、その一つだけのトイレを使わなければならない状況だった。だから公衆便所の前には、いつも人が列を作っているのだった。

ジュンシクの母はどんなに差し迫っていても、そのトイレの前でのんびりと並んでいるわけにはいかなかった。キンパプを一つでも多く売らねばならないと思うと、じっとしていられなかったのである。その日も母は、何回か切羽詰まってトイレの前に走っていったりしていたが、たくさんの人が並んでいるのを見て、また戻るという行為を繰り返していた。しかし、とうとうそれ以上我慢できなくなってしまったのである。

「ああ、どうしよう、どうしよう」

依然としてトイレの前に長く列を作っている人たちのあいだで、体をくねらせたり足を踏み鳴らしたりしていたが、どうしようもなかった。そばで見守っていたジュンシクも、母と同じように焦燥感に襲われ不安な気持ちになった。母はもう待てずに板がある所に戻ってきた。そして何を考えているのか、泰然とした顔で板の前にうずくまったのだった。と同時にジュンシクは、鼻を刺激する怪しげな臭いを嗅いだ。ジュンシクは、直感的に母が今何をしているのか分かった。

「うわあ、臭い臭い」

そのとき、母の右隣に座った鯖売りのおばさんが鼻をつまみながら言った。

「誰か、おならしたんじゃないか」

今度は母の左隣に座った豆もやし売りのおばさんが、言葉を続けた。

「おならの臭いはこんなにひどくないよ。誰かうんこをしているようだ」

「誰が市場でうんこをするっていうんだい」

母をあいだにして二人が騒いでいたが、母は表情を変えずに知らんぷりしていた。決定的な窮地に立たされたとき、逆に泰然として腹を括ることができるのが母の特技の一つだった。やっと差し迫った峠を越えたのか、母はすでに柔らかく余裕のある面持ちを取り戻していた。鯖売りのおばさんがどうも怪しいといった目つきで母をじろじろ見たが、母は気にしなかった。あのときのあの厚かましく悠々としていた母の顔を、ジュンシクは今も決して忘れられずにいた。

トイレを出てジュンシクは、再び水槽を肩に載せた。ここまで持ってきたのだから、とにかく最後まで引きずっていくしかない。彼の母がそうだったように、ジュンシクの人生もまた、何か華やかなもの、高尚なもの、ご立派なものとは距離が遠かった。どちらかというと、人生とは陰湿で汚くつらいことの連続だった。終わりのない障害物競走のように、決してそれらを避けることはできなかった。運が良ければ、たまにちょっとした休息と成就感を味わえることはあるが、考えてみれば、それだって海岸に浮かび上がっては砕けてしまう泡沫《ほうまつ》のようなものではないのか。

ようやく家に着いたけれど、いざ水槽を受け取った妻はにこりともしなかった。

「死んだ金魚なんて、なんで持ってきたの？」

妻は言った。金魚は死んでいた。いつの間にかポリ袋が破れて、水が半分以上漏れていたのだった。腹を白く膨らませた金魚は、それでもぼんやりと目を開けたままジュンシクを見上げていた。依然としてその憐れむような目で。

七

「ホン先生、私の車に乗って行きましょう」

玄関のドアを出ると、ヤン・グマンが自分の車のドアを開けてジュンシクに手で合図した。助手席にはすでに一年生の主任教師が乗っており、うしろの窓にはキム・ドンホの太い首が見えた。ジュンシクがキム・ドンホの横に座ると、車が出発した。

「ほかの先生たちは、みんな出たの?」主任が口を開いた。

「もちろんですよ。ほかのことは抜けても、食事会には行かなくちゃ。主任先生、信じられる消息筋によると、今日の会合の席で所定の休暇手当も配られると聞いたが、本当ですか」

「先生たちの休暇手当など、どこにありますか? 休み中だからと休んでも、給料だけは受け取っているくせに……」

「えい、またとぼけちゃって。休みだからと言って、何日も休めるもんですか。暑いのに出てきて、何とかを惜しまずに補習授業しなければならないっていうのに」

「家で休んでいて何になるんだ。出てきて、子どもたちに少しでも教えなきゃいかんよ」

さっきから何も言わずに座っていたキム・ドンホが、出し抜けに言い捨てた。するとみな、げらげら笑った。校長がいつも言っている言葉だったからだ。

「ええっと、今回、先生方が協力してくださったおかげで、生徒たちの多くが補習授業に出ることになりました」

食事会の会場である日本料理屋で食事を終えたあと、主任が口を開いた。一年生の担任教師、十人がすべてテーブルを囲んでいた。

「主任として申し上げるわけではありませんが、私は、強制してでも補習授業を受けさせなくてはいけないと思っています。暑いのに生徒を引き留めたところで勉強になるか、という考えもありますが、放っておいてごらんなさい。出来の悪いやつほど悪さをすると言うじゃないですか。必ず何か騒動を起こしますから。実際休み中というのは少しずつ足を踏み外しやすいわけですよ。そうなってからでは担任はどんなに頭が痛いか」

キム・ドンホが舌打ちをした。主任に反論したいが、ここはこらえる様子を見せた。どうせ生徒への働きかけは終わったことだから。

主任はしかし、すぐに気づいて、「ともあれ、今度のことは先生方が積極的に協力してくださって、感謝しますという言葉以外にありません。それでこれは……」ズボンのポケットから固い紙を取り出し、それを一人ひとりに手渡した。十万ウォンの小切手だった。

「ええっと、今回の補習授業の際に教材を採択した出版社と交渉して、先生方を少しでも慰労する意味で出してもらいました。封筒を準備できなくて、すみませーん」

主任が語尾を長く伸ばしながら、一人ずつ小切手を渡した。小切手を手にする際、教師たちはさまざまな反応を見せた。ジュンシクはキム・ドンホがその小切手をどうするか気になった。キム・ドンホは少し顔を赤らめたままその小切手を手に持っていじくり回していたが、しばらくすると、それはそっと彼の体のどこかに消えてなくなった。

「ホン先生、二次会に行きましょう」

店から出ると、ヤン・グマンがそばに寄ってきてそれとなく足を止めた。

「主任とキム・ドンホも一緒に行きます。この近くに私が知っている店があるんですよ」

すでに日本料理屋で飲んだ酒で酔ってはいたが、ジュンシクは彼らについていった。なぜか、もっと酔いたい気分になっていたのだった。宵の口なのに華やかでけばけばしい明かりがぴかぴか光る酒場通りを、彼らは歩いて行った。ヤン・グマンが、列をなす飲み屋のうち「黄金の池」という看板が掛かった、地下にある店に下りていった。

洞窟のように暗くてじめじめした階段を下りると、六、七坪余りの狭いホールの中は流行歌の大音声であふれていた。ヤン・グマンが大声を上げた。「ここ、営業していないのか」

「あらあら、あなた、来てくれたの?」

厨房《ちゅうぼう》のほうにある小さな仕切りがたんと開けられると、一人の女が大げさに嬉しがって飛び出し、ヤン・グマンの腕に絡みついた。続いて今度は、もう少し年かさで太り気味の女が姿を現し、「あらあ、ヤン先生。本当にお久しぶり」と、体格とはまったく似合わない鼻声を出した。

「今までどうして連絡してくれなかったの。私、どんなに会いたかったか。あなた、私のほかにいい人ができたんじゃないの？」

仕切りの中で席に着くと、女がヤン・グマンにさっとくっついて言った。

「こいつめ、今日は上品なお客さんを連れて来たから、まず、おとなしく挨拶をしろよ」

「初めまして。ミス・チャンです」

「ママ、ビールを頼むよ。女の子ももう一人連れてきて」

しばらくしてから、ミス・チャンよりずっと痩せて幼く見える女が酒を持って入ってきた。その女は主任とジュンシクのあいだに座った。主任がコップを持ち上げた。

「さあ、乾杯しよう」

ジュンシクは一気にコップを空けた。アルコールが喉を通り過ぎ、その前に飲んだビールと混ざってすぐに酔いが回った。空になったコップを女がすぐに満たし、ジュンシクはそれまで全部空にした。それでも喉の渇きはなくならなかった。

「おっ、ホン先生、今日はまたどうして、そんなに急いで飲んでいるんだ」

ヤン・グマンの手は、ミス・チャンの胸の中に入っていた。主任はキム・ドンホに何か熱心に話していた。気持ちが若いだけでは教育にならない、教育というものは情熱も大切だが、経験も大切だ、子どもたちは……キム・ドンホは、半分ほど俯いたまま静かに聞いていた。キム・ドンホの濃い眉を眺めて、ジュンシクは耐えられないほどいらいらしてきた。妻と弟は今ごろ何をしているのだろうという思いが頭をかすめた。

「おつまみ、もう少し必要だわ。何にしましょうか？」

ミス・チャンという女が、ヤン・グマンに尋ねた。ヤンの手はまだ女の胸の中に入っていて、かすかに動いていた。女はきゃっきゃっと言って、体をくねらした。

「僕は貝のつまみがいいね」

「まあ、いやらしいんだから。でも、私もキンパプが一番好きだわ」

二人の女が同時にきゃっと笑った。ジュンシクの横に座った女が彼を見つめて言った。

「私はおでんが一番好きだけど（韓国のおでんは練り物が多く、ここではキンパプの イメージに重ねた棒状の練り物をほのめかしている）」

酔いがジュンシクの意識を時空を超越した世界へと追いやっていた。何が現実で何が過去なのか、よく区別できなかった。今彼は、母と一緒にバスに乗っている最中だ。バスはある市場の前を通り過ぎているところだった。バスの窓の外で、ごった返す人とリヤカー、騒がしく声を上げる商売人が過ぎていっていた。ぼんやりと車窓を眺めていた母が、驚いて叫んだのだ。

「あらっ、どうしよう。市が立ったじゃないか」

母は、自分が今、市場にいると錯覚しているに違いなかった。突然立ち上がり、手を叩いて足を踏み鳴らし始めたのである。

「さあ、おいしくて新鮮なおでんとキンパプだよー！　新鮮なおでんとキンパプ」

あまりに唐突だったので、ジュンシクが止める余裕はなかった。びっくりした人は、ジュンシクだけではなかった。バスの中にいた人たちはみな、何事が起こったのか面食らって見ていたが、すぐにくすくす笑って指をさし、ひそひそと話し始めたのだった。

「おいしくて新鮮なおでんとキンパプだよー！　ほっぺたが落ちるくらいおいしいおでんとキンパプ……」

輿に乗って手を叩き足を踏み鳴らしていた母が、急に口を閉じた。ようやく母は、自分が今、市場にいるのではなく、バスに乗っていることに気づいたようだった。そして顔を赤黒く染め口を閉じて、そっと席に座ってしまった。

「まあ、ちょっと見にはまともそうなのに、頭がおかしいんだね」

ジュンシクのうしろの席で二人の女が話していた。バスの中にいる人たちが聞こえるくらい大きな声だったから、間違いなく母にも聞こえているはずだが、狂っているので聞こえても構わないと思っている様子だった。

「旦那のために狂ったんだよ」

「なんで分かるの？」

「キンパプとおでんは形が似ているじゃないか。まるで男のあそこみたいだろう」

「ああ、そうか、そうに違いない。旦那がほかの女と浮気したか、旦那に冷たくされておかしくなったのか」

「そうだよ。でなきゃ、バスの中でおでんだのキンパプだの言うはずがないよ」

「ああ、可哀そうに」

ジュンシクは一人でコップを空け続けた。横に座った女が彼の脇に顔を押し付けた。

「まあ、社長さん、どうしてそんなに落ち込んでいるのですか」

「おい、僕は社長なんかじゃない」

「社長さんじゃなかったら、部長さんですか」

「おい、その方は社長よりずっと上の方だ。給長さまなんだから」

前に座ったヤン・グマンの言葉だ。「給長」というのは、誰がいつから言い出したのか知らないが、生徒たちと教師のあいだで広まっているジュンシクのあだ名だった。給仕（小間使いのこと。日本では用務員）から校長までやる人だという意味だ。ジュンシクは何でもいいから喉が裂けるほど声を張り上げないと、息が詰まるような気がした。そのやるせなさを晴らすためにも、続けざまにビールをあおるのだった。

「ホン先生、ホン先生は生きていて何が楽しいですか」

キム・ドンホが酔って赤くなった顔を上げて、ジュンシクに尋ねた。そしてジュンシクの答えを聞こうともせずに、自分で答えた。

「私はですね、なぜか生きる楽しみがなくなってしまいましたよ。いくら考えても、生きる楽しみがないんですよ」

「生きる楽しみがないって？　ふーん、それは大問題だ」

向い側の席にいたヤン・グマンが口を差しはさんだ。

「若いのにもう生きる楽しみがなくなっただなんて、そりゃおしまいだ。分かってるのか？　もう終わったってことだよ」

ヤン・グマンを眺めるキム・ドンホの目に一瞬火花が光るのを、ジュンシクは見た。そのような目でキム・ドンホは、五、六秒ほど無言でヤン・グマンを睨んでいた。ビール瓶をつかんでいるキム・ドンホの手に力が込められていて、まるでそれでヤン・グマンの顔を殴りつけるかのようだった。殴れ、ジュンシクは心の中で言った。どうして睨んでいるだけなんだ。殴れ、おまえはそんな度胸もないのか？

「何だ、どうした？　何か間違ったこと、言ったか？」

ヤン・グマンは口を片方にねじりにやっと笑った。すると、ビール瓶を握っていたキム・ドンホの手から、突然力が抜けてしまった。

「いいえ、何でもないです。おっしゃるとおりです。本当のことを言うと、私もそう思っているところです」

そしてキム・ドンホは、ジュンシクに顔を向けた。

「だから私は、近ごろ、屋内釣りというものに興味を持ち始めたんですよ。屋内釣り、ご存じですか。澄んだ空気と明るい光の下でする釣りではなく、ビルの下、地下の釣り堀で魚を釣るのです。私のように日に当たるのが嫌になった人間には、ぴったりの遊びです」

「日に当たるのが嫌になったって？　それは大変だ、大変だ」

ヤン・グマンの声がまた挟み込まれた。だがキム・ドンホは、今度は何も答えなかった。

「そんなことでもしないと、何が面白くて生きていけますか？　でもね、それが思ったより面白いのです。ひれが赤く塗られたやつを釣ると、テレビを一台もらえるというのです。やつを追いかけていると時間が経つのも忘れますよ。今度私と一緒に行ってみませんか？」

「おい、申告式もしないで酒を飲んでいるから、盛り上がらないじゃないか。申告式、誰からやる？」

「今日はもういいでしょう、ね？　絶対しなくちゃいけないものでもないし」

ミス・チャンがヤンにぴったりと体をくっつけたまま言った。

「何言ってるんだ。申告式はここ、『黄金の池』の伝統なのに、勝手なこと言うんじゃない。ミス・チャン、おまえがまず、模範を見せてみろ」

「私は飽きるほどしているじゃない。見ても面白くないわよ」

「今日は、先生方をお連れしているじゃないか。正式にご挨拶しなくちゃ」

ヤン・グマンは財布を出して一万ウォン札二枚をテーブルの上に置いた。女は特にためらう様子もなく体を起こした。そして靴を脱いで椅子の上に上がった。無表情な顔で立って、彼女はすぐに上半身にまとっていた服を脱ぎ始めた。女の服が紙切れのように足の下に落ちた。続けてスカートを脱ぎ捨てた。腰を屈める際、小さな紺色の布切れにかろうじて遮られた大きな肉の塊が波打っているのを、ジュンシクは見た。抜け殻でも剝がすように服を一枚ずつ脱ぎ捨てながらも、彼女はあたかも退屈で味気ない労働をしているように表情のない顔をしていた。動作の一つひとつを穴のあくように見上げている八つの目に気がつくと、彼女は一度にこっと笑って見せただけだった。キム・ドンホが顔を赤くしながら女を見つめていた。主任は少しぼうっとした顔をしていた。赤い照明灯の下で、女の皮膚に無数に吹き出た鳥肌までそのまますべて見えた。太い骨格の女の体は贅肉が多く下腹も垂れ下がり、大きくて不格好なだけの胸が不均衡にぶら下がっていた。大きく隆起した二つの肉の塊に一つずつあぐらをかいた乳頭が、ジュンシクの目に飛び込んできた。それは彼女の表情と同じように平然として厚かましい様子で自己主張していた。ついに彼女は、自分の体に残っていた最後の布切れをも取り除いてしまった。

その格好で彼女は歌を歌い始めた。薄紅色のチマが春の夜に……ジュンシクは耐えられない喉の渇きを覚え、目の前にあったコップを持って一気に飲み干した。先ほどから自分を抑えつけている誰に向かっているのか分からない怒りと侮辱感を、これ以上我慢できなくなった。彼はいきなりがばっと立ち上がった。

「さあ、おいしくて新鮮なおでんとキンパプだよー！　新鮮なおでんとキンパプ」

同僚の教師たちはいったいどうしたのかと呆気《あっけ》にとられてジュンシクを眺めていた。ジュンシク本人も自分が何をしているのか自覚していなかった。今彼は、彼の母が昔やっていたように、勢いにまかせて手を叩き足を踏み鳴らしながら調子を取っていた。

「まあ、この人頭おかしいんじゃない？」

素っ裸で椅子の上に立っていた女が、白けた顔をしてジュンシクを見下ろした。「ちょっと、ホン先生。どうしたんだ？　座れよ」と叫ぶ主任の声も聞こえてきた。けれどもジュンシクは、どんどん調子づいた声を張り上げ、テーブルの周りをぐるぐる回った。

「おいしくて新鮮なおでんとキンパプだよー！　ほっぺたが落ちるくらいおいしいおでんやキンパプ、おでんや……」

突然誰かが、うしろからジュンシクの上体を抱きかかえた。キム・ドンホだった。

「ホン先生、気分よく飲んでいたのに、何で雰囲気を壊すのですか？　気でも狂ったみたいに……」

ジュンシクは体をくねらせてキム・ドンホを押しのけた。キム・ドンホが重心を失って転ぶと、テーブルの上に置いてあったビール瓶が落ちて割れ、大きな音を立てた。女たちの悲鳴が聞こえた。

「そうだ、僕は狂っているよ。だったらおまえらはどうなんだ？　これが生きているということなのか？　こんなことで生きていると言えるのか？　えいっ、情けない取り巻きどもめが！」

言い終えるや彼は、体を翻して仕切りの外に出てしまった。しかしすぐにドアを開けて戻ってきた。

「これは、おまえたちで分けて持ち帰れ」

まだわけが分からないといった様子で見つめている同僚の教師たちの目の前に、一枚の小切手が落ち葉のようにひらひら舞い落ちた。

八

酒に酔ったときに、ジュンシクは少し首を曲げて歩く癖があった。自分では意識していないのだが、それは六、七年前についた癖だった。六、七年前、つまり昼は学校の事務室で働き、夜は夜間大学に通っていたころ、彼は地下の一間《ひとま》を借りて自炊生活をしていた。その部屋は天井が低すぎて頭を真っすぐ起こすと天井に当たるので、いつも首を曲げていなければならなかった。それから酒が入ると彼の意識は自然にそのときの階段下の部屋に入っていき、今も無意識のうちに首を曲げて歩いているのだった。しかしマンションの自分の家に着くと、彼は急に元気を取り戻し拳でドアを叩いて大声で喚いた。

「おい、玄関を開けろ、玄関を！」

ドアが開き、妻のびっくりした顔が現れた。

「いったい何なの。酔っぱらったなら、おとなしく帰ってきてよ」

ジュンシクの酒に酔った目にも、妻の顔に化粧気があるのが分かった。妻のその化粧した顔を見ると、ジュンシクは急にわけの分からない憐れみのようなものを感じた。妻が虚しく無駄な努力をしていると思ったのだった。誰からも顧みられない年老いた飲み屋の女が濃い化粧をしているようで、痛々しく哀れな思いがした。だが内心そう思いながらも、実際にジュンシクの口からはまるで違う言葉が飛び出した。

「おい、チョン・ミスク。一つ聞きたいことがある。おまえ、最近どうして家でそんなに化粧しているんだ？」

「何だって。私が化粧してるって？　単に口紅を塗っただけなのに……家にいるからって顔に薄化粧ぐらいしして当然じゃないの。それが何だっていうの？」

「当然だよ。だけどおまえ、以前は、その当然なことを一度もしなかったじゃないか。それなのに最近はどうしてそんなに顔を飾っているんだってことだよ。理由は何だ？」

彼の攻撃に遭って、妻の顔がかあっと赤くなった。

「何言ってるの、本当にそれが何だっていうの？　人が化粧しようがしまいが……」

「おまえがどうして化粧しているのか、僕が言ってやろうか？　ミヌのためだろう？」

「まあ、まあ、この人は何を言っているのか。頭がおかしくなったんじゃないの」

いくら酒に酔っているとは言え、ジュンシクは自分が今、とんでもないことをしゃべっているということくらいよく分かっていた。それなのに、なぜ自分が口をつぐむことができずにそんな言葉を吐き出し続けているのか、どういうつもりで声を高くしているのか、まったく理解できなかった。

「僕が言っていること、間違ってるか？　ミヌに可愛く見せようとしてるんじゃないか」

「兄さん、いくら酔っているからって、言いすぎじゃないか！」

ミヌがあいだに入った。彼の顔が赤くほてっていた。

「おい、おまえはあいだに入るな。これは僕ら夫婦の問題なのだから」

「いくら夫婦の問題だと言っても、僕の名前が出て悪く言われているんだから、黙っていられないよ。僕の責任でもあるし」

「ミヌさん、あなたのお兄さんはこんな人なのよ。私がこんな人と暮らしているなんて、本当に恥ずかしくてたまらない」

「何だって、恥ずかしい？　僕と生活するのが恥ずかしいだって？」

「そうよ、恥ずかしいわ。私の言っていること、間違っているとでも言うの？　私ももう思っていることを言って暮らすつもりよ」

彼女は言葉を最後まで続けられなかった。ジュンシクが彼女に飛びかかったのだ。だが彼はすぐにミヌに腕をつかまれ、はずみで体の均衡を崩した。床にひっくり返った彼の足が、こともあろうに鏡台を蹴飛ばした。同時にけたたましい音が聞こえてきた。ジュンシクは部屋全体が、その中にいる妻やミヌのやつまで、大きく均衡を崩すのを見た。次の瞬間、鏡が割れたことに気がついた。

私は何をしでかしたのだろう。ジュンシクは横たわったまま、自分で自分に問いかけた。家の中は異常なほど静まり返っていた。床にはまだ割れた鏡の破片が散らばっている。静かにドアが開き、妻が入ってきた。

「ホン・ジュンシクさん、私、出ていきます」

「出ていくだって、どこに？」

ジュンシクはがばっと立ち上がった。妻は眠っていたサンミを起こし服を着せて立っており、いつの間にか鞄まで手にしていた。

「どこに行こうと、気にならないでください」

おかしなことに、妻は今では彼にいちいち敬語を使っていた。彼に対する呼び方も、これまでのように「あなた」ではなく、丁重に「ホン・ジュンシクさん」と呼んでいた。

「こんな真夜中におまえは家を出ていくと言うのか？」

「そうです。これ以上、この家に住めませんから」

ジュンシクは二の句が継げなかった。怒りを覚えるというより、呆れた思いだった。彼はかろうじてまた尋ねた。

「サンミも連れて行くと言うのか？」

「もちろん、私が連れて行きますよ。ジュンシクさんは学校に行きながら、一人で子どもを育てられないでしょうから」

「おまえ、いったいどうしたんだ？　今までだって、僕たち喧嘩しながらもうまくやってきたじゃないか」

「うまくやってきたですって？　上辺だけそんな振りしていただけですよ。私は今まで、自分を騙しながら生きてきたと気がついたんです。正直に言いますと、私はジュンシクさんと結婚して、これまで幸せだと思ったことはありませんでした」

「幸せ？　幸せって何だ？」

彼はほとんど泣きそうになって、聞き返した。彼が尋ねたのは、本当に意味が分からなかったからだった。

「人間らしく生きることですよ」

「それじゃ、今まで人間らしく生きてこなかったと言うのか？」

「そうです。私は、そちらには悪いけど、これまで何の生き甲斐も楽しみもなく、無理して生きてきたのです。これが生きていると言えるのですか？」

これが生きていると言えるのか。この言葉は、ほんの少し前にジュンシクが居酒屋で自分自身の口で言った言葉だった。それが今日の夕方に主題となったわけだった。だがいくら騒ぎ立てて争ったとしても、その問いの答えはどこで得られると言うのか。ジュンシクはただただ胸がもやもやして悔しく、頭がどうかなりそうだった。

「だったらどうやって生きるんだ？」

「そんなこと、どうして言葉で説明しなくてはいけないのですか？」

それ以上我慢できずに、ジュンシクはドアを蹴飛ばして部屋の外に出た。ミヌがドアの外で青白い顔をして立っていた。彼は弟の腕をつかんだ。

「おまえ、この野郎、ちょっとこっちに来い。全部おまえのせいだ。おまえが来てから、家の中がこんなになってしまったんだぞ」

「恥ずかしいこと言わないでください。ミヌさんが悪いわけじゃないでしょう？」

「悪いわけがないなんて、どうして言える？　こいつはいったい何なんだ？　この女をこんなにしたのは、こいつじゃないか」

「あなたはミヌさんに恥ずかしくないのですか？」

妻が彼の前に出て庇《かば》った。

「恥ずかしい？　僕が何を？」

「ミヌさんは正しいことをしようと、自分を犠牲にして苦労しているんじゃないですか。それなのにあなたは何なのですか？　ただ自分だけで分かっていて、一生かかっても大きな口の一つもたたけない。あなたには夢があるのですか、理想があるのですか？」

何も言えなかった。固い壁だ、と思った。六年間、膚《はだ》を合わせて暮らしてきたのに、爪の跡一つつけられない壁のように感じられるなんて。ジュンシクは泣きたくなった。

「兄さん、僕のせいで姉さんがこうなったとしたら、申し訳ない。だけどこんな形で興奮しても、解決できる問題じゃないじゃないか。姉さんのこと理解してあげてよ」

「理解？　だったらおまえたちは、何で僕のことを理解しようとしないんだ？　そうだよ、僕は人生が何なのか分からずに生きているよ。夢も理想もなく、単なる虫けらのように生きているよ。堕落し卑屈に、そうやって生きていくしかなかった。でもおまえは、どうしてそんなに道徳的なんだ？　どうして未だにおまえだけ道徳的で高尚なんだ？」

相変わらず蒼白な顔でミヌは、我を忘れて喚き散らすジュンシクの言うことを静かに聞いていた。ジュンシクはジュンシクで、自分の口から飛び出す言葉に自分でもびっくりしていた。学校の授業を除いては、いや学校の授業時間にも、こんなに熱弁をふるうことは今まで一度もなかった。それがいざまくし立ててみると、何かすかっとして痛快な気分にまでなったのだ。

「僕は最初からこいつが気に入らなかった。おまえはどうしてそんなに堂々としていられるんだ？　おまえは何だって、その年になるまで正義と道徳のために闘っているんだ？　おまえはなぜ僕みたいに、家族を食べさせるために、職場から追い出されないために、あれこれ人の顔色を窺いながら暮らさなくてもいいんだ？　おまえはどんな資格があって、高い所からあらゆることを超越していられるんだ？」

「ごめん、兄さん」

とうとうミヌが低い声でつぶやいた。

「そのように生きるのが兄さんの生き方なら、僕にはこれが僕の生き方なんだ」

「ふん、分かった。おまえにはおまえの生き方があり、僕には僕の生き方がある。だからお互い、あれこれ言わないでおこうってことだ。人は結局自分の思うままに生きるんだよ」

「兄さん、僕が兄さんの家にいることがこんなに深刻な問題になるなんて、思いも寄らなかったよ。ごめん。今すぐに出ていくよ。だから姉さんも落ち着いてもう一度考えてみてください」

「だめですよ。私も出ていくわ。このままではとても暮らしていけません」

妻が鞄を持って言った。そうしろよ、出て行けよ。みんな出て行け。僕は一人で暮らすから。しかしジュンシクは、どうしてもそう言えなかった。子どもが状況を理解できずに泣き始めた。妻の頑固な態度に、ミヌも困ったようだった。

「兄さん、僕が姉さんと話してみるから、外に出ていて」

ジュンシクはミヌに背中を押されて家を出た。まるで自分の家から追い出されたような思いがした。マンションの駐車場に立って、一人で煙草を吸い始めた。胸の奥深く埋もれていた過ぎし日の憎しみや恨みが湧き上がってきた。昔から弟が善、彼は悪だった。決してそれでいいと思っていたわけではないのに、その配役は一度も変わらなかった。今も同じで、今後も結局はそうに違いなかった。

昔ジュンシクの家族が住んでいた町内にパン工場があった。工場と言っても家の中に機械を置いてパンを作るような所で、そこではお腹がひっくり返るくらい甘く香ばしいパンを焼く香りが漂い、町内の子どもたちは、その家の近くに行くと鼻をひくひくさせてすきっ腹に香りを深く吸い込んでいた。ジュンシクの母は、日曜日の朝その家に行って仕事をしていた。おそらく台所仕事や洗濯といったことをして、いくらか受け取っていたのだと思う。そんな日曜日、その家の家族たちが全員、聖書を脇に抱えて家を出てしまうと、ジュンシクはその家の裏塀の所に行った。そこは路地の行き止まりで、人があまり姿を見せない薄暗く奥まった所だった。

しばらくそこで待っていると、板塀を叩く音とともに、「ジュンシク、ジュンシク」という低い声が聞こえてくる。ジュンシクがさっと近寄ると、板塀のあいだに空いたわずかな隙間から白い袋に包まれたパンが出てくるのだった。ジュンシクはそれをすぐに服の中に隠し持って家に走り帰った。そうやって母は、一度に何個かのパンをかすめ取り、翌日にそのパンを市場に並べて売った。

おかしなことにジュンシクは、そのときそれがそれほど悪いことだと考えなかったのである。母も絶対そう思っていなかっただろう。母には、家族が飢えずに生き残ることが一番大切で、それより高い価値の道徳なるものが存在しなかったのである。ともあれ彼は、母の盗みに同調するほかなかった。それは一種の戦闘みたいなもので（生きるための戦争で生き残るための戦闘だ）、命令が下されたら無駄口をたたかずに服従しなければならないのだった。しかし彼の弟はと言うと、やつはどんなに急を要する状況でも、命令が不当で疑問を感じると抵抗することができる種類の人間だった。弟のような人間と「あること」を、特に盗みなどを企むなんて、大変危険なことだったのである。結局二人の盗みが発覚したのも、まさしく弟のせいだった。いずれにせよその盗みのおかげで、母の扱う商品にはおでんとキンパプとともに新しい品物が増え、それがしばらくのあいだ母の油じみた胴巻きを多少は膨らませてくれたのだった。

母は、くすねてきたパンを市場で売る前に、台所の天井に吊られた籠に保管しておいた。母が、いや母と息子が一緒に盗んだパンは種類も多く、あんこパン、ジャムパン、メロンパンなど、多種多様なパンがあった。それらは見るだけでよだれが出るくらいおいしそうだったが、母は管理に手落ちがなかったので、ジュンシクは一つもごまかすことができなかった。そこで彼は、母に気づかれないように時たまパンを取り出して表面を嘗めることにした。もちろん、パンの原形が壊れないようにする技術が必要だった。あのころ市場で母からパンを買った人たちの中で、彼の唾が混じっていないパンを食べた人は、一人もいなかったはずだ。そして当時自分の舌が感じた甘い味以上の味を、ジュンシクはそれから今まで一度も経験できなかった。

ところがある日のこと、その日も、その家の塀の穴を通して母からパンを受け取ることになっていたのだが、ジュンシクは取り返しのつかない失敗をしでかしてしまった。友だちと遊ぶのに夢中になって、代わりに弟にそのことを頼んだのだ。それが致命的な失敗だった。その家の塀の穴からパンを受け取ったミヌは、間抜けなことにその家のおばさんに見つかってしまった。おばさんはだいぶ前から、パンが少しずつなくなることを怪しく思っていた様子で、ただちに弟の首根っこを押さえて家に引っ張ってきた。ソウルから避難してきたというその若いおばさんは、弟を台所の前に立たせ、畳みかけるように詰問した。

「おまえ、盗みは悪いことだと学校で習っただろう?」

弟が青い顔で何も言わずにうなずいた。

「嘘つくのも悪いことだと習っただろう?」

弟が再びうなずいた。

「だったら、さっさと言いなさい。おまえのお母さんがパンをどこに隠したのか、ちゃんと言いなさい」

弟の怯えた目が、ジュンシクと母を交代で見つめていた。

「正直な者は天国に行き、嘘つきは地獄に行く。おまえ、地獄に行くかい?」

ジュンシクはその瞬間、目を閉じたかった。やつの指は、台所の天井に吊るされた籠を真っすぐに指していたのだった。それによって、すべてのことが一瞬のうちに露見してしまった。そのパン屋のおばさんは、飛びかかるようにしてその籠をひったくった。その日に限って、籠には盗んできたパンがぎっしり詰まっていた。

「まあ、ずいぶんたくさん盗んだこと。ここは完全に泥棒の巣窟じゃないか」

呆れたことに母は、馬鹿のようににやにや笑っていた。その母の笑う顔が、女の怒りに火をつけたのかもしれない。彼女はすかさず母に走り寄り、髪の毛をつかんだのである。

「ちょっと、この女は、こんなことしていいと思ってるのか。年甲斐もなく。私は可哀そうだと思って雇ってやったのに、穴を使って盗むなんて。見た目は正直そうなのに」

二人の乱闘劇を止めたのは、ジュンシクの父だった。白紙のように青白い顔をして全騒動を見ていた父は、いきなり「こいつめ！」と奇声を発し、裸足で台所に駆けてきた。そして台所の床に置いてあった練炭ばさみを手に取り、母をむやみにぶん殴り始めたのだった。父の剣幕に恐れをなしたのか、そのパン工場の女は怯えた顔であとずさりするしかなかった。母は、父に何の抵抗もしなかった。ただただ、練炭ばさみで全身を殴られるままにされていたのだった。父の顔は、狂った顔そのものだった。もっともそれも無理からぬことだった。ずっと名分と体面のために生きてきた男がこれほど屈辱的な状況に置かれて、どうして自制力を保つことができただろう。そのとき突然、弟がわっと泣き始めた。泣きながら「お父さん、叩かないで。叩かないで」と言って、父の腕にしがみついた。ジュンシクはその弟の姿を見て、殺したいと思うほど憎かった。もしかすると、やつは長いあいだ二人の盗みを黙認しながら、いつかはその犯行を暴露し告発する決定的な瞬間を狙っていたのではないか、という疑念まで湧いたのだった。

その事件は彼が十三歳のときに起こった。十三歳が二十三歳になり、今では三十五歳になった。二十二年の歳月が過ぎたことになる。だがその二十年余りのあいだ彼がどれだけの苦労を重ねて生きてきたか、誰が分かるというのか。校長や同僚の教師たち、そしてミヌのやつはもちろん、彼の妻すらやはり分かってはいまい。誰も彼の苦しみを、彼の孤独や悲しみを理解できないだろう。世の中は一度も、彼にちゃんとした扉を開けてくれなかった。かき分けて入り込む隙間が少し見えたとしても、いつも犬くぐりを通るような気後れと卑屈な思いをしながらそこを通過しなければならなかったのである。ジュンシクに今望むことがあるとすれば、そのすべての苦痛の代償、つまり報われたいということだけだ。それなのに今となってミヌのやつは、昔ジュンシクたち母子の盗みを暴露したように、ジュンシクが散々苦労した末に築いた家庭という彼の小さな城が、実は取るに足りない自己満足と虚無の上に作られた、どんなにみすぼらしい模造品だったかと暴露しているのだった。それだけはとうてい我慢ならなかった。やつがそれを願っていたのかいなかったのかは問題ではない。やつが現れたことで、結果的にそうなってしまったのだから。

マンションの工事現場の片隅に、公衆電話があった。暗闇の中でもそこは明かりが灯されていた。彼は知らず知らずのうちにそちらに足を運んでいた。近づくほど緊張と恐れが大きくなり、まともに息ができないほどだった。とうとう公衆電話ボックスに着くと、彼は歩みを止めたまましばらくぼんやりと電話機を眺めて立っていた。しかし彼は何か逆らえない力に引っ張られるように中に入り、受話器を取って小銭を突っ込んだ。数字を回す指がぶるぶる震えていた。やがて受話器からゆったりした声が流れてきた。

「はい、情報課です」

「クァク刑事さん、お願いします」

「お待ちください」

待っているあいだ、受話器から誰かの荒い息遣いが聞こえてきたが、それは自分の息遣いだと分かった。受話器を持つ手がとても重く感じられた。やめろ、ホン・ジュンシク、という声が、心の片隅から聞こえてきた。今からでも遅くない。ただちに電話を切ればすむことだ。

「電話、代わりました」

ついに聞き覚えのある声がしたとき、緊張しすぎているからか、喉がつかえているように言葉が出てこなかった。電話を切ってからも、自分が何を話したのか記憶にないほどだった。

「心配いらないよ。姉さんは家にいると思う」

マンションの玄関前でミヌが立って、彼を待っていた。ジュンシクは何も言えなかった。ミヌの顔すら見られなかった。彼らはしばらく、マンション前の広い道路を轟音を立てて走る車両を眺めていた。

「僕、出ていこうと思う」

そういえば彼は、初めてジュンシクの家に来たときに持ってきた小さいビニール鞄を手にしていた。どこに行くんだという質問を、ジュンシクは口の中に飲み込んだ。無駄な質問だった。

「鹿川駅まで送っていくよ」

「いや、そんなことしなくていい。兄さんは姉さんの所に戻らなくちゃ」

しかしジュンシクは、鹿川駅のほうに向かって歩き始めた。そうしていくらも行かないうちに立ち止まった。

「どこまで行くのか知らないけど、タクシーに乗って行ったらどうだ?」

「いや、電車が楽だよ」

ミヌは時計を覗き込んだ。

「まだ電車は動いているだろう？」

もちろんまだ動いていた。だがそこにミヌを連れて行くわけにはいかなかった。今からでもタクシーを捕まえて乗せればすむことだ。そうすれば何事もなかったことになる。しかしジュンシクにはできなかった。彼らは鹿川駅に向かって歩き始めた。何日か前にジュンシクが初めてミヌを連れてきた、まさにその道を歩いているのだった。

「おまえ、姉さんにどんな話をしたんだ？」

ミヌは少しのあいだ黙っていたが、ようやく口を開いた。

「愛について」

「愛？」

「兄さんがどんなに姉さんを愛しているか、という話をした」

「僕がどれだけ愛しているか、おまえは分かるのか？」

「もちろん分かるさ。兄さんのその火のような嫉妬心を見れば」

ミヌは暗闇の中で白い歯を見せて、いたずらっぽく笑った。ジュンシクは言葉に詰まった。むしむしした風に乗って、蒸れた悪臭が漂っているように感じた。ちょうどそのとき、鹿川駅に近づいていた。

「僕たち、今度いつ会えるだろうか？」

ミヌは答えなかった。そうして急に立ち止まって、ジュンシクを見つめた。

「兄さん、ごめん。許してくれ」

「おまえがどうして僕に謝るんだ?」

「謝らなくてはいけない気がして。僕のせいで兄さんが苦しむことがあったら、本当にごめん」

ジュンシクは何も言えなかった。彼は今からでも鹿川駅に行かずに、ミヌと一緒に戻りたかった。だがすでに遅かった。いつの間にか鹿川駅は目の前に迫っていた。ジュンシクは注意深く目を配り始めた。胸が激しく鳴り始めた。

駅舎の上の改札口の前に二人の男が立っているのが、遠くに見えた。頑丈な体格の男たちだったが、工事現場の労働者には見えなかった。ジュンシクは彼らを注意深く窺って、階段をゆっくり上り始めた。男たちも彼らを見たが、ちょっと見にはまったく異常な気配を見せず、ミヌは彼らを意識さえしないようだった。だがジュンシクは足ががくがく震えるほど緊張していた。その二人のうち一人は、遠くからでも片側の肩が下がっており見覚えがあった。ゆっくり階段を上りながら、ジュンシクは心の中で彼らとの距離を綿密に計算していた。

「ちょっと待って」

階段を上り切ろうとする前に、彼は弟の腕をつかんだ。彼の声が尋常でないと感じたのか、弟は怪訝《けげん》な顔をして尋ねた。

「なに、どうしたの?」

「あの人たち、変じゃないか？　刑事のようだけど……」

「まさか」

そうは言ったものの、弟は全身緊張している様子だった。その男たちもこちらの動きを変だと思ったのか、自分たちのほうに少しずつ近づき始めたのが分かった。

「走れ！」

彼は弟の手をつかみ、体を翻して走り始めた。弟は一瞬ためらったが彼のあとを追って走り始め、同時に騒々しい足音がうしろから追いかけてきた。

彼らは階段を下りて真っ暗な中に無闇に体を投げ出した。うしろから追いかけてくる足音が徐々に近づいてきた。彼の息切れの音が弟のものと混じっていた。無我夢中で走ると、工事現場の残骸が積まれている所に出た。と、うしろで弟の転ぶ音が聞こえた。暗闇の中で何かが足に引っかかったようだった。彼がうしろを見ると、すでに男たちは転んだ弟に飛びかかっているところだった。

「兄さん、兄ーさーん」

弟が差し迫った声で彼を呼んでいた。けれどもジュンシクは立ち止まらずに走り続けた。夢中で走りながらも、私はどうしてこんなに走っているのか、私が警察を避ける理由は何もないではないか、手配されているのは私ではなく弟じゃないか、といった思いが切れ切れに頭の中を通り過ぎていったが、かといって立ち止まることはできなかった。やっと彼は、それ以上足音が付いてこないことが分かり、地面に置かれたコンクリートの土管のうしろに身を隠して背後を振り返った。暗がりの中でも彼らの姿がぼんやりと見えた。ミヌはしばらく男たちに逆らっていたがそれも少しだけで、すぐにおとなしく彼らにしょっぴかれていった。ジュンシクは息を殺したまますべてを見守っていた。

彼らが完全に視野から消えたあとも、彼はその場から立ち上がれずにいた。どこからか不快な臭いが漂ってきた。地面に手をついてみると、なにかぐにゃぐにゃした物が手に触れた。そのときになってようやく彼は、自分が糞の窪みの上にへたり込んでいるのに気づいた。だが彼はその場からすぐに立ち上がれなかった。おかしなことに、全身の力がすべて抜けたように身動きできなかったのである。

その場に座り込んだまま、彼は、鹿川駅であの男たちの姿を見たときなぜ逃げようと思ったのか考えてみた。最後の最後に心の中のひとかけらの良心が動いたのか。あるいは、自分が警察に電話したと疑われたくないという狡猾《こうかつ》な心が働いたからか。

彼は頭をもたげて空を見た。たとえ糞の窪みから見上げているにしても、夜空の星は本当にきれいにきらきら輝いていた。ふと彼の目からわけの分からないものが流れ始めた。正直に言うと、罪の意識のようなものはなかった。今でなくとも、いずれいつかは彼が行わなくてはいけないものなのだから。それに妻の言うとおりやつが純粋ならば、やつはただ自分の純粋さに対して代償を払うだけに過ぎないのだから。

でも、だけど。彼は自問していた。私はどうしてこんなに悲しくて、思いがけず涙が流れてくるのだろうか。どうして、胸にぽっかり空いたような喪失感を覚え、自分が限りなく惨めで絶望的な気分になっているのだろうか。

彼は泣き始めた。彼の目から絶え間なく涙が流れ落ち、その涙が彼をより悲しい思いにさせた。彼が泣いているのは、後悔しているからでもなく罪の意識からでもなかった。ただ自分が惨めだという胸が張り裂けんばかりの思い、誰も分かってくれない、誰にも説明できない彼だけの悲しみによって、彼は泣いているのだった。長いあいだ、彼は糞の窪みに尻を置いて座ったまま立ち上がろうともせず、幼い子どものように声を上げて泣いていた。胸の中にある悲しみの塊が一気に吹き出したように、顔をゆがめて泣いた。あまりにも長い歳月、彼の体内にしこりになっていた悲しみ、どうしようもない虚しさに、完全に自分を任せて泣いた。

ちょうど少し前に電車が着いたようで、ジュンシクがいる所からいくらか離れた場所を何人かの人たちが通り過ぎていた。

「あの人、なんであそこで泣いているんだろう」

「酔っぱらったんじゃないの」

「酒に酔ったからって、あんなに悲しそうに泣く？　何か事故にでも遭ったんじゃない？」

「放っておこう。頭がおかしいのかもしれない」

人びとが遠ざかっていった。再び暗がりの中にジュンシク一人が残った。しばらくして、彼はゆっくりと体を起こした。そして猛烈にくさい臭いを放つ糞を体中につけたまま、負傷し満身創痍になった老兵士のように、あるいは脇腹を蹴られた子犬よろしく、片足を引きずりながら暗闇の中を歩き始めた。彼の口からはまだ止まらない涙の余韻が、しゃっくりのように流れ出ていた。

妻は今、何をしているのだろうか？　ミヌの言うとおり、家を出ずに私を待っているだろうか？　これからは私にどのように向き合うのだろう？　何事もなかったように、今まで暮らしてきたように過ごせるだろうか？　そしてミヌはどうなるのだろうか？

もちろんミヌは、これから長いあいだこの社会とは隔離されるだろう。けれども生を抑えつけられたまま生きていかねばならないのは、ミヌのやつだけではない。この巨大な薄汚れた社会、すでにあらゆる清貧さと品位を失ってしまったこの社会で、私もまた生きなければならないのだ。

行こう、と言って彼は、暗がりの中を見上げて自分に言い聞かせた。このものすごいゴミの堆積層の上、あらゆる汚物と憎悪と捨てられた夢を足の下に置き、あのはるか彼方《かなた》の虚空にやっとのことでしがみついている二十三坪の、私のねぐらに向かって。

星あかり

一

私が八歳になった年、積もっていた雪がじくじくと融け始めた冬の終わりのことでした。その日、私は某私立小学校の入学試験場で、冷えた足を小刻みに動かしながら順番を待っていました。その学校は倍率が高いことで有名な、その都市では筆頭に挙げられる金持ちが通う学校でした。あの日、ワックスがけされてつやつやした廊下の床が氷のように冷たかったのを、今でも覚えています。私がその学校を受験するに至ったのは、母が望んだから以外の何物でもありません。そのころ、私たちが賃借りしていた家からちょうど塀を境にして別の小学校があったのに、母は歩いて三十分以上かかるその小学校に私を引っ張っていったのです。けれども、いざその学校に入って私は、私が来る所ではないとすぐに悟りました。そこに集まった子たちは私とは異なる種類の子どもたちだと、一目で見抜いてしまったわけです。何よりも保護者たちのあいだに立つ母の姿は、私の目にもとうていふさわしいとは思えませんでした。ひとことでそこは、市場の飲み屋で男たちを相手に酒を売る女など保護者にはなれない、そんな学校でした。

ついに順番がきて、母に手を握られ試験場の教室の中に入っていきました。お母さんはそこでお待ちください。窓を背にして座っていた五、六人の先生たちのうちの誰かが、母にこう言いました。母はドアのそばに立ち、私は一人で先生たちの前に歩いていきました。まず名前、年を聞かれました。私は何回も練習したとおり、力強く答えました。

——お父さんの名前は？

多くが上品な背広姿でネクタイを締めており、眼鏡をかけた女の先生もいました。そんなにたくさんの大人たちから見つめられる体験は、生まれて初めてのことでした。

——お父さんの名前は？　お父さんの名前、知らないのですか？

もう一度聞かれましたが、私は答えられませんでした。私はそれまで本当に父の名前を知らなかったのです。そんな事を尋ねたり教えてくれた人は、誰もいませんでした。

この子には、父親がおりません。ドアのそばに立っていた母が、慌てた声で私の代わりに答えました。亡くなられたのですか？　そうじゃなくて、ですから……私たち二人がどんな目に遭ってきたか、言葉で言い表すことなど……

結構です。お母さんは黙っていてください。年かさの温厚そうな先生が、母の言葉を遮りました。そして私に質問しました。

——塩は苦いですか、甘いですか？

目の前の窓から入ってくる明るい日の光を眺めて、私はうろたえていました。

——早く答えてください、お嬢ちゃん。塩は苦いですか、甘いですか？

柔らかく温厚そうな声で答えを促されました。足がしびれてきて、先生たちの背後にあるガラス窓から降り注ぐまぶしい日の光で、目がくらみそうでした。

——に、苦いです。

ずいぶん経ってから、ようやくそのように答えましたが、それが口から出ると同時に、私は答えを間違えたことに気づきました。

——あーあ、この子は。何で塩が苦いんだよ。しょっぱいんじゃないか！

ドアの横にいた母が、声を上げました。

——早く言い直しなさい。塩はしょっぱいと。早く！

でも私はなぜか、口を開くことができませんでした。母の顔が絶望でゆがんでいました。

——何してるんだ。早く答えなさいと言っているのに。先生、塩は苦いのではなく、しょっぱいです。このように答えなさい。

——もういいです。終わりましたから、お子さんを連れてお帰りください。

日の光の中で、落ち着いて若やいだ声がそう言いました。だが母は諦めませんでした。

——先生、もう一度だけ質問してください。今度はちゃんと答えると思います。父親がいないまま育った可哀そうな私の娘に、もう一度だけ機会を与えてください。

——終わりました。お母さん、連れてお帰りください。

——もう、この子は馬鹿なんだから。早く答えなさいって言ってるだろう。塩はどんな味だって?

私は何も言えませんでした。なぜかまるっきり口を開くことができず、全身が石のように固まって、身動きができなかったのです。まぶしい日の光の中の初めて見る顔、息も詰まるような沈黙、そして母のゆがんだ顔。あのときの恐ろしかった記憶は、長い歳月を経たのちも化石のように固くなったまま、決して消えることはありませんでした。そして、あのときから二十年近く経った今でも、私はその質問から自由でいられないのを自覚しています。今も私は、絶対に答えられない質問に答えることを強要されているのです。

あなたたちは今、私に尋ねています。おまえは誰なのかと。不幸なことに、私はその質問に答えられません。でも一つ重要なことは、あなたたちは今、私を私ではない何者かに作り上げることを強要しているという事実です。

「おい、何やってるんだ。夢でも見ているのか?」

シネはびくっとして眠りから覚めた。まばらに髭が生えた年配の支署長の顔が、鼻の前でじっと見つめていた。ようやくシネは、自分が少しのあいだ支署の片隅に置かれた狭いソファで体をすくめたまま居眠りしていたのに気がついた。悪夢と現実の境界で、彼女の胸はまだ激しく波打っていた。彼女は身を震わせながら向い側の窓を眺めた。支署の前にたった今車が着いたのか、明かりが窓をまぶしく照らしており、ブルンブルンというエンジンの音が聞こえてきた。

「用意しろ。本署からおまえを連れに来たから」

支署長が言った。壁にかかった時計を見ると、いつの間にか朝の六時だった。氷のような寒気が彼女を包み、歯がガタガタぶつかるほど全身が震えた。シネは、自分がまた違う悪夢の中に閉じ込められていると思った。それは決して目の覚めない、現実という悪夢だった。彼女は絶望した。

「あらかじめ言っておくが、本署に行ったら、おとなしく全部ぶちまけなくちゃいけない。そうすればつらい目に遭わなくてすむから」

「私に何をぶちまけろと言うのですか？　私はこれ以上話すことなどないと言ったじゃないですか」

「おまえ、まだそんなこと言っているのか。こいつ、おまえのことを思って言ってるんだぞ」

支署長が話し終える前にガタンとドアが開き、冷気が吹き込んできた。同時にグレーのジャンパーを着た、三十代半ばと思われる男が入ってきた。彼はまず支署長に上の空で敬礼したあと、体をぶるっと震わせてから、すぐにストーブのほうに近づいていった。

「朝からご苦労さん。今日もナム刑事が当直なのか？」

「本当にひどすぎます。ここ三日間というもの、足を伸ばして眠ったことなんかないですよ。それにあのぽんこつ車ときたら、ヒーターが壊れて冷凍車並みですからね。あーあ、こんな生活、何とかしたいですよ。どこかに行って僧にでもなったら、気持ちも落ち着くでしょうに……」

と言って、ふと、シネを見た。

「おまえか？」

彼はシネの頭の先から足の先まで嘗めるように見た。シネはうっかり、うなずいてしまった。するとと彼は、彼女に向かって手をゆっくりと動かした。近くに来いという意味だった。彼女はためらいながら、彼の前に近づいていった。

「何歳だ？」

「……二十四歳です」

「見た目ほど若くはないんだな。大学はどこだ？」

「刑事さん、私には何も罪はありません。私は、ここの喫茶店でお茶を売ることしかしていません」

彼の顔は少し青白いと言えるくらい色白だった。こめかみに青い血管が浮き出ているのが、神経質に見せていた。ちょっと見には、警官というより田舎の中学校の教師といった顔をしていた。

彼はしばらく何も言わずに、シネの顔を穴のあくほど眺めていた。体に絡みつくようなねちねちしたその目を前にして、シネはどうしていいか分からず困惑していた。

「おまえ、喫茶竜宮にいたと言ったな？　俺に会った覚えはないか？」

「覚えていませんが」

「俺は覚えているけどな。俺は女の顔は、一度見たら忘れない人間なんだよ」

どういう意味なのか、彼の顔にかすかな笑いがちらっとかすめたようだった。

「さあ、時間がないから早く出よう」

「嫌です。私は行きません」

男がシネの腕を引っ張った。彼女はソファの肘置きをつかんで離れないようにした。不意に幼子が感じるような、説明できない怖さに襲われたのだった。

「私は何もしていません。それなのにどうして、警察署に行って取り調べられなければならないのですか。私は行きません」

男の顔に、おいっ何だと、といったような表情が浮かび、突然いたずらでもするように両腕で彼女を軽々と抱き上げた。彼の強い腕の中で彼女は必死にもがいて抵抗した。そうすればそうするほど男の腕は、彼女の腰をがっしりとつかんだ。とうとう彼女は自分の腰を抑える男の腕に噛みついた。悲鳴を上げて男が袖をたくし上げた。鮮明な歯の跡が現れた。だが男は腹を立てる代わりに、むしろ面白そうな目で彼女を見た。

「こいつ、可愛いやつめ」

彼が腰の辺りから何か取り出したかと思うと、続いて鋭い金属音とともに冷たい金属がシネの細い腕に掛けられた。不思議なことに、その冷徹でひやりとする金属の感触が手首に伝えられると同時に、彼女は急に抵抗する力をなくしてしまったのだった。手首に手錠が掛けられるときの、あの腹の底まで沁み込む恐ろしい冷気はまったく予想できなかったものだ。それだけに、自分に迫ったこの信じられない状況が現実的で具体的なのだと実感させられた。

「放して、私、一人で乗ります」

支署から出ると、シネは自分の腕をつかんでいる男の手を払いのけた。支署の前では、朝靄《あさもや》の中で埃をかぶったジープが一台待機していた。彼はシネを助手席に乗せたあと、運転席に座ってすぐエンジンをかけた。

「怒ったのか？　最初からおとなしくしていれば、手錠を掛けるつもりはなかったんだけどね。静かにしてればあとで外してやるよ」

彼はシネを見てにこっと笑った。車内はとても寒く、窓には白く霜が付いていた。支署長が車の横にやってきた。

「ナム刑事、俺はあとで行くから。まずは少し寝なくちゃ。昨日の夜、そいつを調べるために徹夜したからな」

「ともあれ、今度のことでは、支署長さん、お疲れさまでした。久しぶりに大物が釣れたかもしれないですね」

「大物かどうかは、少しすれば分かるだろうさ」

支署長の目が一瞬、シネの目と合った。彼はシネに何か言いたそうだったが、すぐに車が出発してしまった。シネは手錠が掛けられた両手を膝のあいだに挟んだまま、車窓の外で揺れながら過ぎ去っていく明け方の通りをぼんやりと眺めていた。

車はシネが仕事をしている喫茶店の前を過ぎて行った。通りはまだ暗かった。電気代理店、新聞配達所、「古巷湯《コハン》」「蟻ミニスーパー」などの看板のあいだに、「喫茶竜宮」という見慣れたアクリル看板が見え、その向い側の「萬戸荘旅館《マノ》」では、たった今若い女が一人、辺りに目を配りながら出入り口から出てくるところだった。シネはあるいは顔見知りではないかと、窓に顔をくっつけて目を凝らした。若い鉱夫たちと一晩寝床を共にする短い時間を終えて出てくるその女は、おそらくシネ同様、喫茶店の従業員か飲み屋の酌婦だと思われる。ナム刑事という男は、わざわざ彼女の横をかすめるように車を動かしてクラクションを鳴らした。女がびっくりして顔を向けると、化粧っ気のないむくんだ女の疲れた顔がヘッドライトの中で青白く浮かんで消えた。銀行支店の建物の塀の下には、酔っ払いたちが吐き散らした汚物が広い範囲にわたって凍り付いていた。まだ酒から覚めていなさそうな男が、道の真ん中を幽霊のようにふらふらしながら歩いていた。その男は出し抜けに足を止め、こちらに向かって手で男根が勃起する仕草をした。「あの野郎!」ナム刑事は一人で罵り、運転を続けた。

カンカンカンカン……

踏切から警報機の音が聞こえてきた。と、すぐに騒々しい轟音《ごうおん》とともに、汽車が窓から明かりを放ちながら通り過ぎた。それがソウルに向かう統一号だと気づくと、シネは胸の奥から伝わってくる鈍い痛みを感じた。彼女がソウルを発ってからそれほど経っていないのだが、すでに長い年月が横たわっているような気がした。不意にソウルを思い出し、懐かしさで胸が張り裂けんばかりになった。

一か月前、彼女は二着ばかりの服と二冊の本、そして簡単な洗面道具だけが入っている小さなビニール鞄を持って、ここで最初の一歩を踏み出した。汽車から降りたときはまだ冬の夕方のもの寂しい光が残っている時間だったが、峡谷に沿って長く横たわる炭鉱村はことごとくカーボン紙のような暗闇の中に閉じ込められていた。それは、目に見えるあらゆるものを覆う石炭の粉の色だった。駅構内の貯炭場に積まれた石炭の山、石炭の粉と融け出した残雪が混じってじくじくしている黒い地面、高く痩せた山裾にかさぶたのようにくっついたみすぼらしく小さい家々は、まるで黒いパステルでこすったようなくすんだ暗がりの中に一様に沈んでいたが、その光景に似合わず、暗がりの中では喫茶店と飲み屋、旅館の明かりとネオンサインが、華やかで妖艶な姿で競い合って咲いている最中だった。

そのすべての風景を彼女は、駅舎から通りに下りる坂道の錆びた手すりに寄り添って立ったまま、長いあいだ眺めていた。一緒に汽車から降りた人たちは、忙し気に彼女を追い越して暗がりの中に散り散りに去っていった。だが彼女は、どうしてもその人たちのあとについて下りる勇気がなかった。清涼《チョンニャン》里《ニ》駅から四時間近く汽車に乗っているあいだ、ずっと彼女は、不安な思いとこれでいいのかと疑う気持ちとがない交ぜになって苦しんでいた。そして今、彼女は身動きが取れずに一歩前に踏み出せずにいたのである。どうして私はここまで来たのか、果たしてここで何ができるのか。もしかすると私は、取り返しのつかない間違いを犯そうとしているのではないか……

　そのとき突然背後からけたたましいクラクションの音が響き、駅の向こうから一台のトラックが恐ろしい速度で近づいてきた。彼女がちょうど首を回してそちらを見た瞬間、何か冷たいものが顔にぺたっと飛んできた。そして同時にげらげら笑う若い男たちの喚き声を残して、トラックは走り去っていった。

「おい、今晩行くから、楽しみに待ってろ！」

　シネは鞄を開けて汽車の中で買った携帯用ティッシュペーパーを取り出し、念入りに顔を拭いた。ところが妙なことに、彼女は必ずしも不快な気持ちだけではない、得体の知れない戦慄に見舞われたのである。顔も知らない男の粘っこい唾液をかけられて、彼女は思いがけず、この初めての土地の一員になったと感じたのである。そう、一度やってみよう。体を震わせながら彼女は自分に言い聞かせた。このまま逃げ出すことはしないでおこう。この初めてやってきた険しい土地が、最もそれらしいやり方で私を歓迎してくれているではないか。

「どれくらいかかりますか？」

　シネはハンドルを握るナム刑事に尋ねた。村の通りを抜けてからの道は舗装されていない。融けずに残っている雪が凍り付いていて、滑りやすく砂利もたくさん転がっていた。

「二十キロくらいのものだけど、道が悪いから三十分はかかるだろうな」

「取り調べがどれだけかかるか聞いてるんですけど。私は本当に、ここに来て問題になることなんて一つもしていないから、すぐに出られるでしょう？」

返事はなかった。シネは腕時計を見た。時計は動いていなかった。電池が切れたのか、何回か振ってみたが針は動かなかった。

「私はここにお金を稼ぎに来たんです。学生がこんな所に来て喫茶店のレジをしているから、怪しく思われたみたいですが、ほかに目的があったわけではありません。私はお金が必要なんです。でも、ほかに仕事がなかったのです」

やはり反応がなかった。夜はまだ明けていなかった。暗闇の中へと白く通じた道を、古いジープは荷車のようにガタガタ音を立てながら走っていた。暗闇に沈んだくねくねした道路、低地の小川、凍り付いた道端が、ヘッドライトの明かりを受けてぼんやりと浮かび上がり、山裾の木々が明かりの中に突然現れたかと思うと、それが次々とうしろに倒れて暗闇の中に埋もれていった。それはあたかも古びた映写幕に一瞬映った白黒映画の画面のように、非現実的に感じられる風景だった。

「音楽、好きか？」

彼がカセットの音楽をかけた。甘いポップソングが流れてきた。「The Saddest Thing」、メラニー・ソフィカ。彼女が女子高時代にわりあい好きだった歌だ。しかしその歌をこうして両手に手錠をはめられたまま聴くことになろうとは、想像すらしなかった。音楽に合わせて彼の唇が軽く動いていた。この人はどんな人なのだろうか、とシネは思った。おそらくこの人もやはり、喫茶店を訪れるほかの男たち、彼女に下ネタ交じりの冗談を言い、隙さえあれば手でも握ってやろうと狙っている男たちと、特別異なるところはないだろうと思った。そう考えると、なぜか少し安心できるような感じがした。

「一つ聞いていいですか？」

彼は相変わらず唇でリズムを取りながら、ちらっとシネを見た。異常に思えるくらい赤くつやつやした唇をしていた。

「私の身の上についてどうして分かったのですか？」

「そんなこと、何で聞くんだ？」

「誰かが警察に通報したのですね。誰が通報したのですか？」

彼は答えなかった。それはそうだ、そもそも質問自体が馬鹿げているからだ。彼が知っているにしても教えるはずがなかった。ふと、喫茶竜宮で一緒に仕事をしているソリャンのぷっくりした顔が思い浮かんだ。あの子は昨日の夜も外泊したのだろうか。私が警察に捕まったのを知っているのだろうか。

ソリャンは喫茶店での仕事は三年を超えているが、年はシネより四歳も下で二十歳《はたち》になったばかりだった。とはいえ彼女が経てきた人生行路を見るなら、むしろシネの大先輩に当たると言ってもおかしくなかった。故郷は全羅南道《チョルラナムド》順天《スンチョン》で、生まれたときの名前はキム・ボクスンと言ったが、みずからソル・ヨンアという新しい名前を付け、「私の姓は雪のソル（雪の韓国語読み）、ソル氏だ」と言って、からからと笑うような子だった。

「シネさんはどうしてここに来たの？　どう見ても、こんな所に来るような人じゃないのに」

ある日、夜だったと思うが、ソリャンはシネにこう尋ねた。仕事を終えて厨房の横の脇部屋で横になりながら、ソリャンは自分が経てきた道を全部シネに打ち明けた。

「こんな所に来る人というのは、特別にいるの？」

「もちろんいるよ。こう見えても私は人を見る目はあるんだから。シネさんは結構学がありそう。言葉の端々に現れているもの」

シネはぎくっとした。痛い所を突かれたと思った。いつだったか彼女が一緒に生活していた工場労働者たちも、同じことを言っていた。シネがどんなに彼女たちと一緒になろうとしても、彼女たちは決して認めてはくれなかった。同じ自炊部屋で過ごし同じ服を着、ラーメンを作って食べながら生活しても、彼女たちは常にシネを自分たちとは違う人間だと考えていた。

「つまりシネさんは、その、なんと言うか、運動圏の学生だってことでしょ？」

シネが自分について大まかに話して聞かせると、ソリャンはすぐに尊敬と憧れの顔をした。

「そうだと思った。私は初めから、シネさんがどこかほかの人とは違うと思っていたの」

「私は運動圏でも何でもないのよ。ソリャンが自分のことを全部話してくれたのに、私が何も言わないのは悪いと思って話しただけ。でも私は、ソリャンが考えているような人間じゃないの」

「何を言いたいのか分かるわ。心配しないで、シネさん。誰にも言わないから。私だってそれくらいは分かっている。今がどんなに恐ろしい世の中か、へたに口を開いたりしたら大事《おおごと》になるってことくらい、私にも分かるから」

シネには、ソリャンが自分を密告したとは絶対に思えなかった。もし誰かが密告したとすれば、それは喫茶竜宮のママかもしれないと、シネは考えた。三日後には彼女がママと契約した一か月が過ぎ、一か月間の給料、四十万ウォンを受け取ることができる。けれども彼女が警察に捕まればママはその金を出さずにすむ。シネはそんなことを考えている自分を恥じたが、その疑いを振り払うことはできなかった。

ママはいつも優雅であでやかなチマチョゴリを着て、喫茶店の出入り口横のカウンターの中にいた。唇に深紅の口紅を塗り、その分厚くつやつやした唇は肉感的な微笑をたたえていた。そこからは鼻声がたっぷり混じったなまめかしい声が流れ出て、店を訪れるすべての男たちに愛嬌を振りまいていた。男たちはと言うと、彼女の微笑む目と鼻声を前にしてぼうっとしていたのである。だからシネは常に、彼女から無数のオスたちが花粉を付けて集まる女王バチを連想していた。実際にママは、お金と男に対して病的なほど執着心が強い女だった。ソリャンが言うには、ママはもともと金持ちの鉱山主の愛人だったが、その対価としてあの店を引き継いだとのことだ。今でも、村でそこそこ権勢を振るっている男のうち、ママと関係していない男はいないということだった。

支署から電話がかかってきたのは、昨日の夜、十二時過ぎてからだった。営業時間が過ぎていたので店の中には客が一人もいず、シネはソリャンと一緒に掃除をしていたところだった。彼女たちのほかに従業員が二人いるのだが、配達に出かけてまだ戻っていなかった。

電話を取ったのはママだった。だいたい配達の電話が来ればいくらも経たないうちに終わるのに、その電話はなぜか長いなと思った。相手側が少し話してママが「はい、はい」と答えるといった形で続いた。

「ハニャン、配達に行ってちょうだい。支署で今晩、夜勤だそうだから、コーヒーを三杯持って行って」

ママが受話器を置いてシネに言った。ここで働くほかの女たち同様、シネもまた姓と名前を変えて使っていた。

「もう十二時過ぎたのに？　十一時過ぎたらチケットは切らないとおっしゃったじゃないですか？」

「だって仕方がないじゃないか。この商売を続けていこうとするなら、あの人たちの機嫌を損なわないようにしなくちゃ」

「シネさん、私が行ってこようか？」

床にモップ掛けをしていたソリャンが、何だか不安気な顔でシネを見上げた。

「いや、あんたじゃなくて、ハニャンに来いって」

「私ですか？　なんでまた私に来いって言うんだろう」

「そんなこと私は知らないよ。あんたを可愛く思う人がいるんだろう」

シネはそのとき初めて何か変だなと思った。支署には彼女を知る者は誰もいなかったからだ。支署は通りのあちら側、三叉路《さんさろ》の角にあるので、特別なことがない限り支署の人たちはこの店にまで来なかった。支署からここまでは歩いて五分とかからない距離だが、そのあいだには喫茶店が十店以上あるはずだった。

「服、そのまま行くつもりなの？」

風呂敷でポットを包んで店を出ようとすると、腕を組んで見ていたママが声をかけた。シネはそのとき、ジーンズに薄いグレーのセーターを着ていた。外に出るには少し寒かったけれど、服を着こむのは面倒なので、だいたい配達に出る際は店の中で着ていた姿のまま出ていた。

「えっ、これじゃだめですか。いつもこのままで配達するじゃないですか？」

「あ、いや、いいわ。そのまま行っておいで」

ママの顔はなぜか慌てた様子だったが、シネは何の疑いも持たずに風呂敷で包んだポットを片手に持って店を出た。

支署では、夜遅いのに支署長を含め三人の警察官が席についていた。コーヒーを注いだあと、シネは立ったまま彼らが飲み終わるのを待っていたが、何だか彼らの態度が変だと感じていた。

カップを取ろうともせず、固い姿勢で座ったまま時おり彼女をじろじろと横目で見るのだった。

「早く飲んでください」

「なんで急がすんだ？」

肩に葉が二枚付いた警官（日本では巡査にあたる「巡警」の階級章。葉に見えるのはムクゲの蕾）が言った。

「早く帰って、店のドアを閉めなくちゃ」

「おまえ、今日は帰らなくていい」

「えっ、どうしてですか？」

「俺たちと話をしようじゃないか」

「何の話ですか？」

「俺たちはおまえに関心があるんだ」

「あら、怖い。警官に関心持たれるなんて、罪を犯していなくても何だか怖いわ」

配達に行くとからかう男たちがいる。彼らの話もそんな種類の冗談だと受け流そうとしても、彼女はもうすでに声が震えるのを隠せずにいた。

「罪を犯していないだと？　知らんふりしてもだめだ。全部知ってるんだからな」

「何を……全部知っているのですか？」

「チョン・シネ、もう芝居はやめろ」

そのときまで何も言わずに経緯を眺めていた支署長が、初めて口を開いた。

「何をそんなにびっくりした真似してるんだ？　チョン・シネがおまえの名前じゃないと白を切るつもりか？」

思わず赤くなった顔に手を当てながら、シネはできるだけ平静さを保とうとしていた。

「ええ、そうです。私の本名はチョン・シネです。でも私が何をしたというのですか？　喫茶店で働くときに自分の名前を変えるのも罪になるのですか？」

「おまえ、あくまでもしらばっくれるつもりだな。チョン・シネ、おまえが大学でデモを主導して追い出されたのを知らないとでも思っているのか？　ここには何しに来たんだ？　誰の指示でこの鉱山村に来て、どんな工作をしていたんだ」

シネは答える言葉をなくしていた。妙なことに、あのとき彼女はまるで長いあいだこの瞬間を予想していたかのように、来るものが来たなという諦めの気持ちと無力感に襲われていたのである。

突然車が止まった。「俺、ちょっと用を足してくる」と言って、ナム刑事が車から降りた。少ししてから車に戻った彼の頭と肩は、しっとりと濡れていた。いつの間にか雪が降り始めていたのだった。

車に乗った彼は出発しようとせずに煙草を吸った。だが何口も吸わないうちに咳《せき》をし、「ちくしょう、風邪で吸えないじゃないか」と言いながら、もみ消してしまった。カセットテープが回り切った車の中には、ちょっとのあいだ奇妙な静寂が漂った。

「どうして出発しないのですか？」

「少し休んでから行こう。雪も降っているし……いい雰囲気じゃないか」

シネはどう答えていいか、分からなかった。彼の声は思いがけず沈んでいた。

「俺は雪が好きだ。雪が降ると、ソウルで大学に通っていたときの初恋を思い出すよ」

「ソウルで大学に通っていたのですか？」

シネはこう尋ねた。彼が聞いてほしそうだったからだ。

「工学部二年まで通って軍隊に行ったんだ。休暇で出て来たときに、女が心変わりして行方をくらました。金持ちの一人息子と結婚したんだ。除隊したのち大学はやめて、すぐに国家試験の勉強を始めた。だけど七回も落ちたので警官になった」

ナム刑事は低く沈んだ声でぽつぽつと話した。シネは彼がどうしてそんな話を自分に聞かせるのか、訝しく思った。少しのあいだ黙っていた男が、体をひねってそっとシネの手を握った。

「何するんですか？」

びくっとして驚いたシネに、彼が笑って言った。

「びっくりすることなんかない。手錠を外してやろうと思って。おとなしくしてれば、外してやると言ったじゃないか」

手錠を外したあと、彼はジャンパーを脱いだ。

「さあ、これを着ていろ」

「結構です」

「着ろって。震えてるじゃないか。こう見えてもダウンだ。着ればすぐに暖かくなるよ」

男はジャンパーを直接彼女の肩に掛けた。シネは彼の好意をどう解釈していいのか分からなかったが、ともあれジャンパーは暖かく、冷え切っていた彼女の体が多少ほぐれるようだった。

「変だ」

「何がですか？」

「おまえはどう見ても運動圏の学生には見えないのに」

「どうして？　運動圏だったら頭に角が生えているとでも思ったのですか？」

「そうじゃないけど、ほら、いるじゃないか。男みたいに大胆で小賢《こざか》しくて味気ない女の子たち」

「そんなことないですよ。その子たちもほかの女子学生たちと同じで傷つきやすく善良な子たちです。それに私は運動圏だと言えないです。本当の運動圏なら私みたいにこんなことしないです」

ナム刑事は何も言わなかった。ひょっとすると、彼女の話をまったく聞いていないのかもしれなかった。シネは自分を見る彼の目が妙に熱っぽいのを感じた。彼はしばらくのあいだシネの顔から目を離さないでいたが、そのままの姿勢でシネに尋ねた。

「おまえ、男の経験がたくさんあるだろう、そうだろう?」

とても低く沈んだ、それでいて柔らかい声だった。

「私はそんなこと、知らないです……」

横殴りの雪が車窓にぶつかり散らばっていた。ワイパーが頻《しき》りに左右に動き、その雪を追い払っていた。しかし雪は追い払われたかと思うと、すぐにまた飛びかかってきた。出し抜けに男が手を広げて顔を撫でた。

「俺から見ると、おまえは男慣れしていそうだけど……俺の目は騙せないぞ」

「何するんですか? 早く行ってください」

シネは彼の手を払いのけた。

「おまえ、喫茶店にいて何回も男たちに体を預けただろう? おまえが何のためにこんな所に来て身分を偽っているのか、これから調べなくてはいけないが……これから苦労するだろうよ。だけど、俺がおまえのことを庇うこともできるさ。俺だってそんなに冷たい人間じゃないからな。俺たちがほかの場所で会っていたら、もう少しきれいに会えてると思わないか。俺が何を言いたいか分かるか? おまえが気に入ったから言ってるんだ」

シネは彼が今、何を要求しているのか理解した。氷のような戦慄が背筋を走った。彼女は自分の体に掛けられたジャンパーを脱いだ。

「見損なわないでください。私は間違ったことは何もしていませんから、調べられても構わないです。早く私を警察署に連れて行ってください」

男の顔が一瞬、侮辱されたように硬くなった。

「おまえ、俺が嫌いか？」

「嫌いも好きもないです。私はあなたのこと、何も知らないのに……」

彼はしばらくシネの顔を黙って見ていた。そのとき、前のほうからクラクションの音が聞こえてきた。一台のトラックが雪をかき分けて近づいてきていた。

「おまえ、偉そうだな。今見てみると本当に偉そうなやつだ」

シネは背中がぞくっとした。自分を睨んでいる男の目が、一瞬恐ろしい敵愾心《てきがいしん》で燃え上がったのだ。いきなり彼は車を急発進させた。

二

大学に入学したとき、最初に文学サークルに入りました。そうして次に読書サークルに移りました。地下サークルなのかって？　地下室でやったわけではないですが、学校に登録されていたわけでもないです。薬水洞《ヤクスドン》にある先輩の下宿で、一週間に一度開いていました。先輩の名はチャ・グァンヒ、故郷は光州《クァンジュ》、私たちより四年上でしたが、学校を途中でやめて家で休んでいました。嘘じゃないです。その先輩についてなら、何でも隠さずに話せます。

　あのころ読んでいた本は『西洋経済史』『分断時代の歴史認識』『ローザ・ルクセンブルク』『ペダゴジー（邦訳タイトル『被抑圧者の教育学』）』といったものでした。いえ、ペッタゴジではなくて、『ペダゴジー』です。別に大げさな意識化の本でもないです。基礎的な本に過ぎませんでした。でも私には、目から鱗が落ちるような衝撃的な本でした。それまでずっと灰色の靄がかかったように曖昧模糊としていた生というものに、ある明らかな秩序があるのを悟ったとでも言いましょうか。

　グァンヒ兄《ヒョン》（「ヒョン」は一般的に男性が年上の男性を呼ぶ、あるいは弟が兄を呼ぶ際に使われる敬称だが、女性が義姉や尊敬する年上の女性を呼ぶ際に使うこともある）――私たちはその先輩をグァンヒ兄と呼んでいました――の下宿には本当に独特な雰囲気がありました。ほかのことより、私はその部屋の雰囲気に魅了されていたのかもしれません。私は子どものころからいつも母と二人で一部屋の貸間に住んでいたので、自分の部屋というものを一度も持ったことがなかったのです。

　グァンヒ兄の部屋には、黒い厚手のカーテンが掛けられて、ドライフラワーの束と河回仮面《ファフェタル》（慶尚北道安東郡河回洞に伝承されてきた仮面劇の仮面）が飾られていました。そして机の前には二枚の写真が画鋲《がびょう》で留められていました。そのうち一枚は、あばら骨を一本一本数えられるほどがりがりに痩せてお腹が膨らんだアフリカの子どもの写真で、もう一枚はマザーテレサ修道女の写真でした。何と言おうか、美しさと醜さ、安息と苦痛が極端に混じっている部屋でした。そしてまた、「飛び立とう、あらゆることを捨てて飛び上がろう」という文言が貼られていました。私はそれはどういう意味なのか、質問しました。

——うーん、そこに書かれているとおりよ。私は鳥になりたいの。

グァンヒ兄は、あいまいに笑いながら答えました。いずれにせよ私は、グァンヒ兄が好きでした。彼女が細くて長い指で煙草を吸う姿にも惹かれて、私も煙草を吸ってみたいと思うこともありました。

グァンヒ兄は、雨が降ると腰痛で苦しんでいました。私たちのあいだでは、誰が言い出したのか知りませんが、グァンヒ兄は、八〇年の光州民主化運動（一九八〇年五月に光州市を中心に起きた軍事政権に対する民衆運動。光州抗争）のときに戒厳軍によって拷問されたという話が広まっていました。また彼女が愛していた男がこのとき亡くなったという話もありました。でもグァンヒ兄は、彼について一度も語ったことがありませんでした。いつだったか、たった一度同じようにあいまいな表情を見せたとき以外は。

彼女の机の隅には、いつも裏返しにされて立っている写真立てがありました。偶然それを見てしまったのですが、若い男性の写真でした。どうして写真を表にしないのかと尋ねると、その顔を見るとすごくつらくなるのと答えました。顔は笑っていましたが、たちまち涙があふれました。私はその男性が彼女の恋人だったのだと思いました。

グァンヒ兄は決して闘士ではありませんでした。むしろ誰よりも多感で情緒的な女性でした。時たま私たちに金洙暎《キム・スヨン》や申東曄《シン・ドンヨプ》の詩を朗誦《ろうしょう》してくれ、あるときなどは読後感について討論している最中に、突然興奮した声で叫ぶのです。

——鳥は卵の中からぬけ出ようと戦う。卵は世界だ。生れようと欲するものは、一つの世界を

破壊しなければならない。鳥は神に向かって飛ぶ。神の名はアプラクサスという。（新潮文庫『デミアン』髙橋健二訳）

その一句は私も好きでした。ヘルマン・ヘッセの『デミアン』に出てくる有名な一句じゃないですか。ところがそのとき、スイムという子がまじめな顔で発言しました。

――グァンヒ兄、グァンヒ兄はまだそんな幼稚で感傷的な観念の世界にはまっているの？

グァンヒ兄は虚をつかれたように顔を赤くして戸惑っていましたが、そうだよね？　私はまだ感傷的だよね？　馬鹿のように笑って答えました。するとスイムは表情を変えずに言ったのです。

――私たちが飛んでいく所はアプラクサスじゃなくて、民衆の側でしょ。

私はスイムが本当に憎いと思いました。

グァンヒ兄は今どこにいるのかって？　翌年の秋、自分で命を絶ってしまいました。どうして自殺したのか、私にも分かりません。彼女がなぜ命を絶ったのか、その理由を正確に知る人は誰もいません。ともあれグァンヒ兄は、鳥になって飛ぶこともできず、アプラクサスのもとにも行けず、民衆の側にも行けないまま、墜落してしまったのです。


警察署は、郡庁所在地の貧弱な通りの風景に比べると、それなりに大きくて端正なコンクリートの建物だった。ジープから下りるとナム刑事は、彼女の腕をつかんで真っすぐ二階に上がっていった。階段を上がると、すぐに「情報課」という札が付いた部屋があった。

早朝にもかかわらず、ストーブのそばには四、五人の人たちが集まって立っていた。シネがナム刑事のあとから入っていくと、彼らは好奇心に満ちた目で彼女を隅々まで眺め回した。

「どんな女かと思っていたけど、ついにおでましになったか」

「見たところなかなか可愛いじゃないか」

「こんな所に来て鉱夫たちを誘惑するなら、顔ぐらいはきれいでなくちゃな」

シネは勇気を出そうとみずからを奮い立たせた。彼らの視線に負けまいと唇をぐっと嚙み締めて大きく目を見開いていたが、力を入れすぎたのか目がちくちくして涙が出そうだった。

「おい、おまえ、ここをどこだと思って忍び込んできたんだ？　物怖《ものお》じしないやつだな」

真ん中の机の前に座った男が、彼女を睨んで声を荒らげた。スーツ姿で品よく眼鏡をかけた五十代半ばの男だった。部屋に入ったときナム刑事が彼に敬礼をしたのを見ると、おそらくその部屋の中で階級が一番高いのだろう。

「私はお金を稼ぎに来ただけです。ここだって居住移転の自由がある大韓民国の地じゃないですか」

彼女はその男を正面から見据えながら言い返した。初めから罪を犯したかのように卑屈で萎縮した姿を見せるより、むしろ堂々と言うべきことは言ったほうがいいと判断したからだった。けれどもそれは完全に誤算だった。

「おまえ、こっちに来い」

机に背中をもたせかけていたある男が、指を鳴らしながら彼女を呼んだ。ところがその男の視線が奇妙だった。明らかに彼女に話しかけているのに、視線はほかを向いているのだ。彼女がためらいながら彼の前に近寄ると、いきなり男の手で頬が力いっぱい張り飛ばされた。

「これからはそんなふうに答えちゃだめだ。分かったか？」

何事もなかったかのような低く単調な口ぶりだった。頬が燃えるくらいに痛かったけれど、不意打ちを食らったので悲鳴を上げることもできなかった。

「おまえ、共産主義者か？　社会主義者か？」

彼がまた尋ねた。男は彼女の顔から十五センチくらい離れたある地点を、穴のあくほど睨んでいたが、実は自分を睨んでいるのだと分かった。

「何をおっしゃるのですか？」

「このアマが、質問に答えろ。共産主義者か、社会主義者か？」

頬はまだ火傷したように火照り、彼女は男のその斜視のまなじりで混乱していた。

「おい、全部分かっているんだ。正直に答えろ」

今度は机の前に座っている先ほどのスーツ姿が言った。目の前にいる男とは対照的になだめるような丁寧な口調だった。全部分かっていると言いながらなぜ聞くのかと言いたかったけれど、彼女はその言葉を口の奥に飲み込んだ。いつ彼らの拳が飛んでくるか怖くもあったが、もしかすると彼らは本当に何か知っているのかもしれないと思ったからだ。シネは自分が共産主義と社会主義の違いさえ正確に分かっていないと悟った。しかしそうであるがために、自分がその二つのうちの一つになることもあり得るという、とんでもない疑問にとらわれたのだった。

「私は、共産主義者でもなく、社会主義者でもないです」

しばらくしてからシネは自信のない声で答えた。

「ふん、当然そう言うだろうさ。アカのやつで、私はアカですなどと言うやつなんて一人も見たことないからな」

斜視の男が鼻で笑った。

「だけどすぐに、おまえの口で本当のことを言うようにさせるさ。しっかりと心の準備をしておけ」

彼女の体は悪寒がするように激しく震えていた。彼女は自分がどんなに弱い存在なのか身に沁みて感じざるを得なかった。落ち着かなくてはいけないと思いつつも、恐ろしさで全身から血の気が引いているのを隠せないでいたのだ。何とかして震えが止まってほしい、この恐ろしさに打ち勝つ勇気を持てたらと、彼女は切に願った。

「おまえがここでどう扱われるかは、おまえがどんな態度を見せるのかにかかっている。だからおとなしく俺たちに協力しろってことだ。分かったか？」

机に座っているあのスーツ姿の男が、物静かに言った。

「まずは、キム刑事が取り調べを担当しろ。言うことを聞かなければ、少し懲らしめてやれ」

三十代半ばに見える背の高い男が立って、ついて来いと言った。そんなに粗暴な印象ではなかったので、少しばかり安心した。

　キム刑事という男は、彼女を隣の部屋に連れて入った。そこは二坪くらいのそれほど大きくない空間で、四、五台の鉄製の机と錆びついたストーブがあるだけで、ほかの収納器具や装飾品は目につかなかった。「左傾容共の根を抜き、民主秩序を守ろう」という標語が壁に貼られていて、蛍光灯がぼんやりと明かりを灯していた。キム刑事は金属製の椅子を一脚持ってきて机の前に置き、彼女に座れと言った。そして自分も椅子を引いて座って引き出しを開け、まだ封が切られていないソル煙草（軍用煙草として支給されたこともある銘柄。ソルは「松」の意。二〇〇四年生産中止）を取り出した。箱を開けたあと、彼女にも一本にゅっと突き出した。

「煙草は吸いません」

「猫被るなよ。本当は吸うんだろ。いいから、勧められたときに吸っておけ」

「本当に吸えません」

「今時のソウルの女子学生で煙草吸わない子なんているのか。それにおまえはこんな所まで来て喫茶店のレジの偽装就職をやるくらいなんだから、煙草くらいは習ってるんじゃないのか」

「女子学生だからって、みんなが煙草を吸うわけではないですよ。それに私は喫茶店のレジに偽装したんじゃなくて、本当にレジなんです」

「本当のレジ？」

　彼が鼻で笑って言い返した。そして机の引き出しを開けて紙とボールペンを取り出し、彼女の前に押し並べた。

「ここに身上書を隠さずに細かく書け」

「昨日の夜、支署で書きました」

「口答えするな。書けと言ったら書け」

彼女は名前から始まって、家族事項・学歴・職業・友人関係・動産・不動産・月収入・趣味・特技などを、順に書いていった。職業欄には学生と書こうかと思ったが、喫茶店従業員と記入した。刑事は彼女が書いたものを受け取り細かく眺め回したあと、質問を投げた。

「どうして不動産がないのだ？」

「家がないですから」

「だったらチョンセ金（チョンセは不動産の所有者に一定の金額を預けて家を借りること。出るときに全額返金される）があるだろうに」

「チョンセ金だってないですよ。毎月払っているのですから」

「父親はいず、母親は商売をしていると書いてあるけど、何の商売をしているんだ？」

「魚を売っています。店を持っているんじゃなくて、市場で人の店の前で。朝早く水産市場に行って魚を仕入れて売る露店商です」

「おい、おまえ、お母さんがそんなに苦労して大学まで行かせてくれたのに、おまえは勉強もしないでこんなことやってるのか？」

何も言えなかった。母に関する話が出ると、どんなに非難されようと弁解することはできなかったのだ。

「おまえ、もしかすると、手配されているのに何か隠してるんじゃないだろうな？　あとでソウルにコンピューターで照会すれば、全部出てくるんだから隠してもだめだ」

「そんなものないです。そこにも書いたように、懲戒処分された以外はきれいですから」

「どんな理由で学校から処分されたんだ？」

「……不法集会を主導したと言われて」

「学生たちを扇動してデモをした、ってことだな？　それは正確にはいつのことだ」

「一昨年の秋、だから八四年一〇月のことでした。でも私たち、デモをしたわけじゃないです。単に学生たちを集めて、学内問題について討論会を開いただけです」

その年の秋、学校の校庭は毎年行われる秋祭りの準備で騒がしかった。黄金《こがね》色に染まった銀杏の木のあいだに横断幕とポスターが吊り下げられ、学生たちは地下鉄の出入り口で警官たちから鞄の検査をされながらも、飼いならされた小学生のように素直に授業を受けたり、祭りに連れて行くパートナーをつかまえるために奔走したりしていた。はたからはあらゆることが何の異常もないように見えた。祭りが終わると学期末試験があり、試験と論文提出が終わればシネは卒業できるはずだった。何か月後には二十三歳になり、小学校教師の辞令が発令されるはずだった。

彼女の卒業を誰よりも心待ちにしているのは、もちろん母親だった。母はもう娘が先生になったように振舞っていた。自分は今では市場で切り身の魚などをいじっている露天商ではなく、立派な小学校の先生の母になったと信じているのだった。母がそんな態度を取るのも無理からぬことだった。ずっと娘一人に望みをかけ、あらゆる苦労に耐えながら待っていたことが、ようやく少しずつ現実となって目の前に近づいてきているのだから。

シネはしかし、なぜかそのすべてのことを受け入れたくなかった。自分が何か願ってもいないところに向かって押し流されているような、わけの分からない焦燥感に駆られていた。いや、あるいは彼女は、内心母と同じくらい、むしろ母よりずっとそれを強く願っていたのかもしれなかった。ところがそれがいざ目の前に迫ってくると不安になり、不安になりすぎたあまり、それから逃げ出したくなったのかもしれなかった。

「このまま大学生活を終えるなんて虚しくない？　学生たちはもう怒るのも忘れたみたい。こんな状態のまま卒業して教師の辞令を受け取って現場に出たらどうなると思う？　教育制度の忠実な下僕になっていいの？」

最初に言い出したのはスイムだった。読書サークルで一緒に勉強していた友人たちが集まった場でのことだ。

「そうよ、このままにしておけないわ。学生たちの冷めた心に小さい火種でも投げ入れなくちゃ。誰かが立ち上がらねば。誰もやらないなら、私たちがやるしか……」

「シネがどうして急にそんなに過激になったの？」

スイムの言葉にみなが笑った。実際彼女は、友人たちのあいだでは何事にも懐疑的で消極的だったのである。誰かが注意深く疑問を呈した。

「でも私たちにできることなど、何もないんじゃないの？」

「何もないことないわよ。学内民主化を要求する集会でも開くべきよ」

「だけど、単なる学内民主化のための集会を開くことが、今のこの状況でどんな意味があるの？」

「今は石ころであろうと投げることが大事よ。だからといって周りの学生たちにファッショ体制に対する抵抗だの、民衆の生存権だのと言っても、飲み込んでくれないわ。まずは最もぴんと響くものから、それに学生ができる線で場を持つのが重要だと思う。最近この学校の学生たちが一番不満に思っていることは何？　学長の非民主的な学校運営じゃない？　学生たちはみんな大学生なのに高校生みたいに扱われているって不満を持っているじゃない。だからその不満を学内民主化の要求として集結させるのが、一番効果的な方法だと思う」

　彼女たちはスイムの言葉に同意せざるを得なかった。校内で集会を開いて民主化を要求することは、当時の状況から見て想像できないほどの冒険だった。ところが誰もできなかったそのことを今自分たちがやるのだと思うと、シネはまるで革命でも起こすかのような興奮を覚えて、全身が震えてきた。あれから多くの時間が過ぎても、彼女はあのとき自分の胸の中に湧き上がった言葉で表せない感動、ほとんど自己破壊的な衝動と興奮が理解できずにいた。

　彼女たちはその場でただちに、集会を開くための方法を検討し始めた。まずは学校側から許可をもらうのが先決だった。許可なく集会を開こうとすると、始めることさえできずに壊れてしまうのは火を見るより明らかだった。許可を取るのはシネが担当することになった。学生課長のソン教授は中堅の詩人であり、学報に何回か詩を発表したことがあるシネにかねてから特別な好意と関心を持っている人だった。

シネはソン教授を訪ねて行き、集会を許可してくれるよう頼んだ。秋祭りについて学生たちの意見をまとめる必要があるということを口実にした。

「それは必ず集まってやらなくてはいけないのか」

いつもぺたんとした黒いベレー帽を被り、パイプを口にくわえているおしゃれな詩人は、疑わしげな目で彼女を見た。

「学生たちの意見がさまざまに分かれているんです。一時間だけでいいんです、先生」

詩を愛し詩人を尊敬する文学少女らしい微笑を浮かべながらも、彼女は内心罪の意識を感じざるを得なかった。

「分かった。じゃ、きっかり一時間だからな。それに、議題以外に絶対ほかの話をしてはだめだ。分かったか?」

集会は取りあえず成功した。学生会館の食堂に三百人を超える学生が集まり、熱のこもった討論が展開された。学内の非民主的な問題、学長の独断的運営、卒業後の辞令問題など、これまでぎゅうぎゅうに抑えつけられていた不満と糾弾の声が堰を切ったように流れ出すと、青くなったソン教授が司会をしていたシネに走り寄った。

「おい、君が私を騙すなんて。これでも私は君だけは信じていたのに……」

だが彼はすぐに、学生たちのからかう声に顔を赤くしたまま退くしかなかった。学生たちのうしろでそわそわしながらうろついていた彼は、集会時間が三時間近くになり、とうとう学長はやめろと主張する者が出ると、泣きそうになって壇上に駆け上がった。

「シネさん、頼むから私の立場も考えてくれ。君は私がすぐに辞表を出すのを見たいのか？」

眼鏡をかけ直す彼の手はぶるぶる震えていた。シネは、一人の人間があんなに恐れおののく姿を初めて見た。五十代の詩人であり教授でもある人が恐怖に打ち震えているのを隠そうとしないのを見て、シネの心は揺れていた。そしていくつかの要求事項を整理したまま、急いで討論を終わらせてしまった。だが集会が終わったあと、彼女はスイムからひどく責められたのである。

「あんた、何できちんとできないの？　やっとのことでチャンスが巡って来たのに、教授の立場を考慮するなんて。闘うときは敵に情けをかけちゃだめよ」

「ソン教授は私たちの敵ではないじゃない」

「あんたはまだ何が敵なのか分かっていないようね。あの人たちはみんな、同じようなものよ。ファッショ体制のひもに縛られた傀儡《かいらい》なんだって。だから憐れみとか人間的理解などというものを持ったら、何もできない」

集会は終わったが、討論会での要求事項については何の反応もなかった。集会を主導した五人に無期停学の処分が出されただけだった。そのうちの一人は反省文を書いて救済されたが、反省文を拒否した残り四名は全員懲戒処分された。もちろんその中に、シネとスイムも含まれていた。

「だけどデモを主導したのだったら、あっさりと切らなくちゃな。何で無期停学なんだ?」

キム刑事は煙草の煙を、シネの顔にふうっと吹きかけた。

「本当は無期停学処分も不当なことでした。私たちは政治的なスローガンを叫んだのではなく、あらかじめ許可をもらい、人を集めて学内問題を話し合っただけでしたから」

「学校から首切られて二年になるけど、そのあいだ何をしていたんだ?」

「別に……家で一人で勉強しながら過ごしていました」

「ずっと家にいただけだと言うのか?」

彼の目つきが鋭くなり、刺すように睨みつけた。彼女は答えるのをためらった。少しでも言い間違えたら、いつ言葉尻をとらえられて罠《わな》に掛けられるか分からなかった。だからと言って無条件に隠し通してしらばっくれることもできなかった。

「約一年間、家を出て働いたこともあります」

「どこで何をしていた? 工場に偽装就職しただろう?」

「就職したのではなくて……夜学（ここでは活動家が夜に開いていた学校のこと。工場労働者を集めて勉強を教えながら宣伝勧誘活動をする）で教えていました。何か月だったか、正確には六か月くらい」

「どこで?」

「最初は九老《クロ》工団にいましたが、監視が厳しかったので、のちに城南《ソンナム》に移りました」

不意にキム刑事が席から立ち上がった。ドアが開いて二人が入ってきたのだ。一人は朝シネが隣の部屋で見かけた男で、もう一人はベージュの作業服を着て、ごま塩頭にきれいに櫛を入れた細身の男だった。キム刑事はその作業服の男に敬礼をした。

「名前はチョン・シネと言ったな？」

その男はシネに尋ねた。眼鏡の奥で瞬く小さな目に何とも言えない威圧感があり、シネは気後れした声で答えた。その男はそれ以上シネに何も質問しなかった。その代わり横に立っているスーツ姿の男に、「食事はさせたか？　取り調べするだけじゃなくて、食べさせなくちゃいけないじゃないか？」と言って、また出て行った。

「どうだ、少しは進んだか？」

作業服の男のあとについて出て行ったスーツ姿の男がすぐに戻ってきて、キム刑事に言った。

「簡単に口を開く様子はないです。言葉で言っても聞きそうにないですね」

「キム刑事が優しすぎるんじゃないか？　とにかく食べさせなくちゃいけないから、連れて出てこい」

立ち上がろうとして彼女はふらついてしまった。何時間もじっと座っていたために、膝の関節が石のようにかちかちに固まってしまったようだ。いずれにせよ午前の取り調べは思ったよりスムーズに終わった。彼女は無意識のうちにほっと一息ついていた。かといって、今後の取り調べもこんな形で進められるという保証は何もなかった。それに、そもそもどれだけ取り調べられるのか、果たして無事に解放されるのか、今の段階ではまったく見当もつかなかったのである。

彼女が隣の部屋に入ると、キム刑事が受話器を持って、「おい、おまえ、何食べるんだ？」と尋ねた。警察に捕まってから彼女は何も食べていないのに、食欲はまったくなかった。

「私、何も食べたくないです」

「つべこべ言わずに食べておけ。コムタン（牛の肉や内臓を煮込んだスープ）注文しようか、テンジャンチゲにするか？」

彼女はコムタンを選んだ。そしてその場でぼんやりと立っていると、誰かが彼女の肩をぽんと叩いた。彼女をここまで連れて来たナム刑事という男だった。

「飲めよ。体があったまるから」

紙コップに入ったコーヒーを突き出して、彼が勧めた。

「ナム刑事はやっぱり女に親切だな」

キム刑事がこちらを見て言った。事務室の片隅にある椅子に座ってコーヒーを飲んでいるとき、シネの手は紙コップ一つの重さに耐えられないかのようにぶるぶる震えていた。彼女は、先ほどからナム刑事の視線が自分に注がれているのを感じていた。振り返って彼を見ると、彼は歯をむき出しにして声を立てずに笑った。びくっとして彼女は手を震わせ、ちょうど口に持っていこうとしていたコーヒーを服にこぼしてしまった。

三

——おまえは何やってんだ！

学校から追い出されたとき、母は私に向かって叫びました。母のその絶望に満ちた顔を見て初めて私は、母に致命的な打撃を与えたことを悟りました。

私は母に、私がなぜあんなことをしたのか、決して分からせることはできませんでした。いいえ、正直に言うと私自身が理解できませんでした。私にあのようなことを先頭に立ってやるような信念が本当にあったのか、もし信念があったとしても、生まれてからずっと世話になり続けた母の願いと夢を無残に打ち砕いてしまうほど、それは価値のあるものだったのだろうか。

妙なことに私は、自分がやったことについて少しの自信も持てず、かといって後悔の念もありませんでした。水はすでに盆から零《こぼ》れ落ちてしまったのですから。

でも母は、零れた水でも掬《すく》い取らねばならないと考えたのです。私がいつかは復学すること、いつかは無事に大学を卒業して堂々と小学校の先生になること、それはどんなことがあっても諦められない母の夢だったのです。

ある日、母は私を引きずるようにして学校に連れて行きました。学校に行って教授たちに間違っていたと謝れば、許してくれるだろうと考えたようです。私はそんなことしてもしようがないと言いましたが、母を説得することはできませんでした。

学校から追い出されたあと、初めて何か月かぶりに母の手に引っ張られて校庭に入った私の無様な姿を、想像してみてください。誰かが私を見とがめるのを恐れて、首をすくめながら母から引っ張られるままに進むしかありませんでした。今にも私が逃げ出すのではないかと私の手をぎゅっと握って母が訪ねて行った所は、学生課長のソン教授の部屋でした。

――入りなさい、入っていっておまえの口から間違っていたと、深く反省しているので許してくださいと、頼み込みなさい。

母は声を低くして、それでも絶対に逆らえない顔をして言いました。

――お母さん、お願いだから……

――早くおまえの手でノックしなさい。私がしようか？

私は結局、ドアをノックして中に入りました。ソン教授の頭にはいつもと変わらずベレー帽が乗っかり、手に持っていたパイプからは淡い紫煙が漂っていました。

――私は君に二度と会いたくなかったのに……

教授は私に座りなさいとも言ってくれませんでした。

――あの事があってから、私は不眠症になったよ。夜中にあの事を考えだすと眠れなくなる。詩人として、教育者として、今まで何をしてきたんだろうと思うばかりだ。

私は何も言えませんでした。

——私は五十年生きてきて、ずっと持ち続けてきたことが一つある。それは、この世の中で何よりも大切なことは人間に対する信頼だ、それだけは捨ててはだめだ、ということだ。だけどあの事があってから、それが壊れてしまったよ。

——すみません、先生。許してください。

——君は本当に復学したいの？

——はい。

——だったら、二つ、条件がある。その二つを君が承知するなら、学校で君を受け入れると思う。

——それは何でしょうか？

——一つは、君が運動圏の友だち、わが校のそんな学生は誰々で、その学生たちが何をしているのか、私たちに知らせることだ。何、深い意味はない。今度のようなことをあらかじめ防ごうと思ってのことだから。それから、もう一つは……

私は無言のまま、教授の顔を見つめていました。

——君が間違いなく転向したと公表する文を書いて、学報に発表することだ。君はもともと文才があるじゃないか。私が思うに、学長宛の手紙という形で書くほうが説得力があって、学生たちや先生たちに感動を与えると思うけど。

彼はまた、次のように付け加えました。

——学校側がこういった条件を前提に復学を許可するのも、実はすべてお母さんを思ってのことだ。君のお母さんが、私はもちろん学長に対して、それどころか学長の家まで訪ねていって、娘を助けてほしいと哀願してすがったおかげだからね。君、本当にお母さんの恩を忘れちゃだめだよ。

教授の部屋を出ると、廊下の隅に隠れていた母が急いで駆け寄ってきて、私の手をつかみました。

——どうなった？　許すと言ってくれただろう？　次の学期には復学できるって？

私は母に、先にトイレに行きたいと言いました。トイレの窓の外にまぶしく咲いた真っ黄色のレンギョウが見えました。言葉にできない怒りと悲しみが湧いてきましたよ。少し離れた建物の角で私が出るのを待ちながら、虚《うつ》ろな顔で立っている母の姿が目に入りました。そのとき、すぐにでもこの場から逃げ出さねばと、母のそばから離れなくてはと、決断しました。そしてその足で私はトイレの別の出入り口から出て、一人で学校から抜け出してしまいました。生まれて初めて私は、母の元を離れて家出したのでした。

家出してどこに行ったのかって？　いざ道に出てみると、行く当てなど当然ありません。そもそも準備をして出たわけではないので、ポケットには一銭もありませんでした。考えあぐねて訪ねていったのは、スイムの所でした。スイムはすでに現場に入り込んで働いていました。私はスイムと一緒に工場に入りたかったのですが、偽装就業者に対する監視が厳しくて簡単ではありませんでした。スイムからは、必ずしも工場で働く必要はなく夜学をやってみろと勧められました。

最初は九老工団にある夜学教室に入りましたが、警察の取り締まりのため閉鎖したので城南に移り、ある郊外の教会の地下室で工場労働者を相手に夜学を始めました。

スイムは私に忠告しました。受講生たちと同じように考え、受講生たちと同じように感じるよう努力しろと。私たちが教えるのではなく、私たちが学ばねばならないと。いや、学んで見習うのではなく、一つになって生まれ変わらなくてはいけないと。

私はスイムの言うとおりしようとしました。

問題は、そのようにして生活しながらも、私の心の中に際限なく疑問と葛藤が生じることでした。私は受講生たちの苦痛、受講生たちの考えと怒りを自分のものにしようと、このうえなく心を砕きました。でもいくら頑張っても、私は私、決してあの人たちになることはできませんでした。いや一緒になろうと努力すればするほど、私は自分が正直ではないと、あたかも芝居の中の道化師のように、私ではないほかの何者かになったかのように不自然な芝居をしていると感じざるを得ませんでした。私はあの人たちにはなれない、これはありのままの私の姿ではない、いくら否定しようとしてもその感覚を否定することはできませんでした。そのために私は、罪の意識から抜け出せないでいました。

実際、育った環境を振り返ると、私もまたあの人たちと一つも異なるものなどありません。過去も現在もそうです。異なる点があるとしたら、私はあの人たちより多くを学び、ボールペンを握っていた私の手はあの人たちより白くて軟弱だ、という点だけでした。それなのに私はなぜあの人たちと一緒になれず、同じ考えを持てず、同じように感じることができないのでしょうか。私の頭が、すでに救いがたいほど利己的で腐りきったプチブル的な意識と感情で汚染されているからでしょうか。

あの人たちの中で、何の葛藤もなく揺れ動くことのない信念を持って立派に仕事をしているスイムのような人が、私は本当に羨ましかったです。私は、彼女を動かしているものは偽善や英雄主義的心理といったものではないと十分に分かっていました。とはいえ、あの人たちの信念が真実なら、私の疑問と葛藤も否定できない真実なのだという事実が、私を限りなく苦しめるのです。

私は今まで私が生きて来たとおり、私がやりたかったとおり生活したかったのです。たまには映画も見、音楽も聴き、ちょっとくらいおいしい物も食べ。でもあの人たちと一緒にいると、それはできませんでした。私がやりたいことは、常に非道徳的で、罪の意識にさいなまれる芽となったのです。

私は、自分が正しいことをしていると信じようと努めました。私がやっていることは誰もがやらねばならない価値のあることだ、私がこれをやることでこの社会の民衆たちの生活が少しでもよくなれば、それだけで十分だ。

それでもそう信じるだけで持ちこたえるには、私の気構えと意志は弱すぎました。いいえ、私という人間の中には、とてもそんなことに耐えられずいつも逃げ出そうとしている、もう一人の私が存在していたのです。

さてある日のこと、私が家を出て六か月ばかり過ぎたころのことでした。思いがけず、スイムが訪ねてきました。工場でストライキを主導したあと、警察から手配されている、隠れ場所が見つかるまでしばらくのあいだ私の部屋で世話になりたい、とのことでした。

偶然その日は、夜学に来ている人たちが何人か遊びに来ていました。スイムとその人たちのあいだでは、労働の現実について討論が展開されました。ところがなぜか私はその討論に入ることができませんでした。組織、労働者階級、階級矛盾、労働の解放……そこで使われている言葉はもちろん私自身もたまに使う言葉でしたが、その日に限ってその言葉は、まるで外国語のように生硬で不自然に感じられたのです。そして、もしかすると私は今いてはいけない場に、私自身にふさわしくない場にいるのではないかという思いに駆られたのです。

その人たちの背後で何の関係もない部外者のように一人で座っていて、急にピザが食べたくなりました。私自身も呆れました。最小限の人間らしい生活もできていない劣悪な労働の現実について血が出るような話し合いをしている最中に、ピザが食べたくなるなんて。だけど実際にピザのことが頭に思い浮かぶと、我慢できなくなりました。今、振り返ってみても、あのときの私の頭が、いえ、私のお腹の中がどうかなっていたのではないかと思います。

私はそっと部屋を抜け出しました。大通りに出てピザの店を探して歩き始めました。しかしそこは工団団地だからか、いくら歩いてもピザの店はありませんでした。時間が経つにつれて、ピザを食べたいという欲求は私の喉を締め付けるようで、ますます我慢できなくなりました。ホカホカしたピザの生地を覆うチーズ、その上にトッピングされた玉ねぎとハムの切れ端といったものが、目の前にあるように生き生きと見えるようでした。

どんなに歩いてもピザの店が見えないと分かると、私はついにソウルに行くバスに乗ってしまいました。その日に限って道が混みあい、一時間近く経ってからやっと鍾路《チョンノ》のあるピザの店に入ることができました。一人分のピザを注文して食べて店を出たとき私が何を感じたのか。それは、食べたいものを食べたあとの満腹感ではなく、自分に対する絶望的な軽蔑と罪の意識でした。

私はそのことでただちに罰せられました。部屋に戻ると、私はすぐ何かが起こったと気づきました。部屋の中はめちゃくちゃに荒らされ、同居しているスノクという子が心ここにあらずといったふうに、一人でぼんやりと座っていました。

――スイムさんが警察に捕まったの。三十分前に突然警察が押しかけてきて……まったく逃げる暇もなかったわ。

スノクが体をがたがた震わせて言いました。雷にでも打たれたように、私はしばらくその場で動くこともできず立っていました。私がピザを食べていたときにそんなことが起こっていたなんて、という思いのほかは、何も考えられませんでした。スノクが私に問いただしました。

――シネさん、いったいどこに行っていたの？

私は答えられませんでした。私が人を殺してきたとしても、いや、スイムを警察に密告してきたとしても、むしろそのほうが、それほど罪の意識を感じずに答えられたかもしれません。けれども一人でピザを食べてきたなど、口が裂けても言えないではないですか。

次の日、私は母に電話し、夜学を訪ねて来た母の手に引っ張られて家に戻ってしまいました。

ドアが開くたびにシネはそちらのほうを見た。変だった。さっきから彼女は、すぐにでも自分を知る誰かがドアを開けて入ってきて、ここから自分を連れだしてくれると思い込んでいたのである。それは愚かで虚しい願いだとよく分かっていながら、彼女はなぜかドアから目を離せないでいた。

食堂から配達されたコムタンを半分以上残してようやく昼食を終えたあとも、どうしてなのか、取り調べはすぐに始められないままだった。キム刑事はずっと席を外しており、だからシネは事務室内の片隅で一人で待たねばならなかった。

「やれやれ、こんな仕事、汚すぎてやってられない」

午後遅い時間になって、やっとキム刑事は、何が原因なのか大変腹を立てて赤く上気した顔で現れた。彼は黒い表紙の厚い書類綴りを机の上に投げおき、シネを睨みつけた。

「おまえ、ここには誰と来たんだ？」

「誰とですって？」

「おい、いくらおまえが強気なやつだとしてもおまえ一人でこの江原道《カンウォンド》の炭鉱村に来るはずがないじゃないか。誰が一緒に来たのか、早くしゃべってしまえ」

「とんでもない、私はそんな人間ではないです。ただ、ほかの人と同様、お金を稼ぎに来ただけです」

「金を稼ぎに来ただと？　こいつは、俺を馬鹿にしているのか」

彼は書類綴りでシネの頭を叩いた。その拍子に灰皿にたまった煙草の灰と吸い殻が散らばった。それがまるで自分の責任でもあるかのように、シネはあたふたと拾い集めた。

「本当です。私はまとまったお金が必要だったんです。次の学期の授業料を用意しなければいけないものですから」

「授業料？　学校から無期停学を食らいながら、何の授業料だ？」

「停学処分されましたが、授業料は続けて払わなければならないのです。授業料を払って登録しなければ、自動除籍されると学則に書かれています」

停学処分されたあとも、シネは登録を諦めなかった。もしかするとそれは非常に愚かなことなのかもしれなかった。一緒に停学処分にされた友人たちのうち、スイムはすぐに諦めてみずから除籍を選び、ほかの友人たちも、あるいは復学できるかもしれないという一抹の希望を持って一、二学期登録をしたけれど、結局はやめてしまった。

「無期停学は事実上除籍されるのと同じよ。だから学校が復学を許可するかもしれないなんて考えるのは馬鹿よ。このファッショ政権が全面的に降伏しない限り、あるいは私たちがやつらの前でひざまずいて犬になると誓わない限り、復学はないわよ。それなのに何のためにやつらに大切なお金をきちんきちんと捧げなくちゃいけないの？」

「でも、登録を諦め自動除籍させるのが、まさしくやつらが狙っていることじゃない。やつらが掘った罠に自分から歩いて入るつもりがないなら、私たちが差別されるのを不当だと主張したいなら、最後まで登録するのが正しいと思うけど」

「そんなの屁理屈《へりくつ》に過ぎないわよ。私たちの正当性は、やつらが私たちを復学させるかどうかにかかっているわけじゃないわ」

もちろんシネも、スイムが正しいと分かっていた。かといって彼女は、登録を諦めることはできなかった。復学に虚しい希望を託したいからではなく、母のためだった。母は、彼女がいつかは復学すると固く信じているのだった。娘のためにずっと犠牲になってきた母の夢を無にする権利は、彼女にはなかった。

「おまえの言うとおり授業料が必要だとしよう。だけど、なんでまた喫茶店のレジをするのに、よりによって炭鉱村まで来たんだ？」

「それは……一か月働くと簡単にまとまった金が手に入ると聞いたからです。それから……」

「それから何だ？」

「炭鉱村に興味があったのも事実です。でもそれは、単なる好奇心に過ぎませんでした」

「何だと、好奇心？　好奇心でここまで来たって？　俺をからかってるのか？」

拳を振り上げんばかりに恐ろしい形相で睨んでいる刑事の充血した両目を眺めながら、彼女は少しのあいだにしろ考え違いをしていたことを悟った。たとえこんな仕事を担当する刑事とはいえ、彼らもやはり人の話を聞いて理解する平凡な人間だろうと錯覚していたのだった。

「何見てる。生意気な女め。目ん玉、くり抜いてやる」

刑事は指を曲げ鉤《かぎ》の形にして、シネの目の前に突き付けた。

「すみません。でも私は本当に純粋な動機でここに来たんです」

そう話してみると、それは彼女が考えても少し滑稽に聞こえた。

「純粋？　この女は、本当に笑わせるな。おまえの言うように、純粋な女がやることなくて炭鉱村にまで、女を売りに来たってのか？」

「さっき言ったじゃないですか。授業料を稼ぐために来たって。それに私、今、刑事さんがおっしゃったみたいなことはやっていません。それは、喫茶竜宮のママやほかの従業員にお聞きになれば分かります」

「おまえ、誰に向かって言ってるんだ。おまえみたいな徹底して意識化した運動圏が、授業料なんかを稼ぐために喫茶店のレジをやろうと、こんな所にまで来るってのか？　そんな嘘を信じろと言うのか？」

「実は私も自分にちょっと懐疑的なんです。果たしてこんな方法しかないのかと。さっき私を徹底した運動圏とおっしゃいましたが、むしろ徹底してないからだろうと思います」

刑事は一体何を言っているのか分からない、といった表情で呆然と彼女を見ていたかと思うと、突然吸っていた煙草をもみ消した。

「こうして見ると、おまえ、普通じゃないな。あれこれ話をそらしながら適当にすませようとしているんだろう？　おまえ、こんな田舎の刑事なんかと軽く考えてるな。だめだ。痛めつけてやれば少しは目が覚めるだろう。おい、立て！」

キム刑事が先に立ち上がってシネに近づいた。シネの足は、無意識のうちにがたがた震え始めた。

「私は刑事さんたちがどうして私にそんなこと言うのか、理解できません。私は本当に何もしていないです……」

男の手には、いつの間にか手垢のついた棍棒《こんぼう》が握られていた。あれで私を殴ろうというのか。

シネは哀願するように男を仰ぎ見た。

「おい、キム刑事、やめろ」

そのとき、朝、見かけたスーツ姿の男が部屋に入ってきて言った。

「対共課に送れ。これからそこで担当することになったから」

シネは一息ついた。まずは当面する棍棒を避けることができてほっとしたのだった。そう思いながらも、何のために自分を対共課に送るのか気になった。

「ちくしょう、何かやってやろうとすると、必ず止められるんだからな。朝から無駄骨を折っただけじゃないか」

キム刑事はぶつぶつ言いながらも、シネを連れてドアから出た。対共課は二階にあった。二人が入っていくと、それほど広くない事務室の真ん中の机の前に一人の男が座っていて、その横につやつやした黒い革ジャンを着たがっしりした体格の男が立っていた。その男が振り返って二人に目を向けた。シネはまた胸がどきどきし始めた。ここでは新しい顔に出会うたびに、新しい不安と恐怖を感じなければならなかった。

「ここに座れ」

机の前にいた男が、シネに自分の横にある椅子を指さした。思ったより対応が柔らかいと感じた。シネは、机の上に置かれたシン何がしという文字が螺鈿ではめ込まれた大きな札を見た。

「つらかっただろう？」

「いいえ」

シネは俯いた。彼の声が穏やかだったためか、喉の奥が熱くなり、ともすると涙があふれそうになったからだ。

「おまえ、もしかするとここに入ってきても、耐えておればすむと思っているかもしれないが、それは見込み違いというものだ。長引かせれば、損するのはおまえだけだからな」

シネは頭を上げた。課長という人は、相変わらず柔らかい声と穏やかな顔で話を続けた。

「最近、運動圏の連中が炭鉱の勤労者たちを意識化させるためにこの地域に浸透したとの情報があって、これまで内部調査を進めてきた。俺たちはそれは男だとばかり考えていて、おまえみたいに喫茶店のレジとして入ってきた女がいるとは思ってもみなかった。とにかくばれてしまったのだから、全部吐き出してしまうほうがおまえのためにもなる」

シネには、彼の話のどこまでが本当でどこまでが嘘なのか、見当がつかなかった。誘導尋問に過ぎないのかについても、判断できなかった。

「それが事実だとしても、私ではないです。私は本当に何も知らないのです」

ふっと、苛立つ様子が彼の顔をかすめた。課長は少しのあいだ、何も言わずにシネの顔を見つめていた。腹を立てるか立てまいか迷っている顔をしていた。しかしすぐに寛大に許してやろうという表情に戻り、そばに立っている男を示した。

「これからはこの方がおまえを取り調べる。ほかのことはいいのだが、少々気が短いから取り調べには積極的に協力しろ、分かったか？」

彼女はつい、「はい」と返事してしまった。課長は学校の教師のようにシネの頭を撫でてから、席を立った。

「チョン刑事、この女、見た目より手ごわいから、最初に痛めつけてから取り調べるのがいいと思うよ。普通の女じゃないから」

キム刑事はこう言い残して、部屋から出ていった。だがチョン刑事という男は何も返事しなかった。二人だけで部屋に残されると、チョン刑事は煙草に火をつけた。

何時になったのだろうか。シネは癖のように腕時計に目をやった。時計の針は依然としていつなのか分からない、ある日ある時間に止まっていた。向い側の壁に掛けられた丸くて紺色の縁がある時計を見た。五時半だった。警察に入ってから、まる十時間近く経っているのだった。

ふと目の前に母の顔が浮かんだ。私が江原道の見知らぬ炭鉱村に来て、そのうえ今、警察に捕らえられていることを知ったら、母はどんなに嘆き悲しむか。そう考えると、彼女は胸がナイフで抉《えぐ》られるような鋭い痛みを感じた。

夜学を途中で投げ出し母に連れられて家に戻ったあと、何か月間かを彼女は城北洞《ソンブクトン》の急坂にある狭い家でじっとしたまま過ごさねばならなかった。

家に閉じ込められていたその何か月間かは、本当に耐えがたい日々だった。一間《ひとま》の壁を伝って流れるじめじめした湿気、いつも頭痛を引き起こす練炭の燃えるきつい臭い、そして窓の外に見える息が詰まるほど多くのぺたんとひらべったい家々、それらが常に自分の周りをぐるぐる回っているか、時には一気に塊となって襲いかかってくる。その計り知れない静寂に囲まれて彼女は、一日いちにちを何もしないで暮らしていた。徹底した無為の時間であり、考える機能さえ停止したように、本の一行もまともに読むことができなかった。おそらく彼女が日常できたことのうち最も生産的なことは、一日に二回ずつ燃えた練炭を取り替えるくらいだったのではないか。

一日中ひとことも話さない日が多かった。話す相手がいなかったこともあるが、話すのが怖くなったからでもある。あるときなどは、自分が本当に失語症にかかったのではないかと心配になって、一人で声を出して話してみたりした。

——チョン・シネ、おまえは今、何しているの？　私は今、何もしていないわ。だったらこれから何をするつもりなの？　それは私にも分からない。私にできることは何だろう。

彼女が家に戻ったあと、母はまた逃げ出すのではないかと恐れたのか、彼女の目の色ばかり窺っていたが、それすら彼女には我慢ならないことだった。いつのころからか、彼女はやっぱり家を出なければと考えるようになっていた。こんな状態のまま生活するのはあまりに息苦しく、母の顔を見るのも苦痛を伴うようになっていた。仕事を終えて毎夕倒れんばかりに疲れて帰ってくる母を見ると、耐えられないほど申し訳ない気持ちになった。

毎晩、膝と肩の関節の痛みでうんうん唸《うな》っているのに、水産市場で魚を仕入れるために早朝には必ず起きなければならない、そんな母のいつまで続くとも知れないつらい人生を目の当たりにしていながら、ただ家を出ることだけを考えている自分は、最小限の良心も思いやりもない質《たち》の悪い人間ではないだろうか。彼女は自分自身を叱責した。しかしながら母の苦しむ様子を見れば見るほど、何も助けられないという無力感を覚えるのもまた、耐えがたくつらいことだった。

何でもいいからやってみよう、彼女は決心した。また母を裏切ることになったとしても、仕方がないと思った。強いて弁解の理屈を探すなら、彼女が家を出なければならない現実的な理由が一つあった。授業料の納付期限が二か月後に迫ってきていたのだ。以前のように母は今度も借金をして工面するかもしれないが、いつまでも母に重荷を背負わせるわけにはいかない。彼女はこのことを言い訳にした。クリスマスを何日かあとに控えたある日、ついに彼女は市内に出た。そして、たまたま鍾路の道端に掛かっている職業紹介所の看板を目にして何も考えずに飛び込んだ。その場で女性従業員を探している喫茶竜宮のママに会ったのである。

「さあ、こっちに来い」

チョン刑事がやっと口を開いた。彼女は言われたとおり彼の前に置かれた椅子に座った。

漆喰が塗られた向い側の壁には、ガラスの額の中に入った韓国の国旗と大統領の写真が並んでかかっており、「正義の社会具現」だの「先進祖国創造」「民主福祉社会建設」などのスローガンも見られた。それらはシネには、何か逆説的な残忍な冗談のように感じられた。

「おい、俺は気が短いんだ。だからいらつかせるようなことはするな。おまえのせいで家にも帰れないじゃないか」

チョン刑事という男は、顔が黒く乱暴そうで唇が厚く両目は少し前に飛び出ているように見えた。ひとことで言うと、彼の顔は単純で野暮ったい印象を与えるので、ほかの場所で会ったら単に気難しい農夫としか思えないだろう。チョン刑事は、机の引き出しを開けて調書用紙を取り出した。

「今からおまえが所属している組織について話してみろ」

「組織ですか？　そんなものはないです。私は、組織なんて何も知りません。そんなところに一度も入ったことがないです」

「だったら、おまえは誰に指示されてここに来たんだ？」

「指示なんて受けたことないです。誰が私に指示したと言うのですか？」

「そーかい？」

彼の顔に、ふと意味不明の笑いが通り過ぎた。まるで全部分かっているが、なに、急ぐ必要はないといった、余裕のある表情だった。

「だったら、相談した人はいただろう？　炭鉱村に入って生活してみてはどうだろうか、といった形で話した友だちがいないなんてことないだろうが」

「私はここにお金を稼ぎに来たのです。お金のために喫茶店のレジをやるだけでも恥ずかしいのに、誰にそんなこと相談したって言うのですか」

「おい、あらかじめ言っておくけど、優しく話す相手には人間らしく答えろよ。さっき、課長の言葉を聞いたろう。俺は気が短いんだ」

チョン刑事は両目が出ているように見えるのだが、彼女を抑えつけるために目を大きく開けると、ますます両目が飛び出して見えた。ふいにシネは彼の顔にぴったりのあだ名を思いつき、口の中でそのあだ名をつぶやいた。ほんの少しのあいだだったが、彼女はその男に復讐でもしたかのような快感を覚えた。

「どうした？　俺の言っていることが癪《しゃく》に障るか」

「出目金」の目がいっそうぎょろついた。シネは突然、このあらゆることが現実とは思えなくなった。刑事やシネ自身とはまったく無関係な出来事で、無意味でつまらない振る舞いだと感じた。それなのにわけも分からず興奮し、取って食うかのごとく恐ろしい形相で畳みかけている男が、なぜか滑稽に思えたのだった。

「この女は、人を馬鹿にしてるのか？」

彼女の顔には、実際に笑みが浮かんだのだろう。彼はよりいっそう目を大きくして、立ち上がった。彼の大きな顔は、ひどく侮辱されたかのように震えていた。大きな手のひらが顔に飛んできた。そして息を継ぐ間もなく、彼女の頭を鉄製の机に押し付け始めた。頭の中がぐるぐる回って、目の前にパチパチと火花が散った。助けてくれと懇願したかったけれど、そんな余裕さえなかった。

彼はまたシネの顔を持ち上げて正確に頬を打った。

「ああ、お母さん」

彼女は床に倒れて叫んだ。耳の中でうぃーんと唸り声が聞こえ、それは彼女が再び立たされたときにいっそう高い振幅になり、自分のむせび泣きすら聞こえなくなった。彼は、今度は空手チョップで彼女のうなじを狙い打ちした。全身が雑巾のように伸び切って、彼が引きずるままに引きずられるしかなかった。一発殴られるたびにその苦痛よりも次に殴られる恐怖が襲いかかり、彼女は我を忘れて叫び続けた。鐘の音がどんどん大きくなり、ついには彼女の頭全体が一つの巨大な鐘になって誰かに休みなく叩かれているように思えた。鐘が鳴るたびに彼女の体はその音に強く突き上げられて、とんでもない力で振動するのだった。

そうこうするうちに、突然静かになった。まるで鐘の紐が切れてあらゆることが終わったように感じられた。シネは無意識のうちにゆっくりと膝で這いながら机の下にもぐり込み、体を丸めた。恐怖に駆られた獣のように、お腹に両足をくっつけて両手で頭を抱え全身の筋肉を緊張させた。鐘の音の最後の余韻が長く尾を引いて、耳の中でぐるぐる回っていた。まだ気絶せずにいた。彼女は、憐れみと同情心を起こさせようと、悲惨な表情で泣きじゃくっていた。

「こっちに出てこい」

男が腰を屈めて手招きした。シネはまた言われたとおり、這いつくばって机の下から出た。チョン刑事はだいぶ興奮が収まった声で、椅子に座るように言った。足ががくがくし、こめかみが槌で打たれたようにどくどくしていた。

彼はゆっくりと煙草に火をつけたあと、ふうっと煙を出して話し始めた。

「おまえ、キム・グァンべというやつ、知ってるだろう?」

四

小学五年生のとき、すでに胸が膨らみ始めました。ほかの子たちより成長が早かったみたいです。私はそのとき、胸が膨らむのが罪悪だとしか思えませんでした。それもぞっとするほどの罪悪として、です。体育の時間には、体操服を通して目立つくらい胸が膨らんでいるのが分かるのです。それが恥ずかしくみっともなくて、体育の授業がある日は学校に行きたくなかったほどです。その時間は仮病を使って、一人で教室に残ることもありました。

自分の体の変化にそんなに神経質だったのは、詰まるところ母の影響があったからだと思います。母は、女がいたずらに胸だけが大きく見えると男たちから安っぽい売春婦だと思われると信じていました。母は私に、胸が目立つTシャツのような服は絶対着せませんでした。だから私は、夏でも首までボタンをかけるブラウス、それもくすんだ無彩色のものしか着ることができませんでした。人の目を引くほどきれいなこと、男の子たちと一緒に遊ぶこと、女っぽく振舞うこと、そんなことはすべて罪悪だとばかり思っていました。座っている姿勢が少しでも崩れて膝の上の内ももまで出ようものなら、母は憎悪と不安に満ちた顔で声を上げました。

——おまえは何やってんだ。

それは、私に腹を立てたときに浴びせる母の口癖でした。若いときに飲み屋の女で、そのために父親のいない私生児を生み育てるしかなかった自分の運命を私が繰り返しはしないかと、病的なほど恐れていたのです。

ここ炭鉱村に来て喫茶店の従業員として働きながら、私は時々母のその言葉を思い浮かべました。そして私は、もしかすると母があんなに不安がっていたその道、その呪われた運命の道を、みずから探し求めているのではないかと自問しました。

最初にここに来ようと決めたときは、喫茶店の従業員とは、適当に笑って客たちに媚《こ》びていればすむ仕事だと思っていました。本当にそう思っていたのです。炭鉱村で喫茶店の従業員として働くということは、飲み屋の女の役割まで一緒にしなければならないのだと、私はここに来て初めて知ったのでした。

ここでは、治安維持のためには十人の警官より一人の女のほうがより効果的だとよく言われます。重労働によって疲れ切り欲求不満をため込んでいる鉱夫たちにとっては、女だけが唯一の出口だったからです。村全体に二十軒もの喫茶店があり、一軒につき五人の女が雇われているとすると、喫茶店の女だけで百人になるわけです。飲み屋や旅館といった所にいる女は百人くらいなので、合計二百人ほどの女が、ここの男たちの欲求不満を解消しているという話です。喫茶竜宮では、私を含む五人の女がみな、そのためにここに来ているというわけです。

「チケット」という言葉、お聞きになったことがありますか。ここでは店内で客にお茶を運ぶより、外に配達することが多いのです。事務室はもちろん、飲食店とか飲み屋とか、さらに電話注文があれば、旅館の部屋にだって配達しなければなりませんでした。そんなときはコーヒーを持っていくだけでなく、客たちのそばで時間を過ごさなければならないのですが、それを「チケットを切る」と言いました。「チケット」には三十分単位で五千ウォンという定価がつけられていました。言わば、人びとは「チケット」を切る値段で、コーヒーだけでなく喫茶店の女の時間も一緒に買ったわけです。その時間内に私たちは男たちのそばでくだらない冗談を聞き、時には酒の場で箸を叩いて歌を披露しなければなりませんでした。

けれども「チケット」は時間を売るのであって、体を売るものではありません。体を売ることは、営業が終わってから別にされました。昼に「チケット」を切って配達に行き、交渉が成立すれば、夜に約束した旅館に出かけて行くのです。喫茶竜宮のほかの従業員たちは、ほとんど毎日外泊をしていました。彼女たちがここに来た目的は単に金を稼ぐためであり、徹底してその目的のために労働しているのでした。またそれが、この炭鉱村から自分たちに与えられた役割でした。売春とは人間の体を商品化する資本主義の最も堕落した姿だ、とかなんとか彼女たちの前で言えば、彼女たちはたぶん、だから何だっていうんだと鼻であしらうでしょうね。

でも私は、彼女たちのように外泊することができませんでした。昼に配達すると、多くの男たちからそんな要求をされました。ある男たちはそれとなく誘惑し、ある男たちは物を買うように露骨に取引しようとしましたが、私は何とかして自分を守ろうとしました。どうしてでしょう？私にとって、純潔なるものがそれほど大切だったからでしょうか？　あるいは、私はまだ体を売るくらい困窮していなかったのでしょうか？

いつだったか私は、男と寝たあとその場から去るときはどんな気分なのかとソリャンに尋ねたことがあります。

——気分？　気分って何を聞きたいの。

彼女は少々自嘲的に聞き返し、しばらく何か考えているみたいにぼうっとしていましたが、初めのころはこうして生きていかなければならないのかと情けなく泣いたりしたけれど、今は慣れてしまったのか何でもない、と言っていました。彼女はまた、このように付け加えました。

——たまにいい人に出会うと、本当に気分よく楽しめるときがあるわ。そんなことを考えると、生まれついての運命なのかもしれない。

私は彼女の言葉に衝撃を受けました。私はそのときまで体を売る女はしようがなくてそうするのだとばかり思っていたからです。女が自分の肉体をいくらかの金で売って、その行為を楽しめるなどということがあるとはまったく思ってもいませんでした。

シネさんはそんなときがなかった？　そう質問するソリャンに、私はこれまで一度も男と寝たことがないと答えました。するとソリャンは、信じられないといった顔をしてぽかんと口を開けたのです。

——その年になるまで、まだ処女のままだって言うの？

私が処女というその事実だけで、ソリャンはまるで別の世界の人間を見るかのような目をしていました。

けれども私は、自分が処女だという事実を誇ってはいませんでした。むしろ私が肉体的に男の経験がないこと、そしてここまでやって来ても、それを頑《かたく》なに守ろうとしているのが恥ずかしいとさえ感じていました。ほかの従業員たちはそんな私が気詰まりな様子で、時たま私に聞こえるように騒いだりしていました。

――こんな炭鉱村で、あそこにボタンをかけている女がどこにいるの？　いたら出てきなさいよ。顔を拝みたいものだ。

つまり私に、体を売ろうと炭鉱村に来たのは同じなのにおまえは何を偉ぶってそうしないんだ、と言っているのです。おまえはどんな特別な権利があって、おまえの純潔を守っているんだ、と。何も言えませんでしたよ。前に夜学をしていたときのように、ここでも私はほかの人たちと区別されているのでした。純潔というものは何なのか。触ることもできず見ることもできないそれが、ほかの人たちと私とを明らかに分けていたのです。それを守っていること、それを守らねばと信じていること。それはもしかすると虚しい自尊心に過ぎないのではないか。学校の登録を放棄しないように、それもまた私を縛り付けている足かせではないのか。私は少しずつそんな疑問に悩まされるようになりました。

シネの目は、向い側の壁に掛かったカラーの顔写真を見つめていた。その写真の額に入っている顔は寒気がするほど冷淡に彼女を凝視していた。髪の毛が抜け唇の端がいくらか下に垂れ下がった、だからいつも何か不満だらけに見えるその顔を見ながらシネは、人びとが彼の身体的特徴を挙げて呼んでいるあだ名を考えた。それは軽蔑と揶揄《やゆ》を込めたあだ名だった。しかし今彼女が見ているその額の中の顔は、滑稽でもなく揶揄の対象でもなかった。それは銃口のように冷たく、ぞっとするほどの権威を象徴していた。彼女は、ようやく彼がどんなに恐ろしい存在なのかを実感した。

「キム・グァン……誰ですって？」

彼が言ったことを聞き取れなかったのではなかった。むしろその反対だった。シネは自分が驚いたことを男に気取られないよう願った。

「キム・グァンベだよ。知ってるのか、知らないのか？」

「知ってますが」

「キム・グァンベとおまえはどんな関係だ？」

「どんな関係って。単に店に来るお客さんなだけですけど」

「こいつは、まだ目が覚めないようだな。答える態度がひねくれてるんだよ。おまえもうちょっと痛い目に遭いたいのか」

男はすぐにでも殴りかかりそうな様子を見せて、頭を上げて唸った。彼の吊り上がった両目を見ると、彼女はすぐに降伏するしかなかった。

「すみません。私が間違っていました」

「よし、キム・グァンべがどんなやつなのか、知っているな？　これからやつについておまえが知っていることを全部話してみろ」

彼女は再び胸の鼓動が激しく打ち始めるのを感じた。男が思いがけずキム・グァンべの話を切り出したのには、間違いなく何らかの意図が隠されているからだ、という疑念が起こったのである。

「それから？」

「古巷《コハン》（架空の町の名。実在する地名は古汗《コハン》）にある小さな炭鉱で切り羽夫として働く人です」

男は彼女の顔に視線を向けたまま答えを促した。

「それから……八〇年の鉱夫暴動事件のとき、主導者の一人だったという話も聞いたことがあります」

「その話は、誰から聞いた？」

「それは誰でも知っていることです。誰から聞いたのかは、正確に覚えていません」


キム・グァンべに初めて会ったのは、シネがその店で仕事を始めてから、一週間ばかり経ってからのことだった。その日の夕方ごろ誰かがドアを開けて入ってきたので、彼女は習慣で「いらっしゃいませ」と言い始め、びっくりして途中でやめてしまった。頭の先から足の先まで全身真っ黒の人が、ぬっと入ってきたからである。気を取り直してじっと見て彼女は、ようやくそれが石炭の粉を浴びた鉱夫の姿だと気づいた。店に出入りする若い男の多くは鉱夫だったし、それに彼らが地中で仕事をしていれば、誰もがそんな姿をしているだろうが、シネとしては生まれて初めて見る姿だった。それは店内の華やかな照明とは釣り合わない、たった今、呪いを受けた地中の世界から地上に飛び上がってきたように、むごたらしい姿だった。

「何考えているの？　そんな格好で入ってくるなんて」

「どうして？　何で駄目なんだ？　ちょうど店の前を通りかかったから、兄弟たちに会いに立ち寄っただけだよ。鉱山の兄弟たちと一杯やろうかと思って」

前を遮るママに、彼はにやにや笑った。体中石炭の粉で真っ黒に覆われているのに、目だけは奇妙にぎらぎらしており、その上酒に酔って立っていられないくらいふらふらしていた。

「お茶を飲むなら、服を着替えてから出直して。そんな格好で来るなんて」

「これか？　これは喪服だよ、喪服。炭鉱で今日も兄弟が一人この世を去ったんだから、喪服を着なくちゃいけないだろう。俺たち鉱夫にとって、これは喪服なんですよ」

そのときになってシネは、昼にある鉱業所で事故があったという噂を耳にしたのを思い出した。採掘場が崩壊した落盤で下敷きになって、その場で一人が亡くなり二人が病院に運ばれていったという話を、店の客たちを通して聞いていたのだった。しかし、そんな事故があったからといって、変わったことは何もなかった。作業を終えた鉱夫たちは、いつもと同じく飲み屋をぶらぶらしたり、喫茶店に行ってテレビの連続ドラマを見たり、従業員の女性たちとたわいのない冗談をやり取りして、げらげら笑っていた。

「おい、兄弟たち！　ここで何してるんだ？　今日みたいな日にコーヒーなんか飲んでいていいのか、祝杯を挙げなくちゃ。炭鉱の兄弟が神様に召されて地獄から天国に行ったのに、祝杯を挙げなくていいのか。俺が奢るよ。ママ、兄弟たちにウイスキー一杯ずつ、分けてやってくれ」

「兄弟だとよ！」

酒に酔って呂律《ろれつ》が回らない彼に、誰かが吐き出すように言った。テレビの前に集まって座っていた若い鉱夫たちのうちの一人だった。

「おい、キム・グァンべ。勝手なことほざいてないで、酔ったならおとなしく家に帰って寝てろ」

キム・グァンべの黒い顔がゆがんだまま硬くなった。それは腹を立てたというより、痛い傷に触れられたといった表情だった。シネは、キム・グァンべと若い鉱夫たちとのあいだにすぐ喧嘩が始まるだろうと思った。ところが予想に反し彼は、白い歯をむき出しにしてにっと笑ったのだった。「そんなこと言わないで、酒を飲もうよ。俺が奢るからって言ってるじゃないか……」と言って、彼は人びとのほうに近寄って行った。だが彼は、すぐにその若い鉱夫に押し返されてしまった。

「俺たちがおまえに酒を奢られたがるとでも思っているのか。いいから、早くここから出て行けよ」

ドアまで押されていきながらも、キム・グァンベはにやにや笑い続けていた。自分よりずっと若い男から押されてもそのまま身を任せながら「おい、兄弟たち、一緒に酒を飲もう。人間、キム・グァンベが一杯奢るって言ってるのに、どうして嫌がるんだ……」と、まるで哀願するように声を上げるだけだった。彼がなぜあんな卑屈な態度を取るのか、シネには理解できなかった。その姿は、人びとから軽蔑されているのを知りながら、滑稽な真似をし続けるコメディアンを思わせた。

「あの人、時々あああなの。変な人よ」

やっと彼が店の外に追い出されたあとに、ソリャンがシネに言った。彼女は誰かに聞かれはしまいかと声を低めた。

「シネさん、何年か前にこの地方で鉱夫たちの暴動があったの知っている？　私もここに来て聞いたんだけど、ものすごかったみたい」

八〇年の春にこの地域で起こった大規模鉱夫暴動事件は、シネも知っていた。労働者たちの家族をも巻き込み、御用労組委員長の家を壊してその夫人をつかまえ集団暴行しただとか、警官と投石戦を繰り広げて村全体が無政府状態になっただとか、といった新聞記事を読んだことがあった。しかし、途方もない暴発力と過激さで世間の人たちを驚かせたその事件は発生して三日で鎮圧され、多くの労働者が拘束されて収束してしまった。

「それがね、キム・グァンベ、あの人がほかならない主導者の一人だったんだって」

「まさか……」

「本当よ。この辺りで知らない者はいないわ」

ソリャンの話を聞いてからも、シネは疑っていた。まず、あれほど大きな事件の主導者が、まだここで鉱夫として働いているのが信じられなかったのだ。そしてさきほど彼が見せた異常な行動からは、そんなことをした人とはとても思えなかったからだ。それにしても同僚の鉱夫たちは、どうしてあのように露骨に軽蔑する態度を取ったのだろうか、また彼はそれに対してどうしてあんなに卑屈に振舞ったのだろうか。

ともあれ、そんなことがあって以来、シネはキム・グァンベという人間に興味を持つようになった。彼についてもう少し知りたくなり、可能なら彼と話してみたくなった。

「つまり、おまえはキム・グァンベの経歴を知ってから、わざと接近したわけだな」

チョン刑事が尋ねた。

「接近というより、単に彼に好奇心を持っただけです」

言い終える前に、彼女の口からうっという悲鳴が飛び出した。彼が髪の毛を鷲《わし》づかみにしたのだ。髪が全部抜けるかと思うような痛みが走り、シネは口を閉じることができなかった。

「おい、このアマ、おまえは俺を馬鹿にしているのか。俺が何度も言ってるだろう。優しく話しているときには、互いに顔をしかめずに終わらせようって。人間扱いされたければ、人間的に話しているうちにちゃんと聞けよ。もう一度言うけど、一つ質問したら二つ答えるくらい誠実なところを見せろ、分かったか。女性の同志だと思ってくれると考えたら、おまえが損するだけだ」

それから彼は、意味ありげに付け加えた。

「俺は女には残忍なんだ」

「何をどのように答えろというのでしょうか？」

「だから、聞かれたことに正直に答えろというんだよ。変に俺を刺激しないようにな。つまり、やつが八〇年事件の主導者でなければ関心がなかったって話だろ？」

「はい」

「つまり、キム・グァンベがそんな人物なのを知って、わざわざ接近したって話だな」

シネは、自分が徐々に見えない罠にはまり込んでいっているのを感じた。けれども不幸なことに、どうすれば自分がその罠を避けることができるのか分からなかった。気を確かに持たねばとみずからを奮い立たせたが、そうすればするほど頭の中に霞《かすみ》がかかるようだった。男から思いっきり殴られた身が疲労困憊しきっているからだろうか。信じられないことに、急に睡魔が押し寄せてきた。

「俺が間違ったことを言ってるか？」

「……いいえ」

「それなのにどうして、ああでもない、こうでもないと言って、温厚な男が腹を立てるようなことをするんだ。さあ、これからキム・グァンベにいつどのように接近したのか一つ残らず話してみろ」

彼が次に店に姿を現したのは、何日かのちのことだった。一人の男が店に入るや、ソリャンがシネの脇をつついてささやいた。

「あの男よ。このあいだ騒ぎを起こした」

だがシネは、その男が誰なのかすぐには分からなかった。石炭の粉で真っ黒になった先日の姿とは違ってすっきりした姿で現れたので、ほかの人だと思ったのだ。彼は一人で隅の席に座り、壁にかかった大型パネルの写真に、ぼんやりと視線を向けていた。金髪の外国人女性が砂浜で半分裸のまま座っている写真だった。その女はいつもその場で薄目を開けて唇のあいだに舌を半分ほど出して魅惑的に微笑みながら、日に焼けた黄金《こがね》色の起伏に富んだ体を、店の客である若い鉱夫たちにただで見せていた。シネは麦茶を運んで彼の前に座った。

「外はすごく寒いでしょう?」

「金玉が凍り付いちまったよ」

それが彼と交わした最初の会話だった。そして彼は、多少斜めから見上げるように彼女を見た。

「おまえ、初めて見る顔だな」

「私はこの前見かけましたよ。喪服着て来た日に」

彼は眉間に皺を寄せて、「喪服?」と聞き返し、にやっと声を出さず笑った。まるで自分を嘲笑うかのような、いや、笑うというより唇が少し痙攣《けいれん》したような、奇妙な表情だった。

「私がお茶をサービスしましょうか?」

シネの言葉に、彼はうろたえた様子を見せた。

「お茶をサービスするって? これはまた、お天道様が西から昇るんじゃないのか。俺は今まで何回もお茶を奢ってとは言われたことがあるけど、お茶をサービスすると言う女は生まれて初めて会ったよ。おまえ、俺に気があるのか。恋愛でもしようってのか?」

「恋しましょう。できないことないわ」

ふと彼女は、恋という言葉は喫茶店の女たちにとって、特別な意味を持つことに気がついた。夜、旅館に行って男と寝ることを、「恋愛する」と言っているのだった。もちろんその「恋愛」の対価としてお金を受け取ることが多いが、しかしどんなに金をやると言われても気に入らない男とは恋愛することはなかった。ソリャンが言うには、それはこの世界で生きる女としての最小限のプライドであり意地だ、とのことだった。

「いつする、今日やろうか?」

「そんな恋愛ではなく、本当の恋よ」

「本当の恋?」

彼はどういう意味なのか分からなさそうな顔でシネを見ていたが、たちまち顔を赤らめた。そうしてしばらくのあいだ何も言わずに、気まずい様子でシネを眺めていた。女からからかわれているのではないかと思う気持ちと、不安な思いが混じった目つきだった。

「おまえ、もしかするとスパイじゃないのか？」

彼女はぷっと吹き出してしまった。

「おい、起きろ！」

男の声でシネは目を覚ました。四、五秒もしない短い時間につい居眠りをしたようだった。自分がどこまで話したのかすら分からなかった。明け方に支署のソファで一時間ほど目を閉じた以外、これまでまったく横になれていないとはいえ、こんな状況でも眠くなることが自分でも信じがたかった。

「キム・グァンベに恋愛しようと誘惑したわけだな。それでキム・グァンベは引っかかったのか？」

キム・グァンベが引っかかったのかという形の問いを、彼女はあたかも黒板に文字を書くように、頭の中に思い浮かべた。けれども、その問いの意味をすぐには理解できなかった。どうして私にそんなことを聞くのだろうか。眠気が影のように音もなく彼女の肩の向こうから近寄ってきていた。

「何のことか分からないのですが」

「キム・グァンべに恋愛しようと誘惑したとき、彼はどんな反応をしたのか、という話だ」

しっかりしろ、頭の中のどこかからかすかな警告音が聞こえた。彼女は懸命に目を大きく開けようとした。

「私は彼を誘惑したことはありません」

「こいつはまだ分からないのか。たった今おまえの口で、あいつに恋しようともちかけたと言ったじゃないか」

「それは誘惑じゃなくて、あの人に対する私の関心をそう表現しただけです」

「それが誘惑なんだよ、こいつ。おまえ一つでも嘘をつこうものなら、ただじゃすまないからな。キム・グァンべに聞けば、全部分かることだから」

この人たちはもしかするとすでにキム・グァンべを捕まえてきているのではないか、とふと思った。だが話している言葉遣いから推測すると、そうではなさそうだった。少なくとも今までは。そう考えるあいだにも眠気が襲ってきた。瞼《まぶた》が我慢できないくらい重くなった。彼女は目を開けようと努めた。調書の用紙に何か書くために俯いている男の額に、赤く尖《とが》った小さな吹き出物が見えた。すごく気になって痛いだろうな。シネは、こんな場合でもそんなことにまで関心を持つことに自分でも驚き、また少しほっとしてもいた。

「眠たいか?」

チョン刑事がちょっとからからかうように笑って、シネを眺めた。シネはつい、うなずいてしまった。

「聞かれたことに正直に答えたら、眠らせてやる。キム・グァンべというやつとは、それからもしょっちゅう会ったんだろう？　会ってどんな話をしたんだ？」

「しょっちゅう会いはしましたよ。あの人は店にたびたび遊びに来ましたから。だけど……」

翌日キム・グァンべは、また店に姿を現した。彼はスーツにネクタイを締め、たった今散髪をしてきたようだった。シネは彼の前に座った。

「どうしたのですか。この前は喪服を着ていたのに、今日は結婚式に行くみたいな服を着てくるなんて」

彼の顔が赤くなった。彼は気まずく緊張した様子でしばらく何も言わずに座っていた。彼の目はシネを見ているのではなく、彼女のうしろにかかったパネルの中の外国人女性を見ていた。

「名前は何と言うの？」

「ここではハニャンと呼ばれているけど、本名はチョン・シネです」

しばらく黙っていた彼が、また口を開いた。

「なんで俺の名前を聞かないんだ？」

「もう知っています。実はお客さんについて、たくさん話を聞いているのです」

「どんな話？」

「いろいろ。八〇年に大変だったのも、聞いたし……」

話を終える前に、彼女はその話を言い出したのは間違いだったと気づいた。彼の顔が目に見えて硬くなったのだ。かすれたような声で彼が畳みかけた。

「おまえ、何考えているんだ」

「何も考えていないです。単に、お客さんのことが知りたいのと、話をしたいだけです」

シネはできるだけ笑おうとした。しかしそうすればそうするほど、彼の顔はますます硬くなっていったのである。突然彼が立ち上がった。

「おまえが何を聞きたがっているのか知らないけど、俺は何も話すことなどない。だから、ほかを当たってくれ」

はっと我に返ってシネは、気を取り直した。チョン刑事の少々飛び出した目が彼女を見つめていた。

「すみませんが、よく聞き取れませんでした」

「キム・グァンベとセックスしたのかって聞いたんだよ」

「そんなことはなかったです」

「本当か？　あとでキム・グァンベに確認して、一つでも嘘があったら、覚悟しろよ」

「嘘ではないです」

チョン刑事は熱心に何か書いていた。まるで字を書く練習をしている子どものように、時々気に入らないふうに首をかしげて自分が書いたものを見直しているかと思うと、紙をくしゃくしゃに丸めて捨て再び書いたりしていた。彼がどんな内容の調書を仕上げようとしているのか、シネには知りようがなかった。そもそも私は何を話したのだろうか。もしかすると、言ってはいけないことを言ったのではないだろうか。焦って思い返してみたが、これといって思い当たる節がなかった。だがとにかく彼が熱心にボールペンを走らせている短いあいだでも、少し休むことができるのはよかった。睡魔がまた音もなく近づいてきていた。その睡魔の誘惑にはまりながら、シネはとても幸せな気持ちに浸っていた。お願いだから、このまま放っておいてほしい。少しのあいだの沈黙が与えてくれる安らかな気持ちを大切に感じながら、シネはそう願った。この状態のまま少しのあいだだけ放っておいてくれたら眠れそうだった。邪魔されないで眠りたいと思う気持ちがあまりに強くなって、もしこの状態で眠ることができるならたとえスパイの罪を着せられて終身刑になってもかまわないとさえ思った。

「さあ、読んでみろ。今までおまえが陳述してきた内容だ」

男の声にシネは目を開けた。目の前に何枚かの紙が突き出されていた。

「読んでみて、拇印《ぼいん》を押せ。そうすれば、下におりて寝ることができるから」

彼の字は金釘流《かなくぎ》もいいとこで、何の字かもわからないほどだった。だが読み取りにくいのは必ずしも下手な字のためだけではなかった。半分眠っている彼女の頭では、二枚ばかりの調書用紙に隙間なく書かれた彼の字が、どういう意味なのかを正確に理解できなかったのである。いや、正確に見極めようとすることすら面倒だった。彼女は、どこでもいいからとにかく眠りたいとひたすら願っただけだ。彼女は親指に朱肉を付け、彼が指さす個所に押し付けた。

「一晩中眠らせないこともできるけど、おまえのことを考えて特別にこの辺ですませてやるんだ。分かったか？」

彼は席から立ち上がり、口を大きく開けてあくびをした。その瞬間、彼の顔はそれまでとはまったく違う、ただ疲れ切った善良な普通の人の表情になった。だがあくびをし終えて口を閉じるや、途端にこれまでの硬く感情がない面持ちに戻った。向い側の壁にかかった時計は、いつの間にか真夜中を越える時間を指していた。

「ついて来い」

立ち上がるとシネは少しふらふらした。殴られた肩と足が針に刺されたように、ずきずき痛んだのだ。彼はシネを一階の刑事係事務室に連れていった。刑事係はほかの部屋よりずっと広いうえに、たくさんの人がいて騒がしかった。鉄格子が嵌められた保護室が隅にあった。保護室は男性用と女性用に分かれていた。男性用保護室を通り過ぎるとき、だらしなくうずくまっていた人びとが首を上げて彼女を上から下にじろっと見た。みな同じように何日か顔を洗っていないようで、目やにと白く脂ぎった垢が付いた不潔な顔をしていたが、目だけはぎらぎらと光を放っていた。チョン刑事は女性用保護室を開けてシネを押し込んだ。

ぼさぼさ髪の三十代くらいに見える女が、たった今目を覚ましたようにのろのろと振り返ってシネを見た。

「ここはどこなの、お姉さん」

女の口からはひどい酒の臭いがしていた。瞼が垂れ下がり、もうろうとして焦点の合わない目をしていた。酒がまだ覚めていないようだった。

「ここは警察です」

「警察？　私が何で警察にいるんだ？」

シネは返事をしなかった。彼女は何はともあれ、少しの時間でも邪魔されずに目を閉じたかった。

「あいつら、私をここに押し込めたんだな。こんちくしょうめ、卑怯なやつらだ。このままではすまないからな」

女は悪口を言い続けた。床が冷たくて体ががくがく震えてきた。温かいお湯にゆったりと浸かることができたらと、ここでは贅沢な望みを感じた。

「お姉さんはどうしてここに入れられたの？」

その女が尋ねた。シネはその女が煩わしかったが無理して答えた。

「私にも分かりません。私がどうして入れられたのか」

「分からない？　私と同じ人がここにもいるね」

女がげらげらと笑った。

「お姉さんはどこで仕事をしてるの？　飲み屋、喫茶店？」

「私が飲み屋とか喫茶店の女みたいに見えますか？」

「もちろん、これでもこの業界に何年もいるんだ。ちょっと見れば分かるさ」

垢だらけの毛布が目に留まり、シネはそれで体を巻いた。毛布はひどい悪臭がしたが、震えているよりはよさそうな気がして我慢することにした。取り調べられているあいだはあんなに眠くてたまらなかったのに、妙なことに、いざ横になると少しも眠れなかった。そばで女がつぶやく声が聞こえた。シネは、自分を見てただちに喫茶店の女だと断定した女の言葉を思い出した。それなのに自分は今、偽レジ係、偽装した運動圏と疑われているのだった。本当の私の姿は何なのだろうか。次の瞬間、彼女は全身を冷たい戦慄が走るのを感じた。キム・グァンベについて刑事に陳述し、拇印まで押したことを思い出したからだ。なぜ内容を正確に確認しないまま、拇印を押してしまったのだろう。私という人間はいったいどんな人間なんだろうか。これまでも自分自身が誰なのかも分からないで生きてきたが、今になってやつらの思いどおりになり、言われるままに拇印を押したというのか。彼女はぎゅっと目を閉じて、床に頭を付けてうめき声を上げた。耐えられない羞恥心で、喉が締め付けられそうだった。

五

店に来る鉱夫たちに、私は何の好意も感じることができませんでした。韓国社会で最も底辺で働く人びとに対する最小限の関心も憐れみもありませんでした。スイムのような人なら、たぶん違っていたでしょう。彼らに秘めた力を発揮させて、歴史に参与する可能性をどのように獲得させるのか。彼らの集団としての喜びと悲しみ、怒りと抵抗をどのように作り上げ、それを引き出すためにはどうすればいいのか。スイムだったら、そんな問題にかかりきりになるかもしれないのですが、私はどうしてもそんな人間にはなれませんでした。彼らは単に、私がこの仕事をしているあいだ相手をしなければならない男たちに過ぎませんでした。喫茶店のレジとして会う彼らは、誰もがよく似ていました。浅はかで、俗物で、厚かましいくらい卑劣でもありました。店にやってきて冗談を言い、どうやって夜に旅館まで呼び出そうかとしか考えない人たち。

彼らに接するたびに私は、初めてここに来た日に私の顔に飛んできた痰《たん》混じりの唾のことが無意識のうちに思い浮かびます。身震いするほど冷たく不快だったそのときのその感覚は、時間が経ってもふるい落とすことができませんでした。私が相手をする店の客たちというのは、あのとき私に唾を吐きかけたまさにあの人であり、あるいはそんな振る舞いができる不特定多数に過ぎませんでした。ところがそんな人たちのあいだを縫って、突然一人の男、キム・グァンベという人間が、ぬっと一歩飛び出し私の前に近づいてきたのでした。

キム・グァンベ、その人はその後、一日も欠かさず店に顔を出すようになりました。昼に作業する甲班のときは夕方に、夜間作業の乙班や丙班のときは昼に来て、一日中何もせずに店に居続けていました。しかし彼は店に出てきても、知らないふりをして私に話しかけようとしませんでした。私が近寄って話しかけようとしても、冷淡な顔で避けてばかりいました。

彼はむしろソリャンばかり相手にしていました。私に見せつけるようにわざとソリャンに親切に振舞い、たびたびお茶を注文して一緒にげらげら談笑していました。しかしそうしながらも彼は常に私を意識しているのが、私には分かっていました。無理して私に関心がないふりをしながらも、実際に私が知らんふりをすると、不安そうで腹を立てるのが手に取るように分かりました。彼のそんな子どものような幼稚な態度を痛々しく思いながらも、なぜか面白いとも思いました。ともあれ私は、もしかすると、彼とのその微妙な綱渡りをひそかに楽しんでいたのかもしれません。

問題はソリャンでした。いつのころからか、彼女は少しずつ彼に心が傾き始めていたのです。

――だけどあの男、思っていたより悪くない人よ。穏やかで細やかな面もあるみたいだし……やっぱり人は上辺だけ見ていてはだめね。

私は、ソリャンがすでにその人に好意以上の感情を持ち始めたのに気づきました。幼いときからあちこち転々として身一つであらゆる険しい仕事をしながら生きてきたとは言え、彼女は、ほんの少し関心を持たれ愛情を示されるだけで簡単に殻を壊されてしまう、どうしようもなく孤独で疲れた小娘に過ぎなかったのです。私は彼女に、あの人は注意しろ、彼が見せる愛情と親切は本気ではない、と警告しようと思いましたが、そんなことはとてもできませんでした。

そうこうしていたある日のことでした。道の向いにある萬戸荘旅館にコーヒーを配達しに行ったところ、驚いたことに、部屋にはキム・グァンベその人が一人で座っていたのです。私はびっくりしているのを悟られないよう、ほかの客に対するようにコーヒーを注いで彼の前に置きました。でもその人は、コーヒーカップの代わりに私の手首をぎゅっと握ったのです。

──今日は俺と恋をしよう。

彼の声は震えていたので、聞き取ることのできない悲鳴のように聞こえました。

──何なの。放してよ。

私は思わず声を上げて、手首を引き離しました。

──おまえ、前に俺と恋したいって言ったじゃないか。

──私が言ったのは、そんな意味ではなかったわ。

──だったらどんな意味なんだ？　おまえ、俺をからかってるのか？　俺はこんな恋愛しか知らない。チケットを切ったんだから、もう少し金を出せばすむことじゃないのか？

──見損なわないでよ。私もお客さんのこと、見損なっていたみたい。帰りますね。

私は素早く立ち上がりました。彼が私を無理に引き留めようとしないか不安でしたが、意外にも彼は、私が旅館の部屋を出るまでうなだれたまま身動きもせずに座っていました。店に戻ってから、私は自分を責めました。全部私の責任です。なぜ彼にあんな態度を取ったのだろう。彼が労働運動に失敗した人だから？　それが私とどんな関係があるというのか？

――シネさん、昨日の晩、私が誰と外泊したと思う？

次の日の朝早く、外で泊まってきたソリャンが私に尋ねました。

――キム・グァンベ、あの人よ。

――そうだったの？

私は顔が赤くなるのを悟られないように、見ていた週刊誌から目を離しませんでした。できるだけ何でもないように言ったつもりですが、すでに私の声は弱く震えていました。その話がどうして顔を上気させ声を震わせたのか、本当に理解できませんでした。

――でもあの男、私に何って言ったと思う？　俺と所帯持つつもりはないかって。まったく、面白みのない男なんだから。

――それでどう返事したの？

――人を見くびるんじゃないって言ったよ。

理解できないことでした。何だかはしゃぐようにしゃべり散らすソリャンの声一つひとつが、私には、胸の中に突き刺さるように鋭く感じられるのでした。それは、あの人に裏切られたという思いや嫉妬だったのか、あるいは何も知らないソリャンを不憫がってのことなのか、今でも分かりません。

その日以降ソリャンは外泊する日が増えました。相手はいつもキム・グァンベでした。最初は旅館を利用していたのが、のちにはキム・グァンベの家に行くようになったみたいです。日に日に彼女は、その男に少しずつ深くはまり込んでいくように見えました。わけもなく愁いをたたえたり、そわそわしているかと思うと、またあるときはすごく機嫌がよくふざけたりしていました。私はそんなソリャンを心配しました。彼女がすがっているものは、やがて壊れる幻想、つらい絶望と痛みだけを残す殻に過ぎないと思っていたのです。そして私のそんな考えは間違っていませんでした。何日か前、ですから私が警察に引っ張られてきた、まさにその前日の夕方のことでした。その日、キム・グァンベ、その人にまた会いました。彼が店に来たのではなく、配達に行くとそこにいたのです。電話を受けてある食堂に配達に行きました。食堂に着くと、箸でリズムを取る音に混じって女の歌う声が中から聞こえてきました。食堂の隅の奥まった所に入るとちょっとした小部屋があり、そこで一人の男が飲み屋の女を連れて座っているのが目に入りました。私は部屋の中に入ろうとして立ち止まりました。ぎょっとしてしまいました。キム・グァンベ、その人でした。

部屋の中は豚肉を焼く匂いと煙草の煙が混じってもやもやしており、チマチョゴリ姿の飲み屋の女らしき人が、彼の横にぴったりくっついて座っていました。おしろいを厚く塗って濃い化粧をしていましたが、少なくとも三十は過ぎていそうで年は隠せませんでした。

――おお、来たか。さあさあ、入って来いよ。

だいぶ酔いが回っているようで、彼の顔はすでに赤く上気し目もとろんとしていました。私は彼がわざと私を呼び出したことに気づきました。けれども彼が二枚のチケットを切っている以上、仕方なく部屋の中に入って二人の向い側に座り、ポットを包んだ風呂敷を広げてコーヒーを注ぎ始めました。その間も、二人は抱き合ったままいちゃいちゃしていました。彼の手は女の胸近くに入っていて、手が動くたびに女は身をよじらせてきゃっきゃっと笑っていました。私はできる限りその姿を見ないようにしていましたが、声まで遮ることはできませんでした。

――おい、おまえも俺の横に来いよ。二人とも相手してやるから。

焦点を失った目を吊り上げて、彼が言い放ちました。そして見せつけるように女の顔をつかみ、唇を合わせてこすりました。女がけらけらと笑いました。私は無言のまま風呂敷を包み始めました。そして彼に言いました。

――キム・グァンべさん、あなたは思ったよりずっと恥知らずで馬鹿な人ですね。一つだけ忠告しておくけど、これからはソリャンに関わらないでください。あなたにはそんな資格はないです。

そして私は、その部屋を飛び出してしまいました。しかしそれで終わったのではありませんでした。いくらもしないうちに、彼がしこたま酔った状態で店に姿を現したのです。

――おい、おまえ、俺になんて言った？　恥知らずで馬鹿なやつだと。

初めて私の前に現れたあの日のように、彼は酒に酔って体をふらつかせながら大声で喚き立てました。

――そうだよ。俺は馬鹿なやつだよ。虫けらにも及ばない人間のくずだ。おまえ、ソウルで大学生だったんだって？　しかも運動圏だったそうだな。それなのに俺みたいなやつに何を企んで尻尾を振ったんだ？　何だと、恋しようだと？　本当の恋をしようって？　おまえ、誰に向かって物を言ってるんだ？　おまえの目には、このキム・グァンべが物笑いの種にしか見えないのか？　おまえはどれだけ偉いんだ？

私は何も反論できませんでした。私の顔を見つめているすべての人たちを前にして、どうしていいのか分かりませんでした。その中でも、驚き絶望し硬くなったソリャンの顔が私の目に入ってきました。私と目が合うと、不意にドアを開けて飛び出して行ってしまいました。私は彼女のあとを追いかけたかったのですが、なぜかその場で化石のように固まって動けませんでした。

「昨日の夜、少しは眠れたか」

机に向かって何かせっせと書いていたチョン刑事が、首を上げて彼女に尋ねた。

「はい」

「保護室は落ち着かないだろう？」

「そうでもなかったです」

「そこに座って待ってろ」

まるでシネが誰かに会おうとやってきた者のように、何気ない口調だった。シネは椅子に座って白っぽく手垢の付いたガラス窓を見上げた。ガラス窓の半分の高さまで薄緑色のブラインドが垂れ下がっていたが、そこにも白っぽい埃がたまっていた。外はよく見えなかった。時たま車の音とそのほかさまざまな騒音が聞こえてくるのみだった。彼女は不意に、再びあの外に出ることはできるのだろうかと思った。わずか窓ガラス一枚があいだにあるだけなのに、外の世界とここはあまりにも距離がありすぎた。

「おまえが昨日の晩、陳述した調書を読み直してみたけどな」

チョン刑事はようやくシネに体を向けた。シネは、彼が手に持っているのは昨晩自分が拇印を押した調書だということに気がついた。

「これだけでは足りないな。キム・グァンベというやつに近づいて鉱夫たちを意識化するための拠点にしようとしたことまでは書かれているけど、具体的なことは全部抜けている」

「そこに、そんなことが書かれているのですか」

シネの問いに、チョン刑事はしばらく訝し気な顔をしていた。

「これは、昨日の夜おまえの口で陳述して、署名捺印したものだ」

「私、そんなこと言ってません。私は鉱夫たちを意識化しようとしてキム・グァンベという人に接近したこともないし、そんなことしようなんて夢にも思ったことはないです。昨日はちゃんと眠れていなかったので、内容を知らないのに署名したみたいです」

話しているうちに、胸の鼓動がだんだん激しくなっていった。チョン刑事は何も言わずに、彼女の顔を睨み続けていた。最初は呆れた顔をしていたが、少しずつ侮辱されたかのように蒼白になっていった。

「おまえ、やっぱり普通の女じゃないな」

突然彼はビリビリと調書を破り裂いた。そしてそれをシネの目の前でひらひらと振った。

「こんなの何でもない。おまえみたいなやつは、態度から鍛え直してやる」

逆上した彼の目を見ると、シネは全身に鳥肌が立った。

「ついて来い」

彼は短く言い放って、立ち上がった。彼について隣の部屋に入っていった。小さな窓が一つあるだけの大変狭い部屋で、中にはパイプ椅子が何脚かあるほか何もなかった。ドアが開けられほかの刑事が一人入ってきた。

「おい、おまえ、キム・グァンベがもう全部吐いたんだよ。それなのに一人で白を切る気か」

新しく来た男が野暮ったい慶尚道《キョンサンド》訛りで言った。

「だったら、キム・グァンベさんに会わせてください。あの人と対質尋問させてくれれば分かることじゃないですか」

「こいつ、まだ気力が残っていると見えるな。おまえ、今日、死体となって出ていきたいか？」

シネは彼らが邪悪で狂暴な態度を取るのは、決して自分に恐怖感を与えようとしているからではないと悟った。彼らが実際に殺したいほどの憎しみを自分に持っているのは、彼らの目と声から明らかに感じられた。とは言えいくら考えてみても、この人たちがどうして自分をそれほど憎むのかさっぱり理解できなかった。シネ自身には、この人たちに憎まれる何の根拠も思い浮かばなかったのである。

「座れ」

チョン刑事の命令どおり彼女が椅子に座ろうとすると、慶尚道訛りの男が拳でいきなり彼女の頭を殴った。

「誰がそこに座れと言った？　ひざまずけっていう意味だ」

彼女は椅子から降りて床にひざまずいた。足ががくがく震えた。

「俺はおまえたちのような女をたくさん見てきた」

チョン刑事の靴が彼女の鼻の前でゆっくり動いた。

「まだケツが青いくせに、世の中のことを全部知っていると言わんばかりに偉ぶるやつら。口だけ達者な真っ赤なアカども。アカをなんでアカと言うのか知ってるか？　おまえみたいな者たちが、口を開けば真っ赤な嘘ばっかり言うからアカって言うんだ」

「私はアカではありません」

「そうだな、おまえの言うとおり、もしかするとアカではないかもしれん。しかし」男が俯いて片手で彼女の顎を持ち上げた。「おまえ、ここから出たら何になるか知ってるか？　本当のアカになるんだよ。間違いない。賭けてもいい」

彼の言葉は事実かもしれないとシネは思った。彼女の知り合いにもそんな人がいた。逮捕されて刑務所暮らしをしたあと、より強固な鋼鉄のように思想武装をするようになった人たちをたくさん見かけた。だけどスイムの言うように、私みたいな救いがたい懐疑主義者でもそのようになれるのだろうか。

「さあ、最後のチャンスだ。素直に吐くか、どうするつもりだ？」

「何を吐けと言われているのか……私、本当に何を話していいのか」

「最後までやってやるってことだな、よし」

彼らはまた彼女を床から立たせて椅子に座らせた。そして彼女の両手をうしろに回して手首に手錠を掛けたあと、首をうしろに反らせと命令した。慶尚道男がうしろに回って、彼女の首がもっと反るように彼女の頭を手で下に押さえつけた。古い蛍光灯の薄暗い光が目に入ったかと思うと、すぐに遮られた。シネの顔の上が一枚のタオルで覆われたのである。そのときまでシネは彼らが自分に何をしようとしているのか、分からなかった。顔を覆ったものは薄い一枚の布に過ぎなかったが、あらゆる世界から隔離されたように感じた。まるで死体になったかのような恐怖に襲われた。

この恐怖と苦痛に耐え、私は今、何を守ろうとしているのか。彼女はみずからに問うた。しかし不幸なことに、自分には守るものが何もなかったのだ。ただわけの分からない罠にはまっているだけだった。仮に彼らが疑っているように、何か目的があってここに来たのであり、またそれを実行していたのなら、むしろ耐えやすいかもしれないと彼女は考えた。ああ、私にも命を懸けて守るべきものがあったなら。

いきなり冷たいものが顔に降り注がれた。彼らが何をしているのか分かった途端、窒息するような苦しみに襲われた。彼らは片手でシネの髪の毛をつかみ、片手で顎をうしろに反らして左右に振った。そのたびに鼻の中に水が流れ入ってきた。チョン刑事の声がかすかに聞こえてきた。

「ここがどこだと思ってるんだ？　休戦ラインがすぐ目の前にあるんだよ。おい、おまえみたいなやつは、ここで死んでも休戦ラインまで運んで埋めてしまえばそれまでなんだよ」

「休戦ラインまで行く必要はないさ。ここは廃鉱だらけなんだから、採掘場に埋めて隠せば天地がひっくり返っても誰にも分からないさ」

慶尚道訛りが口を挟んだ。また鼻の穴から水が流し込まれた。まるで波打つようだった。一度波が引いたかと思うと、新しい波が襲いかかってきた。

「お母さん」

体が際限なく下に墜落するように感じられた。けれどもいくら下りて行っても底がなかった。彼女は乗り物に酔ったときのように激しいめまいがした。ぼうっとしていた頭が多少はっきりしたのは、突然下腹がじめじめしてきたからだった。慶尚道訛りのぼやく声が鼓膜をつんざいた。

「何だこれは。この女、しょんべん垂れやがった」

彼女の体が床に落ちた。冷たい床が彼女の顔に触れた。下半身がびしょびしょに濡れていた。けれども彼女は羞恥心さえ感じなかった。ただ拷問が中断されたことがありがたかった。

そのときドアが開いて誰かが中に入ってきた。床に伸びているシネの目の前に靴が近づいてきた。

「おい、何でこんなことをするんだ？」

初めて対共課に行ったときに会った課長という人だった。課長は大変腹を立てている様子で、二人をなじり始めた。

「何してるんだ？　服を着替えさせろ。このまま放っておくつもりか？」

慶尚道訛りが不満そうに何かぶつぶつ言いながら部屋から出て行った。シネはその場にうずくまったまま動かなかった。体を起こすのがつらいのもあったが、服を濡らしてしまったので起き上がれなかったのだ。息を吸うことすら苦痛だった。ようやく慶尚道訛りが、ぶかぶかの男物のズボンと、たった今買ってきたばかりと思われる包装されたままの下着を持ってきた。ズボンは誰かのものらしく、はいていたところを脱いだままの形でベルトまで通されていたが、そんなこと気にする余裕はなかった。課長が空いている隣の部屋のドアを開け、ここで服を着替えてこいと言った。シネはふらつきながら立ち上がり服を受け取った。まだ自分の力で歩けるのが不思議だった。ズボンは体に合わず、ベルトをきつく締めてもずだ袋をはいているようですこぶる滑稽に見えた。服を着替えて出ると、課長が自分の机の前に座って待っていた。二人の刑事はどこに行ったのか、姿が見えなかった。

「俺にもおまえくらいの娘がいる。今、春川《チュンチョン》で大学に通っている娘がいるんだよ。親の気持ちはみんな同じだ。おまえが今こんな格好でつらい思いをしているのを、おまえのお母さんが知ったら、どんなに悲しむか」

人間味が感じられる声だった。シネは、もしかするとこのほうが知能犯的な取り調べ方法なのかもしれないと思ったが、どうでもよかった。それが偽善的で狡猾な術策であっても、とにかく自分を人間として扱ってくれるわけだから大変ありがたかった。胸が熱くなって涙がどっと湧き上がってきた。一度涙が出始めるとどうしようもなく心が弱くなり、悲しさが込み上げてきてむせび泣き続けた。

「そうそう、泣きなさい」

課長が言った。

「思い切って泣け。そうすれば気が晴れるから」

しばらくして泣き止むと、課長はトイレットペーパーを破って渡してくれた。彼女はそれで涙を拭いてはなをかんだ。

「おまえもつらいだろうけど、俺たちもつらいんだ。誰も好き好んでこんなことやっているんじゃない。だから」彼は一枚の紙を取り出してシネの前に置いた。「俺たち、お互いにつらいことはやめようじゃないか。簡単なことをわざわざこじらせないで、さっさと終わらせよう」

シネは子どものようにすすり泣きながら、タイプで打たれた文字を読み進めていった。だが何行も進まないうちに、突然めまいがし始めた。タイプ打ちされた文字のうち何文字かがかすんで、その文字がそれぞれ虫のように蠢《うごめ》いたかと思うと、踊りながら回り始めたのだった。……上記本人はソウル××大学四年に在学中、不法集会を主導して無期停学された者で……現政権を打倒するためには労働者たちと連帯し……鉱山労働者たちを意識化する目的で……鉱夫キム・グァンベに接近し……

「そこにおまえの名前を書いて、拇印を押せば全部すむことだ。そうすればすぐにでもここから出られる。簡単だろう」

「私がしてもいないことを、どうやって認めろというのですか」

「もう上に報告しているから、このままでは出られない。俺たちにも体面があるからな。だからおまえがこの程度認めておけば、訓戒放免で処理して、事件を整理することもできるわけだ。どういう意味か分かるな？」

「でも、これは事実ではありません」

「えいっ、おまえ、俺の言うことがまだ分からないのか。事実だ事実じゃないと言い出したら、また初めからやり直さなきゃならん。それはおまえにも不利だし、俺たちも疲れるだけだ」

「悪いけど、私は認められません」

「こんなの何でもない。おまえを出すためにに形を整えるだけなのに、まだ分からないのか」

シネがそれ以上口を開かないと、彼の顔が一瞬険しくなった。しかし彼は、すぐに感情を抑えて言った。

「聞いていたとおり、おまえの頑固さは普通じゃないな。だけどすぐに決めなくていい。最後のチャンスをやるから、保護室に行ってよく考えてみろ、分かったか？」

彼女は再び保護室に移された。保護室の冷たく汚い床がこのときほど快適だと感じたことはなかった。彼女はすぐに床に倒れこんだ。

しかしいざ床に横になっても、なぜかなかなか寝つくことができなかった。規則的な間隔を置いて悪寒に襲われ、全身が痛んだ。体全体がずきずきして炎症を起こしているようだった。それにもかかわらずシネは、全部忘れてさっさと寝なければというつらい強迫観念に駆られていた。少し浅い眠りに入って夢を見ても、夢の中で早く寝なければと繰り返し休みなく思っているのだった。知り合いの顔が、現実なのか夢なのか区別できないぼんやりした意識の鏡の中に浮かび、彼女の顔を覗き込んだり話しかけたりした。「シネ、彼らに屈服してはだめ。私たちは今、歴史のトンネルの中にいるに過ぎないのだから」と言うスイムの顔も見えた。でもトンネルの向こう側には、いったい何があるの？　シネはそう反問した。私たちが歴史のトンネルの中にいなかったことがあるというの？　私はいつも、つらいトンネルの中にいたわ。遠くのわずかな光を見ながら歩く、決して終わらない長い長いトンネル。あの光は本当に実在するものなのか、それとも単なる幻想に過ぎないのか、それすら分からないままに。そうかと思うと、母の顔や、城南の夜学で出会った友人たちの顔も見え、そのほか彼女が知っているたくさんの人たちの顔、彼女がすっかり忘れていた人たちの顔が現れたりもした。そうしているうちに彼女は、徐々に深い眠りに入っていった。

六

——飛び立とう、あらゆることを捨てて飛び上がろう。

薬水洞の急坂にあったグァンヒ兄の下宿に貼ってあった文言を、私は今でも記憶しています。グァンヒ兄が亡くなりそれからたくさんの時間が過ぎてから、私はようやくその言葉が何を意味するのかを理解しました。

彼女の死は私たちに大きな衝撃を与えました。一緒に学びあんなに大きな影響力があった先輩があんな形で命を絶つなんて、私たちは裏切られたと思わざるを得ませんでした。しかし何よりも、それまで共に学び信じていた社会の秩序が突然崩れ、生というものがことごとく理解できなくなって、私たちは途方にくれたのでした。スイムはまさしくそのために、グァンヒ兄を許せないと話していました。

グァンヒ兄がどうしてみずから命を絶ったのか私には永遠の謎として残りましたが、それでも彼女が私に残してくれたその言葉だけは、時間が経てば経つほど私に深く刻み込まれたのです。グァンヒ兄が本当に願っていたことは、自由だったのではないでしょうか？　鳥になりたいという彼女の言葉、それは自分を縛り付けていたあらゆることを振り払い、本当の自由を手に入れたいという言葉に違いなかったのではないかと思うのです。でも果たして人間は本当に自由になれるのだろうか。そもそも現実のあらゆる束縛から抜け出して自由になるということに、どんな意味があるのだろうか？

グァンヒ兄同様、私もやはり長いあいだ、自由、まさしく自由を夢見ていたのかもしれません。私の弱々しくか細い足首は、あまりに多くの足かせに縛り付けられていましたから。けれども私を縛り付けているその足かせを取り外す能力は、私にはありませんでした。学校に通い続けることも諦めることもできず、ただ母の苦労の種に転落してしまった身の上、歴史の発展に寄与するという信念に積極的に身を投ずることもできず、葛藤と懐疑のみを繰り返す拠り所のない状況を、私の力ではもうどうすることもできなくなっていたのです。そしてたとえそのような状況を克服できる能力があったとしても、依然として問題は残っていました。

そもそも私は何を望んでいるのかということです。欲望のない自由なんてどこにあるのでしょうか。不幸なことに私は、私が本当に何を望んでいるのか、それが分からなかったのでした。何をしたいのか分かってもいないのに際限なく自由を渇望する、そんな滑稽な自己矛盾の中にはまり込んでいたのです。私は何になりたいのか。いや、現在の私は何なのか。私は誰なのか。

人びとはみな、私に「私」以外のほかの「私」であることを強要してきました。母も、スイムのような友だちも、学校の教授たちも。でも私は、その人たちが望む「私」を受け入れられませんでした。もしかすると私がこの一度も来たことのない炭鉱村まで来たのは、それらすべてから逃れるためだったのかもしれません。それなのに今あなたたちまで、私が私ではないほかの私であることを強要しているのですね。今あなたたちは、私が現実には一度もなれなかった闘士に私を作り上げようとしているのです。どんなに滑稽なやり方でしょう。


「チョン・シネ、寝てたのか?」

シネは目を開けようとした。明かりを背にする男の顔の輪郭が、ぼんやりと目に入ってきた。それがナム刑事ということが分かったあとも、意識がはっきりするのには少し時間が必要だった。

「起こして悪いけど、起きて俺と一緒に来てくれるか」

時計を見ると、ちょうど夜中の二時を回ったところだった。彼が先に歩いた。階段を上がり寒々とした廊下を過ぎてから、また対共課という札がかかっている部屋に入っていった。

部屋では課長が一人でラーメンを食べていた。シネは立ったまま食事が終わるのを待った。恥ずかしいことに、お腹がぐうっと鳴った。ナム刑事は何も言わずにストーブを抱えるようにして座っていたが、静かに座りながら激しく呼吸を繰り返していた。おそらく酒に酔っているのだろう。

「チョン・シネ、少しは思い直したか」

課長がてかてかする唇を拭いて尋ねた。

「おまえのせいで家に帰れないじゃないか。おまえがちょっとだけ協力すれば、俺たち全員、楽になるのに。何でそんなに頑固なんだ」

彼は顔の油気を拭き、はなまでかんだティッシュをラーメンの器に放り入れたのちに、ようやく満足した表情でシネを眺めた。

「さ、それだけ意地を通せば、おまえも体面を保てただろう。もうこのくらいにしよう。おまえだけがつらいんじゃない。俺たちも同じだ。お互いさまなんだから、時間を長引かせてもいいことなんてないさ。ここにサインしなさい」

課長がさっきのあの調書を突き出した。

「すみません。だけど私がやってもいないことをやったとは言えません」

課長は無言のまましばらくシネの顔を睨んでいたが、いきなり「このアマ」と罵り始めた。

「本当にどうしようもない女だな。おまえみたいな融通が利かないやつは初めて見た。俺がのちのち後悔しないようにと警告しただろうが。おい、ナム刑事、こいつを連れて出て行け。今晩中に決着をつけてやれ。どこがいいかな。三〇五号室だったら静かだろう?」

彼女は震える足でおとなしく立ち上がった。恐怖も今では惰性になっていた。ナム刑事についてまたもう一階上がっていった。窓一つない暗くて狭い廊下を過ぎ、一番奥まった部屋の前で立ち止まった。真夜中だからか三階にはまったく人気《ひとけ》がなく、周囲は気味が悪いほど静かだった。

「おまえと俺がこんな形で会うこと自体、不幸だし悲劇だ。初めて会ったとき、言っただろう？ほかの場所で会っていたら、もう少しいい出会いができただろうにって」

部屋に入ると、ナム刑事は薄笑いしながらシネを眺めた。彼の口からかすかに酒の臭いがした。だが顔は、むしろ蒼白に見えた。

「俺はほかの人とは違う。今晩、おまえと俺がここで決着をつけるんだ。分かったか？」

男はシネを立たせておいたまま、彼自身は椅子を持ってきて座った。

「俺がどうしてこんな田舎の片隅に飛ばされたのか、知ってるか？」

男はシネの顔から目を離さずに、自分で答えた。

「ソウルで拷問して人を死なせたんだ。運が悪かったわけさ」

シネは男が今、冗談を言っているのだと考えた。だが、あるいは本当なのかもしれないとも思った。

「俺はおまえにこんなこと言いたくないけど、おまえ一人死んでも、俺が警察を辞めればそれで終わりさ」

「私を殺すつもりですか」

「なに、死にたいのか」

「いいえ、生きたいです」

彼がかすかに笑った。

「人を殺したいやつなんてどこにいるんだ。といっても、仕事をしていると事故というものもあるわけだよ。人との縁はいいこともあるけど、すごく悪いこともあるんだ。俺はおまえとこうして会ったのも縁だと思うけど、お互いに悪い縁にならなきゃいいけどな。さあ、もう一度話そう。はっきり言っておくが、これが最後だ。調書にサインするか、どうする?」

「悪いけど、私がやっていないことをやったとは言えません」

「そうか?」

男の目が奇妙に光った。

「分かった。おまえがどれほど偉いのか知らないが、俺には通用しないからな」

彼は立ち上がって突然シネのズボンのベルトを外し始めた。臨時で借りて着た体に合わないズボンだったので、ベルトが外れるとすぐにずり落ちそうだった。シネは男が何をしようとしているのか分からず、戸惑うばかりだった。男がベルトで自分を殴りつけるつもりなのかもしれないと思った。だが男は、その革のベルトを持って壁のほうに行き、それを釘に掛けたのだった。

「俺が何でこのベルトをここに掛けたのか、分かるか?」

その場に立ったまま、男は真っすぐシネを見据えた。

「あとで、もしかするとおまえに必要になることがあるかもしれないから掛けておくんだ。とうてい我慢できなくなったら、これで首を絞めて死にたくなるときもあるだろうからな」

だらりと伸びて掛けられているベルトは、映画などで見た絞首台の太い縄を連想させた。男の言葉は恐怖を与えようとするこけおどしに過ぎないと思っても、彼女は一気に全身がぞわぞわっとするのを感じた。

「おまえ、ここに来て何回体を売ったんだ？」

彼はまた彼女の横に近づいて座った。

「体を売ったことなどありません」

「本当か？」

「本当です」

「だったら金を取らずに寝たことはあるだろう？　鉱夫たちを誘惑して意識化するには、体をあてがうこともあっただろうに」

「そんなこともないです」

「キム・グァンべとも一度も寝なかったのか？」

「私は今まで誰とも、そんなことしたことがないです」

「アダラシ処女（性体験のない女性のこと。アダラシは日本語の新しいからきているらしい）ってことか？　本当か？」

シネは口を閉じて、それ以上返事をしなかった。

「わかった、それじゃ俺が確かめてみようじゃないか。セーターを上げてみろ」

彼が何を言っているのか、シネはすぐには理解できなかった。男が声を荒らげた。

「こいつ、俺の言うことが聞こえないのか？　セーターを上げろって言ってるんだ」

何か抗議をしたかったが、妙なことに口を開くことができなかった。恐怖で体がまるで化石のように固まってしまったようだった。それはこれまで経験したものとはまったく異なる新しい恐怖だった。

「おまえ、言うこと聞かないと、本当にひどい目に遭うぞ。夜中の二時だから、誰もこの部屋に入ってこないさ。ここで何が起ころうと誰にも知られないってわけだ。分かるか？　だから恐ろしいことをされたくなければ、言われたとおりにしろ」

シネは、何か逆らうことのできない力につかまえられでもしたかのように、震える手でセーターを上げ、肌が出るように下着まで上げた。そうしながらも、ベルトが外されて腰に緩く引っかかっているだけのズボンまで落ちてしまわないかと、片手でズボンの腰の辺りをつかんでいた。男が立って彼女のうしろに回った。彼の手が背中をかすめたかと思うと、ブラジャーが瞬く間に外されて足元に落ちた。

「動かずに持ってろ」

彼は椅子に座ったまま、彼女の体を凝視した。まるで医師の診察のように遠慮のない目つきだった。最初の瞬間が過ぎると、なぜか羞恥心は消えた。ただ、底知れない恐怖心を感じるだけだった。

「おまえ、乳首がえらく出ているな」

彼がため息をつくように言った。桃の種のような彼の喉ぼとけが急激に上下に動き、ごくりと唾を飲み込む音が聞こえてきた。彼は壁に据えられた鉄製のキャビネットのほうに歩いて行った。キャビネットの上に小さなトランジスタラジオが置いてあった。しばらくラジオのダイヤルをあちこち調整すると、ほどなくこの世のものとは思えない甘く柔らかなポップソングが聞こえてきた。

「おまえは昔の俺の初恋の人とすごく似ているんだ。おまえに初めて会ったとき、びっくりしたよ」

服を持ち上げているシネの手が震えた。男の目が熱を帯びて赤くなり、唇はラジオから流れてくる音楽に合わせてうきうきと動き、パパン、パパンとリズムを取っていた。

「何するんですか」

いきなり男の手が彼女の胸に触れた。やっとの思いで口からは哀願する声が出たが、体は麻痺《まひ》したかのようにまったく動くことができなかった。ゆっくりと手を動かしながら、男の目はなにか夢でも見ているかのように、ますますとろんとしてきた。

……追憶というものがあるので、過ぎ去った時間は宝石のように美しいのです。

今日のこの夜の追憶のために、あなたに追憶のポップソング、

「アンチェインド・メロディ」をお送りします……

いた。

彼は彼女の耳に触れて、枯れた声で言った。彼は今では獣のように、はあはあ険しく息をして

「静かにしろ」

「いい加減にして、お願いだから……」

「気持ちいいくせに、わざと言ってるんだろ?」

彼女は、もしかするとこれらすべては現実ではないのかもしれないと思った。子どものころ悪夢を見ていたときのように。これは夢だこれは夢だと必死に繰り返せば、本当に夢から覚めて母の嗅ぎ慣れた体臭で温かく包まれたものだった。そう信じたい気持ちが強すぎて、シネはふと、自分が狂ってしまうのではないかと恐ろしくなった。

「おまえ、どう見ても処女とは思えないな」

男がぴったりと顔をくっつけてささやいた。

「胸を見れば分かるさ。俺は女についてはちょっとした達人だからな。おまえ、男の経験が豊富だよな、そうだろ」

彼女は心の中で男に対する憎しみの感情を煽り立てようとした。そうすれば今のつらさに耐え

られるかもしれないと考えたからだった。だが男は、憎悪の感情を抱くにはあまりに怖い存在だった。息もできないほど容赦のない恐ろしさは、憎しみさえ許容しなかったのだ。顎の下から迫ってくる彼の両目は、網の模様の赤い血管で覆われていた。

「ズボンを脱げ」

荒々しい低い声で彼が命令した。

「叫んだって何にもならないからな。これ以上痛い目に遭いたくなかったら、言うこと聞いたほうがいいぞ」

この人はもしかすると今、自分自身を痛めつけているのかもしれない、と彼女は考えた。自分が救いようのない罪を犯していることを、明らかに意識しているのだろう。いいえ、むしろ自分が罪を犯しているという意識に追い立てられて、ますます残忍になっているのではないか。

「俺の手で脱がせてやろうか」

彼の手がズボンの腰の辺りに触れた。彼女はうずくまったが、すぐに髪の毛を引っ張り上げられてしまった。

「俺の手で脱がそうか、それともおまえが脱ぐか?」

シネは自分の手でズボンを下ろした。ズボンが滑り落ちたあとも、男は何も言わずに指を動かした。パンティも脱げと言っているのだ。ラジオからは若い男の甘い声が流れ続けていた。

……あなたの顔を初めて見たとき、
私は、太陽はまさしくあなたの瞳から昇るのだと思いました。

月と星はあなたがくれたプレゼントなのだと思いました。

皆さんもそんな気持ちになったことがありませんか?

愛は偉大ですが、一方で、世界で何よりも恐ろしいものにもなり得る。

そんなことを見せてくれる映画「恐怖のメロディ」の劇中曲、

「愛は面影の中に（The First Time Ever I Saw Your Face）」をお送りします……


冷気が彼女の体を包み込み、全身にびっしりと鳥肌が立った。彼女は彼から何を要求されようと、最も恐ろしいことだけは避けたかった。自分が一番何を恐れているのかさえ分からないながらも、彼女はただそれだけを願った。

「この上に上がれ」

男が机を指さした。不思議なことに、いざ服を脱いでしまうと、彼女はそれ以上何に対しても抵抗することができなくなってしまった。命令に従って動く獣のように彼女は机の上に這い上がった。足ががくがく震えた。机の上に上がった彼女の目に、赤い十字架が一本飛び込んできた。仄暗《ほのぐら》い窓の外に、赤い明かりを灯した十字架が一本、浮き彫りにされた版画のように鮮明に浮かび上がっていたのである。

どうしてあの十字架が突然私の目の前に現れたのだろうか。今この瞬間、あの十字架にはどんな意味があるのだろうか。あれが私の苦痛を一万分の一でも和らげてくれるというのだろうか。あれは単に明かりが灯された木や金属でできた形象に過ぎず、あそこにどんな救いがあり摂理があるというのか。

そう考えると、彼女は総毛立ってしまった。今この瞬間にも、たったひとことでも祈ろうとすら思わず、ただ冷たく疑っているだけの自分自身がこの上なく恐ろしく、絶望したのだった。

その救いようのない自意識過剰。私を取り囲むこの鉄兜のように重く厚い殻。神が今、私に刑罰を下しているのなら、まさにこのためかもしれないと彼女は考えた。何も信じられず、何かに胸を焦がして何かを願おうともせず、自分以外の人を本当に愛することもできず……

主よ、私をお赦しください。その十字架を見てシネは心の中で祈った。これらあらゆることがこれまで私がやってきたことの代償であるなら、どうか私をお赦しください。そしてこの試練を終わらせてください。

「座れ」

男は椅子に座ったまま、シネを見上げて命令した。言われるとおりに座りながら、彼女は自分の体を最小限隠そうと努力した。しかしシネは、それすら許してもらえなかった。

「両手を頭の上に上げろ」

シネの体の隅々まで眺め回している男の目が、熱を帯びてぎらぎらした。私はこの顔、この表情の小さな動きまでも、絶対忘れまい、と彼女は思った。羞恥心と悲惨さで息ができなかったが、かといって彼女にできるのは目を閉じることだけだった。

「足を開け」

相変わらず枯れて単調な声で男が命じた。

「もっと開け」

主よ、私をお赦しください。お赦しください。その言葉があたかも自分をこのすべての苦痛から解放する、何か奇跡の呪文でであるかのように、ひたすらこの短い祈りにすがった。

「おまえ、俺が変態だと思ってるんだろう？　ええっ、そうだろう」

「いいえ……」

「構わないさ、そう思っても。俺は本当に変態だから」

男の手が下半身に入り込んできた。彼女は身をよじらせて悲鳴を上げた。すると、声を立てるな、と男が荒々しい声で命令した。

「声を上げたら、手を突っ込んで子宮をむしり取ってやる。そしたら、おまえは将来結婚もできないし子どもも産めなくなるぞ」

シネには、男のその言葉が単なる脅しには聞こえなかった。今、彼女の目には彼が何でもできる人間のように感じられたのだ。そして本当に恐ろしいのは、男がこれから何をしでかすのか予想できないことだった。彼女は唇を噛んで、口の中で悲鳴を押し殺した。男の手が鳥肌が立っている彼女の足をたどり、下腹部から上に少しずつさかのぼった。彼女は、自分の体で感じるあらゆる細胞がすべて麻痺してくれたら、と切に願った。

「おまえ、本当に処女なのか？」

ぬめぬめした唇が近づいてきた。彼の口から吐き出されるむかむかする臭いのせいで、我慢できない吐き気を感じた。ある瞬間、男の手がシネの足のあいだにすっと入った。彼女は思わず悲鳴を上げて腰を曲げた。

「おとなしくしていろ。処女なのかどうか、検査しているんだ」

指が足のあいだでゆっくり動いているあいだ、彼女は目を閉じていた。唇の隙間から、まったく自分のものとは思えない、何か獣のようなうめき声が漏れ出ていた。神様、お赦しください。お赦しください……シネはその言葉がこのすべての苦痛から逃れられる、何か奇跡でも起こすことができるかのように、ひたすらその言葉だけを心の中で繰り返した。

「おい、俺が面白い物を見せてやろうか」

男は異様に目を光らせて立ち上がり、ズボンのベルトを解き始めた。彼女は力いっぱい首を反らした。

「ほら」

かすれた声で彼が言った。深い洞窟の中から抜け出したような声だった。シネが首を反らしたまま痛いほど目を閉じていると、男は手で彼女の顎を持ち上げて自分のほうに向けた。

た。

「目を開けろ、開けないつもりか」

頑丈な彼の手が顎の下に入り込み、首筋が切れるような痛みを感じて思わず目を開けてしまった。

「どうだ?」

ぎらぎらする目、そして白い歯が、彼女の目に入ってきた。それは間違いなく獣の顔だった。男はシネの目が自分のズボンの前に向くよう、無理に首を折り曲げた。必死に見ないでおこうとしたが、それはすでに彼女の視野に飛び込んできてしまった。彼女は目を閉じた。しかしたった今、彼女が見たものは、消すことのできないナイフの傷跡のように、網膜の上に焼き付けられてしまった。それは死ぬまで忘れられないだろう。

「気分はどうだ? 初めて見たのか? さあ、よく見ておけ」

男の指は相変わらずシネの顎を押さえつけていた。彼は今ではこの振る舞いをみずから楽しんでいるに違いなかった。彼は片手でシネの顎の下を押さえたまま、もう片方の手で首を下に押さえた。開いたズボンから外に飛び出しているそれが、目の前まで近づいてきた。何か家畜の臭いに似た甘ったるい臭いが鼻の穴の中に入り込み、とうとう彼女はうえっと言って吐いてしまった。

「あっ、こんちくしょうめ」

彼が彼女の頭をうしろに引っ張って叫んだ。だが彼の手から逃れたあとも、彼女は続けて喉の奥から込み上げてくる吐き気を我慢できなかった。

「言われたとおりにしますから、調書にサインしますから、だからもうやめてください……」

「最初からそうすればよかったんだよ。でももう遅いんだよ」

「お願いだから、私の言うことを聞いてください。私はそんな人間ではありません。あなたたちが考えている、そんな人間ではないのです。これは何かの間違いです。私は闘士でもないし、本当に運動圏でもありません。私にもそのような信念と意志があったらと思うくらいですから。だけど私は、そんなに強い人間になれないです。逆に私はすごく軟弱で、怖がりで、疑り深い……」

彼女は懸命にしゃべり始めた。ただただ息ができないくらいの苦痛と恐怖から逃れるために、自分が今何を話しているのかも分からずに、むやみにしゃべり続けるだけだった。

「俺は教養がないから、おまえが今何を言っているのかさっぱり分からない」

男の目がひどく充血していた。まるで彼の内部でわけの分からない憎しみが今にも暴発しそうな顔だった。

「こいつ、おまえはいったい何でそんなに悩むことがあるんだ？　あらゆることを何でそんなに難しく考えて、複雑にするんだ？　俺はおまえらみたいな連中が大っ嫌いだ。世の中の悩みを全部自分が引き受けているみたいに陰険な顔をして、簡単なことを複雑にして不平を言い、おとなしくしている人も気まずくさせる……おまえらみたいな者がきれいさっぱりいなくなれば、世の中が静かになって暮らしやすくなるのに。分かったか？　俺は今日、生きるとはどんなことなのか、人生とは何なのか、おまえに教えてやろうじゃないか」

男は彼女の体を荒々しく机の上に横たえた。彼女は横になったまま、男がズボンを脱ぐのを見た。恐怖と怒りで頭がいっぱいになって、もう哀願することもできなかった。何か言いたかったけれど、喉が何かによって塞がれたように何も言えなかった。彼の重い体重で彼女の体は押しつぶされそうだった。必死に抵抗したけれど、それは不可能に近いと悟るしかなかった。おまえは何やってんだ。母の顔が目の前に浮かんだ。彼女は自分が知っているすべての人の顔を懸命に思い浮かべようとした。そしてその人たちの名前を一人ずつ呼んだ。だが彼女は、その人たちから、世の中のあらゆることから、あまりに遠く離れていた。

彼女の手に何かが触れた。それは大きなガラスの灰皿だった。彼女はその手でそれを持ち上げて、渾身の力を込めて男の頭に振り下ろした。

「うっ！」

悲鳴とともに男が頭を抱えてがばっと立ち上がった。彼女は間髪をいれずに、もう一度彼の頭をぶん殴った。そして素早く身を起こして机から飛び降り、ドアのほうに走った。額に赤い血が流れているのに、彼は、罵詈雑言《ばりぞうごん》を吐きながら彼女をつかまえようとした。しかしズボンを引き上げるのに時間がかかっているようで、その隙に彼女は何とかノブを回してドアを開けることができた。蛍光灯の明かりだけが冷たく光る誰もいない廊下が目に入った。その冷たくひっそりした空間に向かって助けてと大声を上げたが、しかし実際に彼女の口から漏れ出たのは、何か獣の吠《ほ》える声のような、何を言っているのか分からない悲鳴に過ぎなかった。死に物狂いで廊下を走った。うしろから男が追いかけてきた。階段を転げるように下り、角を回る辺りで彼女は冷たいコンクリートの床にのけぞって倒れてしまった。誰かとぶつかったのだった。青い制服を着た一人の警官が、仰天した顔で彼女を見下ろしていた。彼女は意識を失ってしまった。

七

私に何の罪もないというのは嘘でした。今になって私は、やっと自分の罪に気がつきました。これから私が犯した罪についてお話しします。

まずは私に罪がないと思っていたことからして、間違いでした。どこに問題があったのかさえ分からないほど無感覚であったこと、その愚かさが間違いでした。問題は、そう、私にあったのです。

私は今まで一度も自分自身を捨てられませんでした。労働者のために夜学で教えると言いながら、実際はこの地の民衆たち、見捨てられ追い詰められている人たち、私の隣人や友人たちに心からの愛情を持っていませんでした。あの人たちの苦しみを私の苦しみとして、あの人たちの怒りを私の怒りとして感じられなかったのです。この社会の悪と矛盾を知ってはいましたが、それに対抗し身を投じて闘えませんでした。私は何に対しても身を投じるほどの情熱を持てなかったのです。

母に対してさえ、私は本当に愛情を持てませんでした。幼いころから私の心を占めていたのは、母にとって賢い娘でなければならないということと、一生懸命勉強して母の苦労と犠牲に報いなければならないということでした。それなのにまた一方では、いつも母から逃げ出そうとしていました。私はとても小さなもの、道端に咲いた花にも心を開こうとしませんでした。

私はいつも一人称単数として存在し、感じていただけです。私の友だち、隣人、社会、そればかりか、たった一人の母からも遠く離れた島であり、監獄だったのです。私は外に向かって私を救ってと叫びながらも、たったの一度も、みずから外に向かって泳ぎ出そうとは考えませんでした。

私はようやく、私の罪に、救いようのない罪に気づきました。自分自身を捨てられない罪、一度も自分の望みを探そうと努力しなかった罪、人に手を差し伸べようとせず、人の手を取ろうと思わなかった罪、自分のためにではなく、人のためにたったの一度も涙を流せなかった罪。

私の罪をお赦しください。

警察署を出たとき最初にシネの目についたのは、白く積もった雪だった。彼女が外と遮断されていた四日間というものずっと大雪が降り続け、辺り一面、雪で白く覆われていたのだ。しばらく彼女はまともに目を開けることができなかった。通りの向こう側にある郵便局と農協の建物の屋根に重く積もった雪が、冬の日差しの下できらきら光っていた。警察署前の広場の片隅には、誰が作ったのか大きな雪だるまがおどけた顔をして立っていた。それは韓国のどこにでも見られる人の住む冬の風景であり、緊張がほどけるほど平和な風景だった。

彼女は凍り付いた雪道を注意深く歩き始めた。長いあいだ地面に足がついていなかったような、不思議な感触を覚えた。シネはすぐに折れ曲がってしまおうとする膝に力を入れて、ゆっくり一歩ずつ歩いて行った。

「外に出てもいらんことは言わないことだ。もちろんおまえはそんな馬鹿ではないだろうけど。昨日の夜あったことはきれいさっぱり忘れてしまえ、いいか？　何もなかったんだ」

彼女を釈放する前に、課長という人はそのように注意した。何もなかった。シネは心の中でその言葉を繰り返した。すると本当に何もなかったように思えた。冬の日差しは目がしびれるほど澄み、雪に覆われた道の上で子どもたちが喚声を上げながら雪合戦をしていた。自転車のうしろの荷台に乗っていた年取った女が、どこかに向かって歯をむき出しにしながら笑っていた。シネがここ数日どんな目に遭っていようが、そんなことは嘘のように外の世界は何ら変わったことはなく、いつもどおりに動いていた。

「あいつ、もともと女癖が悪かったけど、女房が浮気して逃げてからというもの、特に性質が異常にねじけてしまったんだ。だから忘れてしまえ」

今朝、明け方に彼女は事務室の隅にあるソファの上で我に返った。課長とほかの見たこともない人たちが自分を見ていた。裸だった身には誰が着せたのか彼女の服がざっと掛けられていた。

「とにかく大変だったな。おまえもこれを機に勉強になったことがたくさんあるだろう。今後はこんなことで会いたくないな、そうだろう？　健康に気をつけて、いつか会うときには笑って会いたいものだ」

彼女を送り出す前、課長は最後にそう話して手を差し出した。彼の手から伝わってきた温かい体温が今でも残っているようだった。言うことが何も思い浮かばなかった。彼女は、本当に出られるんだという安堵の思いだけを噛み締めていた。

「一人で帰れるか？　古巷まで送って行こうか？」

「いいえ、そんな必要はありません」

シネは未だに、彼らがどうして自分をこんなに簡単に釈放したのか理解できずにいた。今日の明け方以降、彼らはそれ以上調書を強要しなかったのである。芝居の幕が下りるように、すべてのことが突然終わってしまった。今回のことは思いがけないことから始まり、終わりも同様に嘘みたいに終わった。彼らは四日間自分をひっつかまえておき、ありとあらゆる暴力と脅迫を使っても結局何の成果も得られず、彼女自身もそのすべてのことに抵抗したわけだった。だがそんな事実を目の前にしても、彼女は自尊心を保ったという誇りを持ち、自分を慰める気にはなれなかった。

十字路に着くと、シネはどこに行こうかとしばらく立ち止まっていた。人びとは彼女に何の関心も持たなかった。シネは、少なくとも自分の外見は道を行きかう人びとと変わらないことに気づいた。それは一方でほっとさせはしたが、他方で耐えられないほど寂しく悔しくもあった。

どこが悪いのか分からないが、全身がずきずきと痛んできた。けれども壊されたのは肉体より精神のはずだった。それなのに彼女は今、自分がどうしてこんなに元気なのか面食らっていた。自分は今、気が狂ったり気が抜けたり発作を起こしていなければならなかった。それにもかかわらず自分は今、何でもないだけでなく、むしろ我慢できないくらいお腹が空いているのだ。考えてみると、一日中何も食べていなかった。彼女は自分にはもう何も残っていないと考えていた。夢見なければならないことも、守らねばならないことも。残されたものは、中身のない吐き気を催す肉体だけだった。けれどもその肉体は猛烈な空腹を感じているのだから、本当に呆れることだった。彼女は無意識のうちに道路沿いにある飲食店を探して入っていった。

飲食店の椅子に座るとコムタンを注文した。しかし温かい汁を一匙口に入れるや、突然吐き出し始めた。吐き気を懸命にこらえようとしたが、とうてい抑えることができなかった。彼女の人生全体が喉の外に押し出されるみたいだった。これ以上吐くものがなくなると、今度は涙があふれ出てきた。シネは腕に顔を埋め声を上げて泣き始めた。一度泣き出すと、手のつけようがなかった。彼女のうしろで人びとのささやく声が聞こえてきた。

「あらあら、食べ物を台無しにしてしまって、もったいない」

「お嬢さんか奥さんか知らないけど、何の事情があってあんなに泣くんだろう」

「どこか悪いんだろうか、それとも……」

シネは不意に人びとを振り返った。そしてなりふり構わず人びとに声を上げた。

「あなたたちはいったい何なんですか。何様なんですか。あなたたちは私のこと何も知らないじゃないですか。他人に何の関心もないくせに、何をあれこれ言い募るんですか。どうしてですか」

人びとは、狂ったように喚き散らすシネを、びっくりした顔でぼんやりと眺めているだけだった。彼女はすぐに飲食店を飛び出してしまった。思いっきり泣き、その上大声を上げたからか、急に胸の中が空っぽになったように力が抜け疲れてしまった。

彼女は古巷村に行く市外バスに乗った。いずれにせよもう一度そこに戻る必要があった。バスはまた警察署の前を通り過ぎていた。バスがしばらく止まっているあいだに、彼女は車窓を通して道の向こう側にある警察署の建物を眺めた。一人の警官が肩を少しすくめた姿勢で建物を警備していた。その横で革ジャンを着た三、四十代の男が、農夫のように見える年老いた住民と笑いながら話をしていた。二人の口から出る白い息が冷たい空気の中で混じるのを、何の気なしに見ていたシネは、はっとその革ジャンの男が誰なのかに気づいた。全身が凍り付いた。チョン刑事だった。彼女が驚愕したのは、彼からやられたむごたらしい苦痛を改めて思い出したからではなかった。今、彼女の目に映った彼が、とても人がよく素朴に見えたからだった。顔に太い皺を寄せたまま頭をかいて笑っている、その善良で悪気のない笑い。彼女はそれをとうてい信じられず、理解もできなかった。主よ。思わず彼女の口から悲鳴に似た声が飛び出してしまった。

古巷村に着いたのは、完全に日が落ちたあとのことだった。通りはまったく変わっていなかった。魚の内臓のように狭く曲がりくねった通りは相変わらず悪臭が漂い、小汚く騒がしかった。黒いどぶ川が音もなく流れる橋を越え、夕方を迎えて年老いた娼婦のように身支度を始めた飲み屋と喫茶店がひしめく路地に入った。酒に酔った男たちが上着を脱いで喧嘩していた。顎の下がすっかり泥水で濡れている一匹の犬がゴミ箱を漁《あさ》っていた。電気屋からは、ユン・スイルの「アパート」という歌が流れてきていた。喫茶竜宮のひびが入ったアクリル看板、狭く急な木の階段、そして蒸れた臭いもまた、少しも変わらなかった。ドアを開けて中に入ったときに聞こえてきた、耳慣れた鼻声も。

「いらっしゃいませ、あっ」

カウンターに座っていたママの顔が口を開けたまま硬くなった。シネはできるだけ感情を押し殺した声で言った。

「こんばんは」

「ど、どうしたの？　警察が……出してくれたの？」

「どうしたも何も、姉さんは私が出てこないのを願っていたみたいに言いますね」

「あんたは、何を言ってるの。どんなに心配したか……とにかく無事に出てきて、よかった。ここ、暖かい所に来て座りなさい」

　席に座ると、彼女はまるで客のように店の中を眺め回した。ソリャンの姿は見えず、ほかの二人の従業員は退屈そうにテレビを見ていた。二人とも初めて見る顔だった。そのほかに変わったことはなかった。向い側の壁に掛かったパネルの中の裸の外国人女性が、相変わらず舌を半分ほど出したまま細く開けた目でシネを眺めていた。奇妙なことにシネは、その女に一種の親密感のようなものを覚えた。

「大変だったね、ハニャン。でもこうやって出てこられたのだから、よかったわ」

　ママは優雅にチマの裾を上げて前に座った。

「私はハニャンじゃないです。私の名前はチョン・シネですよ。ご存じじゃないですか」

「私はあんたのこと、何も知らないわよ。あんた、何か誤解しているようだけど、私は何も知らないわ」

「そんなことどうでもいいです。私はお金を受け取りに来ただけですから。私がこれまで働いた報酬をください」

「何をそんなに急いでいるの？　お金の問題は何も心配しないで。それより、何か温かいものでも飲む？」

「飲みたくないです。早く私のお金をください。私は今すぐに出発しますから」

「どこに？　ソウルに？」

ママはちょっとのあいだ何も言わずに彼女を見つめて答えを待っていたが、立ち上がってカウンターのほうに歩いて行った。それからしばらくして戻ってきた彼女の手には、白い封筒があった。

「あんたが警察に捕まって四日分抜けているから一か月は満たしていないけど、一か月分、入れておいたからね」

ママが歓心を買うように言った。封筒の中には十万ウォンの小切手が四枚入っていた。その金は彼女をこの初めての炭鉱村に来させ、彼女の在籍をもう一学期猶予させることのできる授業料であり、ここで経験したすべての苦しみの唯一の補償だった。だが妙なことに、何の感情も湧かなかった。悔いもなく寂しさも虚しさもなかった。封筒を二つ折りにして、ズボンのポケットに入れてから、シネは立ち上がった。

「はい、結構です。私、行きますね」

「部屋に入る必要はないよ。あんたの鞄はここにあるから」

ママはレジ台の下から見慣れた褐色のビニール鞄を取り出した。鞄の中は、誰かが引っかき回したあとむやみに戻しておいたように散らかった様子があった。もしかすると警察がそうしたのかもしれなかった。だけど今となっては、もうそんなことはどうでもよかった。シネが鞄を開けて確認しているあいだ、ママはぎこちなく冷淡な顔で戻っていき腕を組んで見守っていた。

「それじゃ」

シネは鞄を持って入り口に歩いていった。

「シネさん、本当にごめんなさい」店を出ると、思いがけずドアの外でソリャンが待っていた。寒さのためか鼻の頭が赤くなっていた。

「全部私のせいよ、シネさん。キム・グァンべ、あの人に騙されたと思って……あの人も憎かったし、シネさんも憎かった。でも私が何であんなことしたのか分からない。私がひどいことをしたの」

「あんたが私を警察に通報したってこと?」

シネは彼女の話が信じられなかった。だけどソリャンは、ゆがんだ顔を硬くしてうなずいた。

ソリャンの目に涙がたまり蠟のように醜く流れ始めた。

「シネさんは絶対私を許してくれないよね。そうでしょう?」

「私はこれからキム・グァンべさんに会いに行くつもりだけど、構わないね?」

疑惑と恐ろしさに満ちたソリャンの目は、斜視のようにシネの顔に取りすがっていた。

「心配しないで。ほかの話はしないから。あの人の家がどこにあるのか教えてくれる?」

「一人では探しにくいと思う。私が連れて行ってあげる」

ソリャンが先に立って歩いた。くねくねした狭い裏道を歩くあいだ、二人はひとこともしゃべらなかった。どぶ川を越えると、小さくみすぼらしい家々が集まっている山裾が現れた。そこが鉱員の社宅のようだった。暗闇の中で同じ形のマッチ箱のような家々がくっついて静まっている光景を、シネはしばらく見上げていた。

「あそこなの？」

ソリャンがうなずいた。

「あそこ、外灯が見えるでしょう？　あの次の家、二〇九号。私はここで帰るから」

そう言いながらも、ソリャンはそこから動こうとしなかった。シネは社宅に行く急な坂を上り始めた。何歩か行ってからうしろを振り返ると、ソリャンは相変わらずそこに立って見つめていた。ソリャンが突然大きな声で言った。

「シネさん、私、あの人と一緒に住むことにしたの。今度の旧正月に、あの人の田舎の家に一緒に行くことになっている」

シネは何も言わずにかすかに笑ってうなずいた。するとやっと彼女は安心したようで、幼子みたいに笑ってみせた。

積もった雪が凍り付いているので足元が滑った。門も塀もない同じようにみすぼらしく崩れかかった家々を通り過ぎて、片方だけがついている保安灯の明かりが届く所に着いた。合板の切れ端がべたべたと貼られたドアに、黒いペンキで書かれた「二〇九」という数字が目に入った。

ドアの隙間から一筋の明かりが漏れ出ていた。シネはその前でしばらく立っていた。どうしてここまでやって来たのか、シネ自身にもよく理解できなかった。ただ明らかなことは、抑制できない何かから急《せ》き立てられているという事実だった。

意を決してそのみすぼらしい板のドアを揺り動かしたが、応答はなかった。再び力強くドアを叩いた。わけの分からない激情が心の中から湧き上がり、抑えがたい興奮で体ががたがたと震える思いだった。私はいったい何のためにここまでやって来たのか、と、シネは自問した。理由はどうあれ、重要なことはキム・ヴァンベに早く会わなくてはならない、と思うだけだった。その思いは喫茶竜宮を出てから、いや、警察署から釈放されてからずっと彼女をとらえていたのだった。彼女はドアノブを引いた。鍵が掛かっていると思っていたドアは、思いがけず簡単に開いた。

まず目に入ってきたのは台所だった。かまどにはラーメンのかすが乾いてくっついた鍋が置かれ、半分壊れた食器棚が一台、そのほかに埃をかぶった器が目に入った。

「こんばんは」

シネは台所の横にある、ぽつぽつと穴が開いた障子紙で何とか遮られている部屋の戸を開けた。明かりはついていたが部屋には誰もいなかった。ガラスが割れたのか、ぼろ布のように古く色あせた軍用毛布が窓を隠していた。壁にぶらりと掛けられた服が、首を吊っているかのように伸びているのを見た。

シネは釘付けにされたように、しばらくその場でぼんやりと立っていた。さてどうしたものか、自分でもはっきりしなかった。ここまで自分を追い込んできた衝動があまりに激烈だっただけに、それと同時に虚脱感も大きかったのである。明かりをつけたまま家を空けているので、それほど遠くまで行っていないだろうと思ったが、いつ戻ってくるかも分からない状況だった。外に出ると近所の暗闇の中に赤く灯った光が目に入った。弔燈だった。どこかの家で誰かが世を去ったようだった。鉱員社宅のうちの一つだから、もしかすると同僚の鉱夫が亡くなったのかもしれない。シネは、彼は間違いなくその家に行っていると考えた。彼女はその明かりに向かって坂道を上がり始めた。ちょうど弔問客と思しき二人の男が、体をすくめたままその家から出てきた。

「あの、すみません……」

彼らは訝しい目をして彼女を上から下に眺めた。

「今、あの喪家《そうか》から出てこられたのでしょうか」

「そうですが……どうしてですか」

「もしかしてキム・グァンベという方は、あの家においででしょうか」

「お嬢さんは、キム・グァンベとどんな関係なのでしょう」

彼らは彼のことを知っているようだった。一人がにっと笑った。

「恋人ですか」

「申し訳ありませんが、呼び出してもらえませんか」

「ちょっと待ってください」

彼がその家に入ってからキム・グァンベの姿が現れるのにしばらく時間がかかった。キム・グァンベは信じられないといった表情で、ゆっくり歩いて来た。

「ここまで……何の用だ？」

「今日、私を泊めてくれませんか？」

彼の顔は驚いて強張《こわば》った。彼は何も言わずに彼女の顔を凝視していたが、ようやく歩き始めた。

「鉱山で生涯暮らした老人が、昨日の夜亡くなったんだ。子どもたちを三人残して……女房は何年か前に借金して商売やってたんだけど、詐欺に遭って逃げ出した。その後、やもめ暮らしをしながら一人で子どもたちを育てたわけだ。塵肺の診断をされても日雇いを続けながら、自分は絶対死なないと大口をたたいていたけど、昨日の晩酔っぱらって線路を歩いていたところを、電車に轢《ひ》かれて死んでしまった。保障の一つも受け取れなかった、本当に無駄死にだった」

前を歩く彼の背中から、ぶつぶつ言う声が聞こえてきた。冷え冷えとした夜の空気が肌を突き刺した。真っ暗な空にはところどころ星が散らばり、風が雲を激しく引き裂いていた。

「それで、何のためにここまで来たんだ」

室内の薄暗い明かりに照らされた彼の顔は、以前よりずっと年を取り疲れて見えた。汗の臭いと不快な男の臭いが鼻をついた。それでも垢のついた布団の中に足を突っ込むと、床は暖かかった。何はともあれ、ここでは石炭は豊富なのだから。

「さっき言ったじゃないですか。今晩泊めてほしいと」

彼は壁に寄りかかったまま疑うように彼女を見つめていたが、目が合うと視線を落とした。まるで他人の家に来たかのような、気詰まりな様子だった。

「俺は、もうおまえには会えないと思っていたけど……」

彼の顔にひねくれた笑いが浮かんだ。例の、自分自身を嘲笑うかのような痙攣に近い笑いだった。

「だから、こうして訪ねてきたのです」

シネは彼に向き合って見つめながら笑った。するとかさかさに乾いた唇がつって痛かった。

「これまで私に何があったのか、聞きましたか」

「知ってる、警察に捕まったってこと」

シネは言葉に詰まってしまった。彼はたびたび指で靴下の先を引っ張っていた。靴下の先に小さい穴があいているのだが、それが恥ずかしいからではなく、無意識のうちにそんな癖を繰り返しているようだった。

「警察で何があったのか、ひとことも聞かないのですね。せめて、大変だったろうね、ぐらいは言ってもいいと思うけど。私は、私のせいでグァンベさんも捕まって苦労するんじゃないかと心配していたのに」

彼はようやく顔を上げた。

「あの連中がどうして俺を捕まえるんだ？　おまえ、まだ分かってないようだな。俺はそんな人間にはなれない。なぜ俺がそんな人間になれないのかは、誰よりもあいつらがよく知っているよ」

彼の顔に、再びあのゆがんだ笑いがかすかに浮かんだ。

「おまえは初めから俺を誤解してたんだよ。おまえは俺が労組運動をして弾圧された犠牲者だと、いつかまた始まる闘いのために今も待機している、そんな人間だと考えているかもしれないけど、俺はそんなやつじゃない。実際はその反対だよ。何年か前にここで暴動が起きたとき、俺は同僚たちを売り飛ばした。警察に捕まって、彼らが要求するとおり同僚たちを全部売り飛ばした恥知らずで汚い人間で、そのあとも警察のスパイになって動いていたのが、俺だよ」

彼はつらそうにため息をついた。靴下を引っ張る彼の親指の爪が黒くひしゃげているのを、シネは見た。

「実は俺も警察に行っていた」彼は再び、苦しそうに言葉を続けた。

「昨日の朝、刑事たちが俺を連れに来たんだ。警察に入ってから俺はあらまし見当がついた。最初何かあると思っておまえを責め立てたけど、何も出ない。かといって、そのまま釈放するのも残念だ。それで無理に話を作って落とし入れようとしたわけだよ。俺に、おまえが俺を抱き込もうとしたと、陳述書に書けってんだ」

「それで書いたの？」

「俺はできないって言った。俺は、ほかの連中から警察のスパイだと言われているけど、そんなことは絶対できないって言った。気に入らなければ殺せ、勝手にやれってね」

体が急に暖かくなったからか、シネは体内から湧き上がってくる我慢できない悲しみで、全身からすうっと力が抜けるように感じた。彼がシネを見ながら弁解でもするかのように言った。

「俺はスパイだったと言ったけど、実際にスパイなんてしたことない、本当だよ」

「こっちにいらっしゃいよ」

シネが言った。彼の顔が疑うような表情と不安な表情が混じってゆがんだかと思うと、ようやくぎこちなくシネのそばに体を寄せて座った。彼の手が注意深く、まるで初めて見るものに触れる幼子のように彼女の髪に触れ、そして顔に触れた。彼の手は荒れて指は固かったけれど、それでも暖かく溶けたように柔らかかった。

「これ、どうしたの？」

シネは黒くひしゃげた彼の親指に触りながら尋ねた。

「何でもない。ただ……作業していて背負子にぶつけたんだ」

彼女は無言で、彼の指の一本一本に唇を当てた。胸の中に言いようのないつらさが伝わってきた。

「あなたはどうして、ここから出て行かないの？」

「俺がどうしてここから出て行かないのかって？」

彼は独り言のように問い返した。そして少しのあいだ、黙っていた。

「そうだな……何でだろうな。俺にも分からない。もしかすると自尊心のためかもしれない」

しばらくしてから、彼はゆっくり苦しそうに言葉を続けた。

「俺みたいなやつが自尊心を取り戻すと言ったら、人は笑うだろうな。ここでは誰もが、このキム・グァンベという人間を馬鹿扱いしてるから。同僚たちは俺を卑怯で汚い転向者だと思っているし、俺を利用する警察とか事業主も俺を馬鹿なやつだと考えてるから。なに、別に本当のことだから、誰から何と言われようと仕方がないさ。八〇年の事件で警察に捕まったとき、俺はすごく怖くてどうしようもなかった。やつらは俺を一匹の虫けらの価値もない者に仕立て上げ、本当に俺も自分が虫けらにも劣るやつだと考えたよ。だからやつらの命令どおり、言うことを聞くしかなかった」

彼の声はだんだん震えてきた。彼の肩に顔をもたせかけているので、それは彼女の全身に伝わった。彼女は、心の中に耐えられないほどの鈍く重苦しいつらさがじわじわと起こってくるのを感じた。

「だけど人がどんなに俺に唾を吐きかけて軽蔑しても、俺はここを出ていかないよ。いや、出ていけない。ネズミのように烙印を押されたまま、ここを出ていくことはできない。いつか俺がそんな人間じゃないと、人に見せられるようになるまでは。それが、人間キム・グァンベの最後の自尊心で意地だよ。俺の言うこと理解できないだろう？」

「ううん、理解できるわ」

シネは彼の目の前でブラウスのボタンを一つひとつ外し始めた。岩のように固くなった姿勢で、彼は彼女の動作を見守っていた。

「さあ」口の中がからからに乾き、しゃがれ声でシネが言った。「私の言っている意味が分からないのですか」

強張りゆがんだ顔で、彼がゆっくりと近づいてきた。彼女が自分の目の前から消えてしまわないかと恐れているかのように。彼女は彼の頭を抱きかかえた。彼の髪に染みついた生臭い油汚れの匂いが、鼻の中に入り込んできた。堪えがたい寂しさと苦しみが襲いかかり、その恐ろしい苦痛に押し流されないように、彼女は彼の体を力いっぱい抱いた。


暗闇を揺さぶりながら列車が通り過ぎる音が聞こえてきた。暗闇の中で目を開けたままシネは、胸の上を果てしなく踏みつけるように通り過ぎるその音を聞いていた。どれだけ時間が過ぎたのか。シネはようやく用心深く体を起こした。毛布が掛かっている窓の隙間から仄暗い明かりが漏れ入って、低く鼾《いびき》をかき深く寝入っている彼の顔をさらけ出していた。シネは彼が目を覚ましはしないかと暗闇を手探りして音を立てないように服を着たのち、鞄を持って彼の家を出た。坂道を下りながら一度もうしろを振り向かなかった。

夜が白み始めていた。暗闇が一皮ずつむけていき、魚の背のように青く明るんでいった。彼女はふと歩みを止め、頭上の空の真ん中で輝いている一つの星を見た。その星は明るくなればすぐに消え失せる運命なのに、そんなことはお構いなしに自分の場を守ってただ一つ輝いていた。

あの消えることのないたった一つの明かりを、誰が高い所で灯しているのだろう。

首をうしろに反らしたまま、シネは長いあいだその星を見上げていた。星をこんなに身近に感じたのは、彼女の生涯でただの一度もなかった。自分が警察署で惨《むご》たらしい目に遭っていたときも、キム・グァンベと一緒にいた時間にも、そして今まさにこの瞬間にも、地球は変わりなく自分の軌道を回っており、宇宙の中であの星は孤独に自分自身を守って輝いているのだった。

次の瞬間シネは、氷を浴びせられたかのような戦慄とともに、自分の内部で迷いを吹っ切る何かが目覚めたのを感じた。空にはあの星があり、私はここにこうして立っている。誰も、何をもってしても、あの星の場を奪い取れはしないだろう。そして私の心の中にも、世間のどんな力をもってしても、奪い取れない一つの星があるに違いない。そう、私はこうして生きている。生きたいという思いが心の中に深く満ち、そしてあふれた。その星は突然彼女の目の前まで飛んできて、まばゆく光った。いつしか理由の分からない涙が流れていた。

喪家の前には依然として弔燈が掛けられており、焚火《たきび》が燃やされていた。その暖かそうな火に誘われるように、シネは何も考えずにその家に向かった。五、六人の人たちが焚火を囲んで火に当たっていたが、彼女が近寄ると何も言わずに場所を空けてくれた。彼女はその人たちと同様、無言のまま立って焚火を見つめた。ぱちぱちと音を立てて燃え上がる焚火が、火を囲む人びとの顔を赤く染めていた。火は一人ひとりの顔に、各自の表情と色彩を映し出して燃え上がっていた。無数の火の粉が飛び散り、冬の空に上がったかと思うと消えていった。シネはいきなり鞄の中をかき回し、昨日ママから受け取った封筒を取り出した。そして彼女自身、予想だにしなかった行動に出た。

「おじさん、これをご遺族のもとに持っていってください」

彼女は中でも一番年取って見える人に封筒を渡した。

「これは何ですか、お嬢さん」

「香典です」

彼は訝し気に封筒の裏表を眺めて、彼女を見つめた。

「名前も書いてないじゃないか。誰なの？　チェさんの知り合い？」

「私は誰かから頼まれてきたのです。では……」

話し終えないうちに体を翻して足早にその場を去った。うしろから誰かに呼ばれたような気がしたが、振り返らなかった。

暗闇の中でかすれた汽笛の音が聞こえてきた。明け方三時五分発のソウル行統一号のもので、急げばそれに乗れると思った。彼女は、ここに初めて到着したときに持っていたのと同じビニール鞄一つだけを手に、駅に向かって走った。

あとがき

久しぶりに本を作ることになった。それなのに自分でも変だと思うくらい、特段の感慨はない。これまで多くの方々から、「どうして本を出さないのか。なぜまじめに文章を書かないのか」といった、気遣いに満ちた叱責を聞いてきた。私はその問いを前にいつも答えに窮していたのだが、今回本を出すに当たりそれまでの原稿に目を通して、そのわけが少し分かるような気がした。私が書いた文章は何か未熟で雑であるという思い、私の文章の中に価値のある意味がどれだけ盛り込まれているのかという疑問、私の書く作品は単に旧態依然とした複製品に過ぎないかもしれないという、耐えられないくらいの恥ずかしさを、改めて認識せざるを得なかったのである。ひとことで私は、私の書く文章に少しも愛情を持てないでいるのだった。もしかすると、私は生まれつき自己卑下の感情が強い人間なのかもしれない。

私はそろそろ新しく生まれ変わりたい。これまで積み重ねてきたものとは異なる文章を書きたいし、今まで生きてきた姿とは異なる、ほかの姿に変わりたいと思う。古い衣服を投げ捨てるようにほかの姿に変身したい。そうしたいと思っていても、これまでいつも失敗に終わっていた。しかしそれはまた、今まで自分を支える力にもなっていたのだ。

本書が新しい出発のための契機になることを願う。私の文章を読んで心が動かされる、顔も知らない読者がどこかにはいるはずだと信じたい。文学に対して誠実でないのは、自分の生に対して不誠実でもあるという事実を、受け入れるつもりだ。

再び本を出すことができるよう、辛抱強くお力添えいただいた文学と知性社のみなさまに感謝したい。

一九九二年一一月

イ・チャンドン

訳者あとがき

本書は、映画監督として世界中にファンを持つ韓国の作家イ・チャンドンが、かつて小説家として発表し、「映像の世界への転換点となった」と自ら振り返る小説集、『鹿川は糞に塗れて（原題 녹천에는 똥이 많다）』（一九九二）の邦訳である。韓国での初版発行以来、原書はすでに多くの読者の高い評価を得て版を重ねており、本書は第一三刷の二〇二一年版を底本として日本語に翻訳された。収録作品の一つ「本当の男」は、『いまは静かな時　韓国現代文学選集』（東アジア文学フォーラム日本委員会編　トランスビュー　二〇一〇）にも「男の中の男」（吉川凪訳）というタイトルで収録されている。

著者イ・チャンドンは、一九五四年に大邱で生まれ、八一年に大邱にある慶北大学校教育学部国語教育科を卒業した。大学卒業後、八一年から八七年まで慶尚北道の英陽高校やソウルの信一高校で国語教師として働き、在職中の八三年に初めて書いた小説「戦利」が東亜日報新春文芸中編小説部門に入選し、小説家としてデビューしている。

　彼が作家として小説を書き、その後映画制作に進むに当たっては、自身の家族関係および幼少期の体験が大きく影響している。

　幼少期には家の都合で引っ越しを繰り返したために、近所の子どもたちと仲良くなれず常に孤独を感じており、そこにあふれる他者との触れ合いを求める思いが文章を書き始めるきっかけともなったようだ。父は、一時期左翼勢力に身を置き現存の社会体制を否定する立場に立つ一方で、生活力には欠け、そのため母親が針仕事をして家計を支えていた。このような父の姿は、彼の多くの作品に反映されている。また、姉は脳性麻痺のため思うように体を動かせず話すことにも困難を抱えた人で、この姉の姿が、映画「オアシス」の登場人物であるコンジュのモデルになったと言われる。そして、そもそも彼自身が演劇を始めたのも、先に演劇をやっていた十歳上の兄の影響があったようだ。

　大学在学中の八〇年五月に、当時の軍事政権に対して民衆が蜂起する光州民主化運動（光州事件）が起こるが、当時は情報統制のために歴史的事件の生起は一般に隠されており、彼が通っていた大学でも門が閉ざされたままになっていた。このため状況が分からない彼は、まさにその日に友人と徹夜で花札をしていたのだという。軍による市民への凄惨な虐殺行為をあとになって知ることになった彼は、ひどく罪悪感に苛まれたようで、それがまた本格的に小説を書く基礎経験のひとつとなっている。高校時代から文芸班に入って文章を書き、その作品が人びとの目にとまるような文学青年だった彼は、高校の国語教師として働きながら文学への志向を強くする。そうして培われた文学的素養が、彼自身の人生の数々の基礎経験を〈文学〉にまで昇華させたのだろう。

初めての小説「戦利」が八三年に東亜日報新春文芸中編小説部門に入選して、本格的に小説家としての創作活動をスタートした彼は、八七年に南北分断下でのタブーを題材にした小説「焼紙」(『現代韓国短篇選(下)』筒井真樹子訳、岩波書店　二〇〇二)を、続いて「親忌」「紐」などの短編を発表する。これらは短編集『焼紙』(一九八七　表題作以外は未邦訳)に収録されている。さらに九二年に本書『鹿川は糞に塗れて』を発表し、第二十五回韓国日報創作文学賞を受賞した。

八〇年代、まさに民主化への気運の高まる時代状況のなかで小説を書いていたイ・チャンドンは、小説という表現形式が軍事独裁政権という現実を変えるためにどれだけの役割を果たしうるのか、次第に満たされぬ思いに駆り立てられるようになる。とりわけ八七年に民主化宣言が発表され、九〇年代に入ると強烈だった時代のうねりが急速に退き、人びとの意識においても後景化し、やがて何事もなかったかのように日常生活を送るようになっていく世の中に、疑問を募らせていく。当時の彼の切羽詰まった気持ちは、本書の「あとがき」からも強く伝わってくるだろう。

そのころの彼の心情について、参考になる記事を引用してみよう。

二〇〇四年に小説家のチョ・ソンヒが行ったインタビューで、「あなたは何によって作家となったのでしょうか?」と聞かれた彼は「寂しさです。十代の前半からすでに自分は作家だと思っていて、小説も書いていました。寂しいから、現実とコミュニケーションが取れないからだったと思います。今もその情緒や心理状態がほとんど変わっていないようです」と答えている。しかし、八七年の民主化達成後、ほどなく冷戦の終わりに直面した韓国社会では、それまで芸術家たちが作品作りの根幹に置いていた『理想』や『人間らしさ』、『純粋さ』といった言葉が一気に古臭い絵空事となってしまったという。イ・チャンドンは当時を振り返り、「とても虚しかった。それまで私たちが(作品作りを通して)悩んできた価値の有効期間が過ぎたわけでもなく、韓国社会がそうした問題を解決したわけではないのに……だから書くのが嫌になった」と語っている。

(「映画と文学の交差点」佐藤結、『作家主義　韓国映画』A PEOPLEより)

そんな時に、友人のパク・クァンス監督の誘いがあり、それをきっかけに映画「あの島へ行きたい」(九三年)のシナリオを執筆し、すぐに映画の世界に入り込んでいった。

こうして四〇歳を過ぎて映画監督としても活動を開始したイ・チャンドンは、九七年の監督デビュー作品「グリーンフィッシュ」で、経済発展とともに薄れていく家族の絆を描いて高い評価を得、やがていくつもの国際映画祭に招待される存在になっていく。寡作と言われながらもすでに六編の長編映画を発表し、若手監督のプロデュースなどにも手腕を発揮し、世界からつねにその活動が注目される映画監督の一人となっている。

彼の小説作品では、朝鮮半島の南北分断、そして、そこに生まれた独裁政治下の暴力、その後の経済発展がもたらした産業化や都市化に伴う諸問題が主に扱われており、登場人物たちは、分断や社会矛盾の犠牲になって生きる、ごく普通の人びとだ。確固たる信念を持つ民主化運動の闘士や、それを弾圧する軍事独裁政権の担い手などではなく、むしろその狭間でひたすら細々と生きる市民たちなのである。そのようなテーマの取り上げ方、描き方は、社会意識の曖昧な生のかたちをそのまま正当化・合理化している、という辛口の受けとめにもつながっているようだが、それでも彼の作品が多くの人びとの心をとらえて広く読まれるひとつの理由であると考えてよいだろう。

本書には五つの中・短編小説が収録されており、全体の表題は中編作品である「鹿川は糞に塗れて」からとられている。

この「鹿川」という駅名について著者は、後述するドキュメンタリー映画の中で「鹿が川辺にやってきて水を飲んでいる風景は、山水画に出てくるような詩的な風景を思い起こさせる」と語っている。そうであれば、それが「糞に塗れて」いるとする強烈な表題には、本作品集全体を貫くモチーフが端的に表現されていると考えていいだろう。著者はまた、華麗に開発された現在の鹿川駅周辺の夜景を背に、作品を書いた当時の心情を「この何棟ものマンションは、膨大な量のゴミで固められた地盤と労働者たちの排泄物の上に立っている、そんなイメージを持ちました。それは経済発展とともに生まれた中産階級の生活の構造を見せている。これを小説で表現したいと思ったのです」とも語っている。

これら五編は、八〇年代から九〇年代初頭の時代状況を背景にして描かれている。以下、掲載順に内容をたどってみたい。

まず、「本当の男」では、八七年六月抗争の時期を舞台に、たまたま学生のデモを見学中に偶然出会った元農民が、少しずつ運動にのめり込んでいくようになっていく過程が、著者の分身と思われる小説家と称する男の目を通して描かれている。著者は民主化運動が終わって二年経ったあともまだ抵抗を続けているチャン・ビョンマン氏の姿を描くことで、どんなに身もだえしても底辺から抜け出せない貧しさについて語るとともに、他方で、チャン・ビョンマン氏に説教していた傲慢さを反省する小説家と、小説家にルポを書かせようとした後輩の姿を最後に叙述することで、民主的と言われる人士たちの弱さをアイロニカルに綴っている。

「龍泉ベンイ」は、若いときに共産主義運動をし、朝鮮戦争後廃人のように生きてきた父と、その息子の葛藤を描いている。左翼だった父のために身を潜めて生きてこなければならなかった息子は、人生の最後の段階で自分の良心を貫いて生きようとする父を、やはり受け入れることはできないが、理解しようとする。そんな息子の心理描写には、胸を締め付けられるものがあろう。「運命について」は朝鮮戦争の時に生き別れた父と、孤児として成長した息子のフンナムが再会を果たす物語で、南北分断と朝鮮戦争によって引き裂かれた離散家族の問題が扱われ、朝鮮半島に今も続いている民族分断の悲劇を、改めて認識させられる作品である。

表題作「鹿川は糞に塗れて」は八五年に再開発地域と指定され、大規模なマンション団地建設中の街を舞台にした物語。主な登場人物は、腹違いの兄弟であるジュンシクとミヌ、そしてジュンシクの妻の三人である。ジュンシクは苦労を重ねた末に教師という職に就き、結婚もしてささやかながらもマンションを持てるまでになっている。弟のミヌは、韓国社会に民主化を求めて闘う活動家である。そして、もう一人の登場人物、中間層の生活を夢見ていたジュンシクの妻は、ミヌの登場によって夫であるジュンシクに幻滅を抱くようになる。この三人の葛藤が描かれる中で、ジュンシクの生が「ぷんぷん臭う汚いゴミの上に建てられた偽りの生」であることが露呈してしまうのである。

最後の中編「星あかり」は、八〇年に炭鉱夫の「暴動」が起こった江原道の炭鉱村で喫茶店のレジとして働くシネという女性に焦点が当てられ、このシネを通して炭鉱夫の生活や一人の女子学生の内面、そして八〇年代の韓国の社会状況が透見できる作品である。偽装就職して村に入ったとされ逮捕されたシネは、どんなに過酷な拷問に遭っても、やっていないことをやったとは言えないと最後まで否認を貫く。明け方に空に輝く星を見上げて、自分は自分らしく生きていこうと決意する最後のシーンは、シネの未来にひと筋の光を与えて、ほっとすると同時に、シネと肩を組んで歩きたくなるような気持ちにさせられるのではないだろうか。

五編の中・短編に登場する人物は、同時代の時代状況・社会状況に縛られて誰もが心の中に痛みを抱えており、その痛みを抱えて生きていくほかはない。個人の力ではどうすることもできず、どんなにあがいても抜け出すことのできない状況の中にいる現実が、しかしそれでもそこに生きている生の形が、ここでは凝視されていると言ってよいだろう。

それは、現代の韓国、そして日本においてもやはり共通する、普遍的な意味を持つ「現実」なのではないだろうか。膨大な量のゴミで固められた地盤と、多くの労働者たちの排泄物の上に立って進められた「経済発展」、そしてそれとともに生まれた中間層の生活の構造。そこに生きる市民たちがギリギリの思いで暮らしを問い、人生の価値を問うているのである。

しかもこれらの作品は、社会の近代化に批判的な眼差しを向け、その中で生きている人びとの厳しい現実をそのまま描写しているのに、決して解決策を与えようとはしない。それゆえに読者は、一人ひとりが「本人」となって生きることについて考えざるを得ない構成になっている。しかしイ・チャンドンは、物語の最後を必ずひと筋の希望の「あかり」のようなものを示唆して結んでいることにも注目したい。

本書はフランスで二〇〇五年、中国では二〇二〇年に翻訳刊行され、それぞれ大変な反響があった。英訳も準備中と聞く。発表から三〇年あまり経ち、国の形は変わっても、読み手に迫る真実があるからだろう。イ・チャンドンの作品に通底する一人ひとりが生きる形への問いは現在も同じで、時代が変わり国が変わってもまったく色あせることがないといえる。

文学作品から映画へと創作の重点を移したイ・チャンドンは、韓国映画について、「韓国映画は監督によって映画の色合い、性格が違って、他国の映画に比べて多様だと思う。もう一つは躍動性。ダイナミックな力を感じる。それは韓国人が社会問題など大変なことを乗り越えてきた生命力によるものだ」と、全州国際映画祭で語っている（「The Asahi Shinbun GLOBE +」成川彩、2022.5.14）。

過去には映像的に小説を描き、現在は小説のように映像を編むという彼の力量は、確かに並外れた才能であろう。しかし、本書において小説作家としての彼の文学表現を堪能した訳者としては、できることならイ・チャンドンが、長年にわたる映画製作の経験を生かして、あらためて多様で躍動性と生命力あふれる新しい小説創作にも乗り出していってくれたらと願うものである。

最後にイ・チャンドン自身を扱ったドキュメンタリー映画、「イ・チャンドン　アイロニーの芸術」を紹介したい。これはフランス出身のアラン・マザール監督が、イ・チャンドンの作品に魅了されて制作したもので、代表作の一つである「ペパーミント・キャンディー」のように、イ・チャンドン自身の人生をいくつかのテーマに沿って遡るように紹介していく内容になっている。中では「小説家イ・チャンドン」を再定義する形で、ここに引用したように、小説の舞台となった地でイ・チャンドン自身が作品について言及しており、本書を理解するうえでも大きな助けとなると思われる。二三年八月に日本でも公開されるとのことなので、併せてご覧になることをお勧めしたい。

本書は何人かの人たちの協力によって出来上がった。訳者の質問に丁寧に答えてくれた著者のイ・チャンドンさんと東京外国語大学の金誾愛さん、韓国の版元とのあいだを取り持ってくださったクオンのみなさま、そして出版を企画したアストラハウスのみなさま、ありがとうございました。

二〇二三年春　　中野《なかの》宣子《のりこ》

著者略歴

イ・チャンドン（Lee Chang-dong）

１９５４年生まれ。１９８１年慶北大学校教育学部国語教育科卒。１９８７年まで高校の国語教師として教壇に立つ。１９８３年小説「戦利」が東亜日報新春文芸中編小説部門に入選。１９８７年『焼紙』、１９９２年『鹿川は糞に塗れて』の2冊の作品集を刊行、作家として高く評価される。本書『鹿川は糞に塗れて』で第25回韓国日報文学賞受賞。１９９３年より映画の世界へ。２００３〜０４年、韓国文化観光部長官を務める。長編映画監督作品として「グリーンフィッシュ」「ペパーミント・キャンディー」「オアシス」「シークレット・サンシャイン」「ポエトリー　アグネスの詩」、村上春樹の原作による「バーニング　劇場版」がある。２０２３年、フランスのアラン・マザール監督によるドキュメンタリー映画「イ・チャンドン　アイロニーの芸術」が日本で公開される。

訳者略歴

中野宣子（なかの のりこ）

韓国語・朝鮮語翻訳、講師。１９８７年、韓国延世大学校韓国語学堂に語学留学。訳書に、朴婉緒『結婚』（學藝書林）、ヤン・グィジャ『ソウル・スケッチブック』（木犀社）、キム・タククワン『愛より残酷 ロシアン珈琲』（かんよう出版）、キム・スム『Lの運動靴』（アストラハウス）、共訳書にキム・ジハ『飯・活人』（御茶の水書房）、黄晳暎『囚人Ⅰ』『囚人Ⅱ』（明石書店）など多数。

2023年7月29日　第1刷　発行

鹿川《ノクチョン》は糞に塗《まみ》れて

著者　イ・チャンドン
訳者　中野《なかの》宣子《のりこ》
発行者　林雪梅
発行所　株式会社アストラハウス
〒107-0061
東京都港区北青山3-6-7青山パラシオタワー11階
電話03-5464-8738
印刷・製本　中央精版印刷株式会社
DTP　蛭田典子
編集　和田千春

ISBN978-4-908184-45-1 C0097